DREAMBOOKS★

DREAMBOOKS

DREAMBOOKS★

ORIGINAL FANTASY STORY & ADVENTURE

사도연 판타지 장편소설

두 번 사는 랭커 32 데우스 엑스 마키나

초판 1쇄 인쇄 2020년 11월 24일
초판 1쇄 발행 2020년 12월 8일

지은이 사도연
발행인 오영배
편집 편집부
일러스트 우문
표지·본문 디자인 오정인
제작 조하늬

펴낸 곳 (주)삼양출판사 · 드림북스
주소 서울시 강북구 도봉로 173
대표 전화 02-980-2112 **팩스** 02-983-0660
편집부 전화 02-987-9393 **팩스** 02-980-2115
블로그 blog.naver.com/dreambookss
출판등록 1999년 3월 11일 제9-00046호

ISBN 979-11-283-9989-3 (04810) / 979-11-283-9659-5 (세트)

+ 이 도서의 국립중앙도서관 출판시도서목록(CIP)은 서지정보유통지원시스템홈페이지(http://seoji.nl.go.kr)와 국가자료종합목록 구축시스템(http://kolis-net.nl.go.kr)에서 이용하실 수 있습니다. (CIP제어번호 : CIP2020045771)

ORIGINAL FANTASY STORY & ADVENTURE

사도연 판타지 장편소설

32

두 번 사는 랭커

| 완결 |

| 데우스 엑스 마키나 |

dream books
드림북스

목차

Stage 96.
차연우

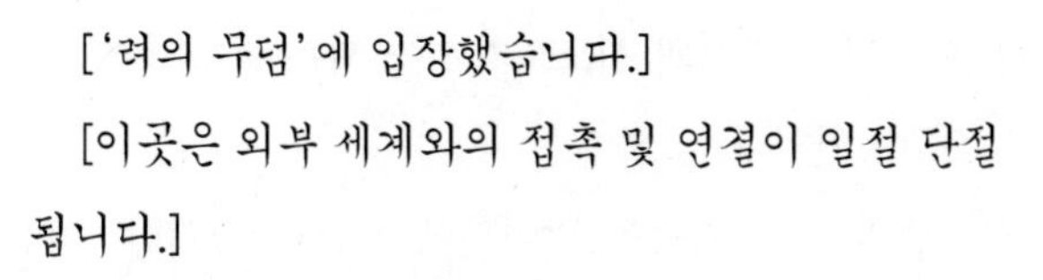

['려의 무덤'에 입장했습니다.]

[이곳은 외부 세계와의 접촉 및 연결이 일절 단절됩니다.]

[방호벽이 해체됩니다.]

[가호가 해제됩니다.]

[축복이 해제됩니다.]

……

[새로운 환경이 제공됩니다.]

……

ㅊㅊㅊ—

연우는 려의 동굴에 입장한 순간부터 자신의 육체가 흔들리고 있다는 느낌을 받았다.

처음에는 이게 무슨 같잖은 짓인가 싶어 그냥 무시하려 했지만.

[시스템의 보호를 받을 수 없습니다.]

[존재가 부정됩니다.]

[존재가 부정됩니다.]

연우는 그런 자신의 시도조차 여기서는 통하지 않는다는 것을 알 수 있었다.

시스템의 모든 기능을 발아래에 두는 그였지만, 이전에 존재하던 대부분의 '꿈'을 직간접적으로나마 경험했던 그였지만, 여기서는 그런 모든 것들이 통하질 않았다.

지금 자신이 유지하고 있는 폴리모프는 물론, 그 너머에 있을 본체인 거마신룡이며 칠흑왕과의 연결 고리까지, 모조리 끊어지면서 '차연우'라는 존재만이 남고 있었다.

'이건 좀 기분이 더러운데.'

이걸 대체 뭐라고 해야 할까?

연우는 아주 잠깐 고민 끝에 적당한 단어를 떠올릴 수 있었다.

해체(解體).

'대체 뭘 하려는 거지?'

연우를 둘러싸고 있던 모든 것들이 하나둘씩 떨어져 나갔다.

칠흑왕의 대체 자아라는 사실도.

용왕이라는 사실도.

거인들의 신이라는 사실도.

올림포스의 수장이라는 사실도.

사왕.

영왕.

독식자.

탑에 입장했을 때의 모습까지…….

마치 옷을 한 겹 한 겹 벗는 것처럼.

여태껏 그가 지나왔고, 그라는 존재를 구성하고 있던 모든 신화들이 툭툭 떨어지면서 싹 사라진 것이다.

그러다 보니 신격도 저절로 자취를 감추고, 신성도 홀연히 사라졌다.

대신에 여기에 남은 건.

'탑에 입장하기 전의 나…… 로군.'

연우는 자신의 손바닥을 내려다보았다.

자잘한 상처와 화상이 남아 있는 손.

신이 되고 나서 육체의 재구성이 일어나 말끔히 사라졌었던 상처들이었다.

아프리카에서 미친개처럼 뛰어다니던 시절에 입었던 상처들.

처음의 자신으로 돌아온 것이다.

'아닌…… 가.'

그러다 연우는 아주 미약하게나마 남아 있던 '카인'으로서의 신화도 툭 떨어져 나가는 것을 느낄 수 있었다.

키도 한 뼘 작아진 것 같았다.

입고 있는 옷도 그가 즐겨 입던 검은 코트가 아니었다.

흰 셔츠와 스트라이프 바지.

교복이었다.

연우는 그것만으로도 느낄 수 있었다.

거울을 볼 수 없어도, 지금 여기 있는 자신은 아주 어리고 앳된 얼굴을 지니고 있으리란 걸.

고3. 동생이 실종되고 어머니가 많이 아프던 시절, 방황을 일삼던 어린 연우가 그곳에 있었다.

'갑갑하군.'

무력감이 전신을 엄습했다.

몸이 무거워도 너무 무거웠다.

온 우주를 뒤덮던 감각과 인지도 전부 사라진 상태.

누군가 손으로 목을 옥죄는 것처럼 너무 갑갑하기만 했다.

여러 우주와 세계를 넘나들던 신들이 천계라는 한정된 공간에 처음 갇혔을 때 느낌이 이랬을까?

마치 감옥에라도 갇힌 듯한 느낌이었다.

그러던 그때.

화아악!

눈앞으로 동굴이 나타났다.

꼬불꼬불한 형태로 길게 나 있는 굴.

수도 없이 많은 다른 굴로 연결되어 있어 마치 개미집처럼 보이는 장소였다.

힘도 전부 앗아 가고, 이상한 동굴에 떨어뜨려 놓고서는 대체 뭘 하려는 것일까?

그런 연우의 의문에 대답이라도 해 주려는 듯, 시스템 메시지가 울렸다.

띠링!

[히든 퀘스트(단 하나의 나)가 생성되었습니다!]

[히든 퀘스트 / 단 하나의 나]

설명: 당신이 현재 들어온 '려의 무덤'은 아주 오래전, 태초의 태초에서부터 전해지던 비밀 장소입니다. 본격적으로 '굴레'가 굴러가기 전, '꿈'이 시작되기 전에 처음으로 '빛'을 만들어 냈던 존재가 잠들어 있는 곳이기도 합니다.

그래서 이곳에서는 모든 것이 '처음'으로 귀소됩니다. 조금 전에 입장한 당신도 처음의 모습으로 되돌아갔을 것입니다.

하지만 이것에 이상함을 느끼거나 억울해하지는 마십시오. 오히려 여태껏 꾸역꾸역 힘겹게 쌓아 올린 것들을 잠시 내려놓고 휴식을 취할 수 있는 기회니까요.

그리고 모처럼 이런 기회를 맞은 만큼, 마음의 평안을 가지면서 지난날에 대해 한번 추억을 가져 보는 건 어떨까요?

제한 시간: —

제한 조건: '려의 무덤' 입장자.

달성 조건:

1. 이곳에는 당신과 당신을 연상케 하는 수많은 참가자들이 있습니다.

2. 그들을 처치하든 아니면 함께 손을 잡든, 연합하십시오.

3. 미로를 무사히 탈출하십시오.

보상: ???

이게 무슨 참신한 헛소리일까 하는 생각이 들던 도중.

"이봐, 학생. 혹시 여기가 어딘지 아나?"

갑자기 뒤편에서 딱딱한 목소리가 들렸다.

연우는 반사적으로 고개를 돌렸다가 헛웃음을 흘리고 말았다. 자신과 똑같은 얼굴…… 아니, 학생인 자신보다 대략 몇 살 더 나이를 먹었을 것 같은 또 다른 자신이 서 있었으니까.

빡빡 깎은 머리에 군복까지. 누가 봐도 '카인'으로 활동하던 시절의 자신이 분명했다.

'이딴 스테이지 미션을 고안한 게 누군지는 몰라도 아주 고약한 취미로군.'

하지만 여기 있는 연우와 다르게, 군인 연우는 적잖게 당황한 눈치였다.

그도 바보가 아닌 이상에야, 여기 있는 연우가 어린 시절의 자신이라는 것을 알아보지 못할 리가 없을 테니까.

'하지만 그 뒤에 대한 기억은 없나? '군인' 으로서의 정체성만 가지고 있는 거군.'

아무래도 입장했을 때 떨어져 나간 신화 중 일부가 뭉쳐져서 다른 인격체를 형성한 모양이었다.

'그렇다면.'

연우는 여기서 자신이 어떻게 처신해야 할지를 잘 알 것 같았다.

"아, 아저씨…… 여긴 대체 어디죠?"

연우는 입술 사이로 삐져나오는 자신의 목소리가 참 앳되어서 낯설다 싶으면서도, 지레 겁을 잔뜩 먹은 척하면서 몸을 덜덜 떨었다.

고3인 자신이라면 어떻게 행동할까 하는 생각에서 내린 판단이었다.

'어차피 여기서는 내가 제일 약체다.'

군인 연우와 부딪칠 생각은 절대 하지도 않았다.

이때도 싸움을 좀 하긴 했었다지만, 결국 그 또래 친구들 사이에서 조금 주먹을 쓰는 수준이었을 뿐. 본격적으로 운동을 하고 특수 부대까지 이끌던 군인 연우를 당해 낼 수는 없는 법이었다.

더군다나 만약 예상대로 떨어져 나갔던 신화들이 저들끼리 다른 정체성을 갖췄다면, 여기서 아무 힘도 없는 자신이 할 수 있는 포지셔닝은 아무것도 없었다.

오히려 약자들끼리 뭉쳐야 할 판이니.

'추억을 가져 보라더니. 이딴 걸 말하는 거였나.'

연우는 퀘스트에 적혀 있던 내용을 떠올리고 헛웃음을 흘리고 말았다.

그러다 눈을 진지하게 빛냈다.

'다행히 군인 시절의 나는 미친개이긴 했어도, 어린 민간인까지 건드렸을 정도로 미치지는 않았었다.'

오히려 민간인은 철저하게 보호하려는 편이었다. 그 때문에 상부와 많은 다툼이 벌어지기도 했었고. 민간에 숨어 있던 테러리스트로부터 위협을 받기도 많이 받았었다.

그래도 그들을 건드리지 못한 건, 사라진 동생과 죽은 어머니에 대한 그리움 때문이었을 것이다.

아니나 다를까.

"……이런."

군인 연우는 어린 연우를 여전히 조금씩 경계하면서도, 두려워하는 그에게 다가와 어떻게든 달래 주려 했다.

"너무 걱정 마, 학생. 대체 누가 우리를 이런 곳으로 납치했는지는 몰라도 어떻게든 빠져나갈 수 있게 해 줄 테니까."

군인 연우는 자신이 입고 있던 야상까지 벗어서 건네주었다.

"동굴 바람이 많이 쌀쌀하지? 일단 이거라도 입고 있어."

"고, 고맙습니다."

연우는 조심스레 그가 건네는 옷을 받아 어깨에 걸쳤다.

'일단 이 녀석은 우리가 납치된 걸로 파악하고 있나.'

아니, 어쩌면 일종의 기만책일지도 모른다.

상대에게 잘못된 정보를 던져서 반응을 확인하는 건, 이미 이때부터 있었던 습관이었으니까.

타인에 대한 철저한 불신.

아마 그것이 이때에 가졌던 자신에 대한 정체성이라고 볼 수 있지 않을까?

"감사합니다. 아저씨라도 만나서 다행이에요. 대체 여기가 어딘지 알 수가 없어서……."

연우는 군인 연우가 던진 미끼를 전혀 모른 척 넘기면서 주변을 두리번거렸다.

"일단 학생, 여기에만 계속 있을 게 아니라 같이 출구부터 찾아보자."

"예? 예!"

연우는 당황한 척 고개를 끄덕이면서 군인 연우를 따라다니기 시작했다.

처음 그가 파악했던 것처럼.

동굴은 개미굴처럼 아주 복잡해 보였다.

다행히 굴만 길게 파여 있을 뿐, 다른 함정은 특별히 있는 것 같지 않았다.

"학생은 혹시 여기에 어떻게 들어왔는지에 대한 기억 같은 건 없나?"

군인 연우는 주변을 경계하는 듯 두리번거리면서도, 힐끔힐끔 연우를 곁눈질해 댔다.

그의 손이 뒤쪽 혁대에도 슬쩍 걸쳐지는 것을 연우는 놓치지 않았다.

여차하면 바로 저기 있는 대검(帶劍)부터 뽑아 들려는 거겠지.

"모르겠어요. 친구들이랑 놀다가 PC방에서 나왔고…… 갑자기 어지럽더니 이곳에 있었어요. 아저씨는요?"

"나? 나는 보다시피 군인이라. 그냥 훈련만 받고 있었을 뿐인데 갑자기 여기 있네. 대체 무슨 일이 있었는지 모르겠어."

'거짓말하는군.'

연우는 이미 군인 연우가 어깨에 달고 있는 견장을 본 상태였다.

UN 다국적군에게만 주어지는 마크.

녀석은 아프리카에 있었던 '카인'이 분명했다.

정체도 모르고, 얼굴도 똑같이 생긴 고등학생에게 진실을 말해 줄 생각 따윈 없다는 뜻이겠지.

'그럼 나도 미끼를 한번 던져 볼까.'

"아저씨도 모르는 거군요. 하…… 엄마 보고 싶다."

연우는 어깨를 축 늘어뜨리면서 울먹였다.

순간, 군인 연우의 눈이 반짝였다.

"어머니가 계시나?"

"네. 그런데…… 사실 어머니가 많이 아프세요."

군인 연우의 눈빛이 다시 달라졌다.

'걸렸군.'

"그런……! 실례가 되지 않는다면 이유를 물어봐도 될까? 나도 어머니가 많이 편찮으셨거든. 혹시 공통분모가 있나 싶어서."

"저도 잘 몰라요. 의사 선생님이 뭐라고 말씀하셨는데, 제가 공부를 잘 못해서 알아듣지 못했어요. 무슨 발견되지 않은 불치병이라나……."

"어쩌면 그건지도 모르겠다."

연우가 고개를 슬쩍 들어 군인 연우를 바라봤다.

"무슨 말씀이세요?"

"우리 어머니도 한 번도 발견되지 않았던 병을 앓고 계셨었어. 어쩌면 그거 때문에 우리가 이곳에 납치된 걸지도 모르겠다고."

"그, 그게 무슨 상관인데요?"

"보통 불치병은 유전으로 전해지는 경우가 많으니까. 크게 보고되지 않은 병이라면 유전자 보유자들을 모아서 이런저런 실험을 해 보려 할 수도 있겠지."

"그, 그런 건 여, 영화에나 나오는 거 아닌가요?"

"세상에 돈 많고 미친놈들은 아주 많으니까. 그중에 우리 어머니들과 비슷한 병을 앓게 된 사람이 있다면 무슨 수작을 부려도 이상하지 않지 않을까?"

"그, 그, 그런……!"

"게다가 학생과 나, 많이 닮았다고 생각하지 않아?"

"마, 맞아요!"

"이것도 끼워 맞추기일지 모르지만, 그런 것과 관련이 있을 거라고 볼 수 있을지도 모르니까."

"아……!"

연우는 군인 연우의 그럴듯한 논리에 적당히 맞장구를

치면서도, 속으로 헛웃음이 삐져나오려는 것을 겨우 참아야만 했다.

'잘도 이상한 곳으로 유도하는데.'

으레 이 나이대의 고등학생들이 풍부한 상상력을 지니고 있으니, 그럴듯한 포장으로 속이기가 쉽다지만.

그래도 이건 좀 너무하지 않은가.

'하지만 그래도 어리숙한 이미지는 충분히 심어 둔 것 같으니. 경계도 조금 풀렸고. 이제 자신에게 의지하고 있다고 생각하겠지.'

계속 그에게 의지하는 뉘앙스를 풍겼더니, 군인 연우의 눈빛도 조금씩 누그러지는 것이 느껴졌다.

그래도 여전히 일말의 의심은 사라지지 않는 듯했지만.

그렇게 둘이서 얼마나 움직였을까?

'다른 차연우도 슬슬 나타날 때가 되지 않았나?'

감각이 둔해져 아무것도 감지할 수 없으니 이렇게 답답할 수가 없었다.

그런데.

"잠깐 멈춰."

연우는 군인 연우의 지시에 따라 걸음을 뚝 멈췄다.

직감적으로 알 수 있었다.

이 모퉁이 뒤에 거대한 뭔가가 있다는 것을.

영왕이라도 있는 걸까? 아니면 사왕……? 신격이 된 자신이 있다면 어떻게 손을 쓰지도 못하고 당할 텐데. 어떻게 해야 할까.

"여기서 잠깐 기다려. 뭐가 있는지 보고 올 테니까."

군인 연우는 연우의 대답도 듣지 않고 슬그머니 모퉁이 너머를 엿보았다.

그러고는 그답지 않게 적잖게 당황한 목소리를 냈다.

"제기랄! 저게 말이 돼? 무슨 게임도 아니고."

연우는 잰걸음으로 다가가 군인 연우의 허락 없이 슬쩍 모퉁이 너머를 보았다.

그러고는 다시 헛웃음을 흘려야만 했다.

어마어마한 크기의 공동을 가득 채운 채로…… 용 한 마리가 잠들어 있었으니까.

거마신룡.

그의 원래 본체가 미니미 사이즈가 되어 그곳에 앉아 있었다.

물론, 미니미라고 해도, 여전히 수십 미터는 될 정도로 엄청난 크기의 흉악한 몸집이었지만.

'……첫 플레이 시작부터 최종 보스를 만난 기분인데.'

연우로서는 조금 어이가 없을 지경이었다.

그 여러 신화 중에서 왜 하필 만나도 거마신룡인 건지.

아직은 되도록 신격을 만나고 싶지 않았던 연우였기에 지금과 같은 상황은 그리 썩 달갑지 않았다.

막말로 저 녀석 혼자서 활개를 치기만 해도 나머지는 줄줄이 죽어 나갈 게 분명할 테니.

'최대한 뒤로 빠져서 어부지리라도 취할 생각이었는데. 이를 어쩐다?'

사실 연우는 마음만 먹는다면 얼마든지 신격을 되찾을 자신이 있었다.

영락으로 갖은 고생을 했던 여러 신격들이 들었다면 어처구니없다고 할 소리일지 모르지만.

이미 '황' 급에 다다라 봤던 그로서는 신격에 이르는 것이 이제 그리 어렵게 느껴지지 않았다.

막말로 신화에 해당하는 업적만 세울 수 있다면 얼마든지 탈각과 초월쯤은 이룰 수 있지 않은가.

하지만 아무리 쉽게 여긴다고 해도 실제로 시도를 하려면 그만한 시간이 필요할 수밖에 없었고, 때문에 연우는 최대한 시간을 벌면서 준비를 했다가 저들이 힘이 다 빠졌을 때 즈음 한꺼번에 전부 집어삼킬 생각이었다.

어차피 저들의 눈에 여기 있는 자신은 별 게 느껴지지 않는 한낱 피조물에 불과할 테니. 오히려 그냥 지나치기 쉬우리라.

그래서 연우는 군인 연우에 이어 나타난 거마신룡을 보고 바짝 긴장할 수밖에 없었다.

저놈이 눈을 살짝 깜빡이기만 해도, 자신 따위는 그냥 흔적도 남기지 못하고 사라지고 말 테니.

'그런데…….'

그러다 연우는 수상한 분위기를 느낄 수 있었다.

'왜 저렇게 기력이 약해 보이지?'

거마신룡의 원래 크기를 생각해 본다면, 저기 있는 녀석은 아주 작아진 게 분명했다.

그런데 그러면서 가진 힘도 같이 줄어들었는지, 분명히 대기를 타고 흐르는 뜨거운 마력은 있을지언정 다른 건 일절 느껴지지 않았다.

그저 가만히 두 눈을 감고 깊은 잠에만 빠져 있을 뿐.

원래 연우가 아주 의심이 많은 성격이라는 것을 감안한다면 절대 있을 수 없는 일이었다.

저기 있는 것도 자신에게서 떨어져 나간 신화의 일부라면, 당연히 이런 곳에 갇힌 것에 대해 경계심을 보일 테니까.

저것이 상황을 제대로 판단하기 위한 작전일 수도 있지만…….

'하지만 그렇다고 보기에는 너무 안일해. 잠을 자고 있는 것도 죽은 것처럼 느껴질 정도고. 뭐지? 왜 그런 거지?'

연우는 아주 잠깐 생각에 잠기다가 순간 머릿속으로 스치는 것이 있었다.

'거마신룡에 대한 신화만 떨어져 나가서……?'

거마신룡이라는 존재가 탄생한 데에는 아주 다양한 이유가 존재한다. 여러 초월종들의 인자를 흡수한 것도 있었지만, 칠흑왕의 자아로 거듭나면서 그런 인자들이 전부 융화한 것도 있었다.

여러 요소들이 아주 복잡하게 얽혀 있는 셈인데, 만약 추측대로 다른 연결 고리 없이 거마신룡이라는 신화만 뚝 떨어져 나간 것이라면, 저기에 있는 건 정체성이란 게 전혀 없는 '껍데기' 에 불과할지도 몰랐다.

그렇다면 거마신룡에게서 풍기는 위압감이 저렇게 현저히 약해진 것도, 의욕이 없어 보이는 것도 납득이 갔다.

'그럼 다른 신화들도 그런 건가?'

연우는 어쩌면 그럴지 모르겠다는 생각이 들었다.

각자 고유의 신화들만 간직한 개체들. 이전의 기억 따윈 전혀 공유하지 않는 저마다 다른 정체성을 가진 존재들이 여기 있는 것이라면, 아무래도 이번 스테이지 미션은 난이도가 더 복잡해지는 셈이었다.

'그럼 왜 나는 고등학생인 '차연우' 가 되었으면서도 왜 다른 기억들이 남아 있는 거지?'

문득 그런 의문도 들었지만, 연우는 자세한 건 우선 이것부터 해결하고 난 뒤에 생각하기로 마음먹었다.

'이블케 놈을 쫓으러 왔다가 이게 무슨 고생인지 모르겠군.'

웬만한 신격들도 통과할 수 있을까 싶은 난이도였으니.

아니, 이건 오히려 쌓은 신화가 더 높고 탄탄할수록 불리해질 수밖에 없는 난이도였다.

너무 격차가 큰 신화를 상대하려면 고생이 이만저만이 아닐 테니.

어쩌면 이곳에 먼저 들어온 이블케나 우마왕, 통천교주 등이 아직까지 별다른 소식이 없는 건 그만큼 고생을 하고 있기 때문일지도 몰랐다.

여하튼 이유가 무엇이 되었건 간에 한 가지만큼은 확실했다.

이 미션을 어떻게든 통과해야 이블케를 잡을 수 있다는 것.

그렇게 생각을 하고 있는데.

연우는 문득 군인 연우가 자신을 빤히 쳐다보고 있다는 사실을 깨달을 수 있었다.

무표정하게 가라앉은 두 눈이 대체 무슨 생각을 하고 있는지를 알 수가 없었다.

"학생은 별로 놀라질 않는 것 같은데."

이제는 대놓고 의심을 하기 시작했다.

물론, 연우는 이번에도 아닌 척 시치미를 뗐다.

"놀랄 게 뭐 있어요? 저렇게 큰 인형이 왜 여기에 있는지가 이상하긴 한데, 그래도 군이 겁먹는 게 이상한 것 같은데."

"인…… 형?"

"예. 예전에 저런 거 동영상으로 본 적 있어요. 니스 카니발? 뭐, 그런 거에서 대형 인형 잔뜩 들고 퍼레이드 하던데. 저것도 그런 게 아닐까요?"

"……."

"……왜, 왜 그래요? 무섭게."

연우는 침묵하는 군인 연우에게 겁을 먹은 것처럼 뒤로 물러서며 어깨를 움찔 떨었다.

그래도 군인 연우의 차분한 시선은 좀처럼 그에게서 떠나질 않았다.

이 빌어먹을 의심병 환자를 대체 어떻게 해야 방심하게 만들 수 있을까?

아니, 자신을 그냥 버리게 만들 수 있을까?

"너……!"

군인 연우가 뭐라고 말을 하려던 바로 그때였다.

콰콰콰쾅!

쿠쿠쿠쿠—

별안간 동굴이 이대로 무너지는 게 아닐까 싶을 정도로 엄청난 진동이 동굴을 뒤흔들었다.

위험할 정도로 돌가루가 우수수 떨어지면서 빛이 번쩍였다. 뜨거운 열풍마저 불어오자, 연우와 군인 연우의 시선이 똑같이 그쪽으로 쏠렸다.

하나는 붉은색, 다른 하나는 검은색으로 빛나는 두 광원(光源)이 날개를 펼치면서 거마신룡을 공격하고 있었다.

이대로 있다가 눈이 그대로 멀어 버리는 게 아닐까 싶을 정도로 밝은 빛무리였지만.

연우는 그들이 각각 누군지 알 수 있었다.

'붉은색은 신왕, 검은색은 사왕인가?'

각각 올림포스의 주신이 된 신화와 명계의 절대자가 되었던 신화.

굳이 따지자면 신왕 쪽이 더 강하겠지만.

'큰 차이는 없을지도.'

추측대로 신화 부분만 떨어져 나간 것이라면 사실 엄청난 무력 차는 없을 터였다.

원래대로라면 명계의 절대자가 가진 무게는 올림포스의 주신과 비교해도 절대 뒤지지 않는 것이었으니!

'문제는 저 둘도 힘을 합쳐야 겨우 잡을 수 있을까 싶은 게 거마신룡이라는 거겠지만.'

연우는 직감적으로 자신과 군인 연우가 그런 것처럼, 신왕과 사왕도 먼저 만났다가 부딪치기 전에 거마신룡을 먼저 잡기로 협의하고 사냥에 나선 것으로 파악했다.

'자신' 이라면 분명히 그리했을 테니까.

'물론, 저 동맹이 오래가진 않겠지만.'

아무리 각각 다른 정체성을 지니고 있다고 해도, 저 둘도 이 군인 연우처럼 의심병 환자일 게 분명하니 언제든 빈틈이 보인다면 서로의 뒤통수를 후려갈기려 할 게 분명했다.

그래도.

지금 이 순간만큼은 둘 모두 전력을 다해 거마신룡과 싸우려 하고 있었다.

검은 벼락이 떨어지고, 붉은 불기둥이 지면에서 치솟았다.

크르르르……!

거마신룡도 슬슬 두 신들의 공세에 짜증이 났던지, 감고 있던 눈을 번쩍 뜨면서 가래 끓는 소리를 냈다.

대기가 거칠게 울렸다. 그것만으로도 연우는 속이 뒤집힐 것 같은 현기증과 고통을 느껴야만 했다.

이대로 여기에 계속 붙어 있다간 정말 죽을지도 모른다.

'이제 슬슬 움직여야겠는데.'

연우는 슬쩍 군인 연우 쪽을 곁눈질했다.

녀석은 제 딴에는 냉정하게 상황을 판단하려는 게 보였지만, 결국 그것이 고작이었다. 눈꺼풀이 파르르 떨리고 있었다. 눈가로 갖가지 감정이 스쳤다. 불신. 경악. 충격.

군인으로서의 기억만 갖고 있는 녀석에게 저런 광경들은 상식을 모조리 뒤집는 장면이겠지.

처음 연우도 동생이 남긴 회중시계가 아니었다면 좀처럼 믿기 어려웠을 테니, 현실주의자인 군인 연우는 더더욱 그러할 것이다.

그리고.

그것이면 충분했다.

군인 연우를 떨쳐 내기엔.

스걱!

푸화아악—

"너……?"

군인 연우는 어떻게 손을 쓸 새도 없이 연우가 자신의 혁대 뒤쪽에 있던 대검을 단번에 뽑아 목젖을 그어 버리자 멍한 표정을 짓고 말았다.

아무리 자신이 두 신과 용의 싸움에 정신이 팔려 있었다고 해도, 만약을 대비해 위치나 자세 전부 이쪽에 유리하게끔 잡고 있었건만.

"미안하지만 '경험' 까지 사라지는 건 아니라."

연우는 차갑게 웃으면서 군인 연우의 미간에다 대검을 깊숙하게 박아 버렸다.

퍽!

군인 연우가 그대로 뒤로 벌러덩 나자빠지고.

츠츠츠—

녀석의 몸뚱이가 해체되면서 연우에게로 고스란히 흡수되었다.

[신화, '카인'이 다시 합쳐졌습니다.]

동시에 연약하기만 하던 육체에도 조금씩 힘이 돌아왔으니.

'이것만 해도 충분해.'

고등학생의 육체는 조금만 움직여도 금세 체력이 다해서 버거웠지만, 군인일 때는 전혀 달랐다.

연우는 두 신과 용을 피해 재빨리 뒤로 몸을 빼냈다.

최대한 조용히.

물론, 이런다고 해서 저들의 예민한 감각을 완전히 속일 수는 없겠지만, 어차피 저들이 싸움에 집중하느라 자신에게 관심도 없으리라는 것을 잘 알고 있었다.

'나를 사냥하려 한다고 해도 언제든지 처치할 수 있을 거라고 여길 거고.'

연우는 바쁘게 자리를 빠져나가면서 다른 굴로 이동했다.

'이곳은 천마가 세운 탑의 스테이지 미션과 비슷한 체계로 이뤄져 있어. 그렇다면 단순히 신화를 분리해 두기만 한 게 아니라, 어떻게든 판을 뒤집을 만한 히든 피스들을 곳곳에 숨겨 뒀을 거야.'

그리고 연우는 그런 히든 피스가 무엇인지 대략적으로 알 것 같았다.

'시원의 불.'

려의 조각에 담겨 있다는 태초의 힘이라면, 제아무리 피조물이라도 다른 신화들을 물리치기에 충분할 테니.

'여기에 들어온 만큼, 그 불을 가질 수 있는지 자격을 증명해 보라는 거겠지.'

연우는 판단을 마치자마자, 굴의 이곳저곳을 뒤지고 다니면서 벽과 천장 등을 눈으로 빠르게 살폈다.

히든 피스가 숨겨져 있는 장소라면 어떤 힌트가 있을 게 분명했다.

그러면서도 한편으로는 대기 중에 흐르고 있던 마력을 느끼고, 그것을 강제로 끌어와 체내에 크게 휘돌렸다.

이미 지나 봤던 길이라 그런지 마나를 감지하는 건 크게 어렵지 않았다. 마력으로 가공하고, 거기에 맞춰 마력회로를 개척하는 것이 힘들었을 뿐이지.

[마력이 돌아가기 시작합니다.]

['마력회로'가 개설되었습니다.]

[회로의 수가 2개로 확장되었습니다.]

[회로의 수가 3개로 확장되었습니다.]

……

휘휘휘!

마력회로가 점차 형태를 갖출수록.

연우가 입고 있던 옷이 새카맣게 물들면서 시큼한 냄새가 났다. 근육이 크게 찢어졌다가 아물고, 골격이 틀어졌다가 다시 붙었다. 눈높이가 높아지고, 체내에 활력이 돌았다.

[스킬 '마력회로'가 완전한 형태를 갖추어 '아트만 시스템'으로 변경되었습니다!]

[스킬 '용마안'이 생성되었습니다.]

그렇게 몇 번을 반복하고 나니 몸에는 더 이상 노폐물과 탁기라 할 만한 것이 남아 있지 않았다.

오로지 굵고 짙게 흐르는 마력만 있을 뿐.

물론, 그걸로도 힘을 되찾았다고 하기에는 턱없이 부족했지만.

연우는 더 이상 거기에서 무언가 다른 시도를 하지 않았다.

'찾았다.'

이미 용마안을 통해 동굴을 길게 가로지르는 아주 희미한 결을 발견할 수 있었으니까.

뚫어져라 관찰하지 않았더라면 놓칠 수밖에 없을 틈.

그쪽으로 손을 뻗으려는데.

"거기까지."

연우는 뒤쪽에서 들린 목소리에 동작을 멈춰야만 했다.

그리고 홱 고개를 돌린 곳에 검은 광채를 뿜어 대는 사왕이 있는 것을 볼 수 있었다.

"웬 쥐가 있나 했더니, 그런 걸 발견했을 줄은 생각 못 했는데."

"……."

연우는 자신과 똑같은 얼굴을 하고 있으면서도, 풍기는 기운은 심장을 바싹 조이게 만드는 사왕을 가만히 지켜봤다.

분명히 신왕과 같이 거마신룡을 잡고 있어야 할 텐데…… 벌써 사냥이 끝난 걸까?

최후의 승자는 그가 된 거고?

하지만 그렇다고 하기엔 원래 사왕이 가지고 있는 기질

외에 다른 기질은 전혀 찾아볼 수 없었다.

그러나 사왕은 그런 연우의 의문 따위를 해결해 줄 생각 따윈 없는 듯, 곧장 공격을 시도해 왔고.

[스킬 '하늘 날개'가 생성되었습니다!]

연우는 마력을 한껏 크게 돌리면서 몸을 던졌다.

하늘 날개는 모든 효과를 최대로 증폭시키는 효능을 가지고 있다.

연우는 자신이 가진 모든 역량을 동원해 사왕이 휘두른 검은 벼락을 흘려 냈다.

두 날개가 안쪽으로 오므라지면서 거대한 방어막의 형태를 띴다.

하지만.

콰아앙!

"컥!"

연우는 전신을 뒤흔드는 충격파를 버티지 못하고 그대로 크게 튕겨 났다가, 저만치 먼 곳에 위치한 벽면에 틀어박힌 뒤에야 겨우 멈출 수 있었다.

'……역시 무리인가?'

연우는 이를 악물었다.

단 한 번의 공격이었는데도 불구하고.

전신 곳곳이 악다구니를 내지르고 있었다. 근육이 모조리 파열되고, 뼈란 뼈는 전부 으스러진 것 같았다. 내장도 진탕이었다.

['마력회로'가 훼손되었습니다!]

[훼손의 정도가 아주 심각합니다. 빠른 조치와 대비를 필요로 합니다.]

[마력 생성이 불가능합니다.]

[마력 순환이 불가능합니다.]

……

"제법이군. 그래도 한가락은 한다, 이건가? 역시 단순한 쥐는 아니었나."

사왕은 차갑게 웃으면서 연우 쪽으로 천천히 다가왔다.

스스스—

땅바닥에 드리운 녀석의 그림자가 먹물처럼 퍼져 나가면서 연우의 그림자를 잠식했다.

"난 왜 내가 여기 있는지 모른다. 뭔가 빠진 부분도 너무 많아. 하지만 왜 그런 게 생겼는지, 그게 무엇이었는지 도저히 추측할 수가 없다."

찰칵! 찰칵!

사왕의 그림자가 좌우로 쫙 갈라지면서 톱니 이빨이 훤히 드러났다.

수면에 둥둥 떠다니는 먹이를 노리는 상어처럼, 연우의 발밑을 어슬렁거렸다.

죽음이라는 개념이 그를 노리고 있었다.

"뭔가 결여된 것도 많아. 나의 일부로 보이는 저것들이 바로 저기에 있는 것처럼 보이는데…… 도통 알 수도 없고. 여기서 대체 뭘 해야 할지도 모르겠어. 하지만."

사왕의 두 눈이 황금빛으로 요요하게 빛났다.

"네가 뭔가 아는 것 같으니 차차 물어보면 되겠지."

사왕에게는 여러 가지 권능들이 있다.

특히 연옥로는 연우도 적들을 가둬 놓고 심문하는 데 아주 요긴하게 쓰기도 했었다.

그걸 자신에게 쓰겠다는 건데…… 연우는 어처구니가 없었다.

그래서 한껏 차갑게 웃었다.

"한 가지 가르쳐 줄까?"

"뭐지?"

"미안하지만, 난 너처럼 혓바닥이 안 길어."

"……!"

사왕은 그제야 여유를 부릴 때가 아니라는 것을 깨닫고 손을 쓰려 했지만.

콰아아앙!

이미 늦은 뒤였는지, 사왕이 있던 옆쪽 벽이 그대로 터져 나가면서 뜨거운 열풍이 불어닥쳤다.

"감히 내 뒤를 노려? 후회할 짓을 저질렀다는 것을 가르쳐 주마."

튀어 오르는 암석들 사이로, 신왕이 한쪽 팔이 없는 상태로 튀어나와 사왕에게 달려들었다.

사왕에게 뒤통수를 세게 얻어맞은 모양인지, 상당히 큰 부상을 입은 상태였다.

왼팔이 날아간 것은 물론, 전신이 온통 상처로 가득했다. 특히 얼굴이 시커멓게 물들어 있는 것이, 죽음의 개념이 독처럼 육체를 갉아먹고 있는 듯했다.

때문에 열풍에 섞인 의념은 온통 사왕을 죽이겠다는 살의로만 가득했으니.

크롸롸롸!

거기다 신왕의 뒤쪽으로, 피투성이인 거마신룡까지 나타나면서 사왕에게 와락 달려들었다.

"대체 어떻게……!"

사왕으로서는 당황스러울 수밖에 없었다.

분명 거마신룡을 한창 공격하다가, 그 모든 분노를 신왕에게로 뒤집어씌우는 데 성공했었다. 여기에 신왕이 손발이 어지러워질 때 옆구리에다 칼침까지 꽂으면서 모든 게 끝난 줄로만 알았는데.

대체 어떻게 여길 찾아낸 거지……?

『잔머리는 너만 쓸 수 있는 게 아니어서.』

그러다 사왕은 자신의 귓가를 파고드는 어기전성에 연우 쪽으로 시선을 홱 돌렸다.

그에게서는…… 그가 간직한 신화 중에서도 아주 익숙한 냄새가 풍기고 있었다.

"대지…… 모신?"

『이 냄새를 맡고도 못 찾고 배길까?』

연우는 과거 페르세포네를 잡고, 대지모신을 죽이기 위해 강제로 그녀와 채널링을 형성한 적이 있었다.

그때 얻은 칭호가 바로 '대지모신의 사도'.

물론, 당시에 얻은 칭호는 신화가 죄다 떨어져 나가면서 사라지긴 했다지만, 그래도 그 특성과 메커니즘을 완전히 잊어버린 건 아니었다.

'음검을 완성하기 위해 영혼을 재조립하면서 파악해 뒀던 게 이럴 때 요긴하게 쓰이는군.'

그때 얻은 경험을 가지고 적당히 장난을 치니, 오로지 본능만 남은 거마신룡이 귀신같이 이곳을 알아채고 찾아온 것이다.

'거마신룡의 인자 상당수는 대지모신의 것이기도 했으니까.'

거기다 대지모신을 꺾은 신화는 신왕에게 있지 않던가!

"역시 넌 여기에 대해 알고 있……!"

사왕은 그럴수록 연우에 대한 확신을 가질 수밖에 없었지만, 문제는 당장 그가 연우 쪽으로 신경 쓸 겨를이 없다는 점이었다.

신왕이 죽일 듯이 달려들면서 붉은 불길이 그림자를 찢어 버리고, 거마신룡이 브레스를 잇달아 쏘아 대는 통에 몸을 보호하기에도 벅찰 지경이었다.

쿵, 쿵, 쿵!

퍼어어엉—

동굴의 여러 벽면이 잇달아 터져 나가면서 사왕과 신왕, 거마신룡이 한데 뒤엉키는 가운데.

['아르만 시스템'을 비상 운영 체제로 전환, 마력의 일부를 순환시키는 데 성공했습니다!]

[현재 효율도: 6%]

지금 갖고 있는 마력도 그리 많지 않은데, 거기서 이만큼밖에 쓸 수 없다는 게 어이가 없을 뿐이었지만.

연우는 지체하지 않고 손바닥을 활짝 펼치면서 옆쪽 벽을 거세게 후려쳤다.

쾅!

경(勁)의 묘리가 일부 뒤섞이면서 가뜩이나 여러 신격들의 충돌로 내구도가 간당간당하던 천장의 몇 군데 지점을 자극했다.

그러자 돌들이 그대로 우르르 쏟아지면서 녀석들이 있는 공간과 이쪽이 분리됐다.

물론 이건 임시방편일 뿐, 녀석들이 움직인다면 금세 부서져 나갈 차단벽이라는 것을 알고 있었다.

그래서 연우는 용마안을 여전히 부리부리하게 뜬 채, 방금 전에 체크해 뒀던 지점을 다시 세게 후려쳤다.

[마력의 비정상적인 운용으로 인해 효율이 다시 급격하게 저하되었습니다!]

[현재 효율도: 3%]

쾅!

쾅!

[마력의 효율이 다시 저하되었습니다!]

[현재 효율도: 1%]

콰아앙!

서너 번을 후려치자, 벽이 터지면서 안쪽에 마련되어 있던 빈 공간이 나타났다.

화아아!

그곳에는 붉은 구슬 조각이 둥둥 떠 있었다.

영혼석들을 회수하면서 만진 적이 있었던 려의 조각.

그쪽으로 손을 뻗었다.

화아악!

조각이 부서지면서 황금색 불길이 손아귀로 빨려 들어왔다.

['조각'을 회수하는 데 성공했습니다!]

[서든 퀘스트(숨겨진 조각)가 생성되었습니다.]

[서든 퀘스트 / 숨겨진 조각]

설명: 현재 당신이 입장한 곳은 '려의 무덤'입니다. 이 무덤 곳곳에는 려를 의미하던 조각들이 숨겨

져 있습니다.

려의 조각은 시원의 불을 담고 있습니다.

많은 조각을 확보하면 확보할수록, 시원의 불에 더더욱 근접할 수 있을 것이며 무덤의 주인인 려에게도 더 가까이 다가갈 수 있을 것입니다.

지금부터 스테이지 곳곳에 숨겨진 조각들을 모두 찾아 하나로 만드십시오.

이것은 신화를 잃어버린 당신이 다른 당신'들'을 이길 수 있는 유일한 기회이며, 그 과정에서 생기는 모든 일과 과정들은 스스로를 재정립할 수 있는 기회가 되기도 할 것입니다.

제한 시간: —

제한 조건: '려의 무덤' 입장자. '려의 조각' 소지자.

달성 조건: 려의 조각을 찾으십시오. 현재 발견한 조각 수(1/5)

보상: ???

하지만 기대했던 것과 다르게, 회수한 려의 조각은 그에게 당장 큰 힘을 전달해 주거나 하지는 않았다.

아직 신격들과 정면으로 부딪치기에는 무리였던 것이다.

다만, 영혼 안쪽에서 무언가가 부쩍 차오르는 듯한 느낌은 받을 수 있었으니.

연우는 남은 조각들도 전부 회수했을 때야 자신이 원하는 정도의 힘을 발휘할 수 있겠다는 생각이 들었다.

'그래도 이것만 해도 큰 성과야. 예상했던 대로 들어맞은 셈이니까.'

연우는 다시 한번 더 머리를 재빨리 돌렸다.

[스킬, '시차 괴리'가 생성되었습니다!]

시간이 한껏 느려지면서 사고가 꼬리에 꼬리를 물었다.

쿠쿠쿠……!

세 신격들의 싸움은 계속 걷잡을 수 없이 커져 가고 있었다. 차단벽에서 넘어오는 열기가 금방이라도 그의 영혼을 태워 버릴 것처럼 이글거렸다.

'다음 히든 피스가 있을 장소는……!'

연우는 용마안으로 결의 흐름을 좇으면서, 머릿속으로 대략적으로나마 동굴의 구조도를 그려 보았다.

이미 군인 연우와 여기저기를 바쁘게 돌아다니면서 곳곳을 세세하게 살펴 둔 상태.

그러니 미로처럼 복잡했던 구조도 금세 여러 연산으로 금세 쉽게 도출할 수 있었다.

그리고 가장 가까운 곳은.

'여긴가?'

연우는 다시 하늘 날개를 활짝 펼치면서 우측으로 나 있는 길 쪽으로 몸을 날렸다.

쐐애애액—

* * *

['두 번째 조각'을 회수하는 데 성공했습니다!]

'이제 남은 건 3개. 하지만 여기까진 운이 좋았어. 이제 슬슬 다른 놈들도 냄새를 맡기 시작했겠지.'

연우는 남은 3개 조각도 이처럼 쉽게 찾을 수 있을 거란 생각은 하지 않았다.

어쩌면 다른 자신들이 이미 나머지를 전부 찾았을지도 몰랐다.

'아마 비신격들이겠지.'

사왕을 상대했을 때도 느꼈지만, 녀석들은 분명 자신과 비슷한 얼굴과 성정을 지니고 있으면서도, 단순히 '차연우' 라고 하기에는 부족한 것들이 많았다.

그건 아마도 본바탕이 되어야 할 인간으로서의 기억이 단절되어 스스로의 정체성을 신에 가까이 두기 때문이겠지.

사왕이 연우를 이용해 먹었으면서도, 결국 허를 찔리게 된 건 전부 그런 차이 때문이었다.

이것이 시사하는 바는 아주 컸다.

'인간인 나에게서 멀어지면 멀어질수록, 그만큼 차연우로서의 정체성도 멀어진다…….'

그만큼 판단력이나 냉철함도 줄어들 수밖에 없었다.

하지만 반대로 독식자나 영왕과 같은 비신격들은 여전히 인간으로서의 정체성을 가지고 있다.

신격들이 징글징글하게 뒤엉키는 곳에서 살아남기 위해서는 그만큼 기민한 판단을 내릴 수밖에 없을 테니까.

'우선 비신격들끼리 연합을 하든 담판을 내든, 어떻게든 해야겠지?'

그러지 않으면 신격들의 위협으로부터 승기를 거머쥘 수 있는 방법은 아무것도 없을 테니까.

그리고 연우는 이런 판단을 독식자와 영왕도 똑같이 내렸을 거라고 확신했다.

'비신격들이 사왕 등을 피해 몰래 만날 만한 장소가 어디 있을까?'

신격들로부터 한참 떨어져 있으면서 크기가 작지 않은 공동.

'그러면서 여러 굴이 교차하고 있어서 여차하면 바로 내뺄 수 있는 곳.'

연우는 자신 '들' 이 장소를 정할 때 가장 우선시할 조건이 바로 유사시에 대피로를 확보할 수 있는지 여부라고 여겼다.

'하지만 그러면서도 상대의 퇴로는 바로 막아 버릴 수 있을 만한 곳. 이 복잡한 개미굴에서도 우리가 모두 공통적으로 떠올릴 수 있을 만한 곳……!'

연우의 두 눈이 빛났다.

'있다.'

첫 번째 조각이 발견되었던 곳.

사왕 등이 뒤엉켰던 장소라면…… 다른 비신격들도 쉽게 떠올릴 수 있지 않을까.

이미 세 신격들도 싸움을 끝냈거나, 여전히 현재 진행형이더라도 다른 장소로 이동했을 게 분명하고.

등잔 밑이 어둡다는 말을 이용할 참이었다.

그래서 연우가 다시 돌아간 장소에는.

"……드디어 왔군."

"많이 느려 터진 놈이로군. 대체 무슨 신화를 갖고 있기에 이리 늦은 거지?"

가면을 깊게 눌러쓴 독식자와 차갑게 눈을 빛내고 있는 영왕이 연우를 기다리고 있었다.

의심.

경계.

연우는 공동에 발을 들인 순간부터 그런 시선들을 받아야만 했다.

'무슨 짓거리인지 모르겠군.'

벌써 30여 분째였다.

서로가 서로를 노려보고 있는 것이.

상대의 수준은 어느 정도인지, 무장 상태는 어떤지, 스킬은 무엇을 갖고 있는지, 가호와 축복이 있는지, 혹시 다른 동조자는 없는지, 신화는 어떻게 되는지, 빈틈은 없는지, 있다면 노릴 수 있는지 등…….

날카롭게 서로를 탐색하고 있는 지금, 아주 잠깐이라도 허점을 보인다면 둘이서 손을 잡고 곧장 들이칠 게 보이기 때문에, 연우는 좀처럼 마음을 놓을 수가 없었다.

차라리 이럴 바엔 그냥 자리를 피해도 될 테지만, 그러지 않는다는 것은 서로가 서로에게 필요하다는 것을 명백히 인식하고 있단 뜻이겠지.

'귀찮은 의심병 환자 새끼들.'

연우는 자신도 똑같이 그러고 있으니 남 말할 처지가 아니라는 건 알고 있었지만, 그래도 짜증이 나는 건 어쩔 수 없었다.

이 정도면 다른 신화들도 슬슬 상황 판단을 마치고 개인 행동을 시작하고도 남았을 시간이었다.

어쩌면 신왕과 사왕이 그러했던 것처럼 저들끼리 연합을 했을지도 모르는 일.

만약 두 개 이상의 신격이 정말 제대로 손을 잡았다면, 이쪽이 승기를 잡을 수 있는 기회는 없었다.

연우는 독식자와 영왕도 그걸 아주 잘 알고 있을 거라고 생각했다.

그런데도 섣불리 움직이지 못하는 건, 서로를 너무 잘 알고 있기 때문이 아닐까.

"계속 이러고 있는 것도 할 짓은 못 되는군."

그때, 영왕이 가장 먼저 입을 열었다.

'자신의 전력이 여기서 가장 우세하다고 판단한 거겠지. 분위기를 주도할 수 있다고 본 거고.'

그리고 실제로도 그게 맞았다.

"각자가 기억하고 있는 '부위'가 무엇인지 간단하게라

도 소개하는 건 어떻지? 그런다면 서로가 손을 잡건, 결렬하건 간에 조금이라도 도움이 될 것 같은데."

영왕의 시선이 연우에게로 향했다.

여기서 제일 약체인 것 같은 너부터 말해 보라는 뜻.

연우는 그런 녀석을 보면서 노골적으로 비웃음을 던졌다.

"플레이어. 됐나?"

꿈틀!

영왕의 한쪽 눈썹이 들썩였다.

여기 있는 모두가 플레이어 차연우에게서 비롯되었다.

이건 노골적으로 그의 의견이 멍청한 소리라며 조롱을 던진 것이나 마찬가지였다.

"떠보려면 제대로 떠보든가. 너도 말하지 않는 걸 우리더러 말하라고 하면 제대로 말할 것 같나?"

영왕의 눈빛이 싸늘하게 가라앉았지만, 연우는 도리어 콧방귀를 뀌었다.

짝!

그때, 여태 가만히 있던 독식자가 박수를 치면서 입을 열었다.

"신경전이든 탐색이든, 쓸데없는 데 더 이상 시간 빼지 말자고. 어쨌거나 목표는 모두 같을 테고, 그걸 이룰 때까지만 임시 연대를 하면 그걸로 끝이지 않나. 다만, 중요한 건 여기에 낄 자격이 있냐는 거지. 안 그래?"

'저놈은 영왕과 내가 신경전이 극에 달했으니 자신에게 유리했다고 판단했겠군.'

연우는 독식자가 여기서 가장 위험하다고 판단했다.

분명 무력은 영왕보다 뒤처질지 모르지만, 가장 의심이 많고 타인을 믿지 않았을 때가 바로 저 때였으니까.

연우는 회수했던 2개의 조각 중 한 개만 꺼내 보였다.

"여기."

"나도 여기 있다."

"이걸로 다 똑같이 한 개씩 갖고 있다는 건 확실해졌군. 뭐, 2개 이상 갖고 있다고 해도 밝히지는 않겠지만. 안 그래?"

독식자는 무조건 서로를 의심할 수밖에 없는 말들을 슬쩍슬쩍 덧붙여 댔다.

그러면서도 중재를 하는 척하며 분위기를 자신이 주도했다.

"일단 정보를 한 가지 공유하자면, 남은 조각 중 하나는 '거인의 신' 도 갖고 있다."

연우와 영왕의 눈빛이 동시에 빛났다.

"확실한가?"

"어떻게 알아낸 거지?"

"영업 비밀. 나도 거의 죽다 살아났던지라."

독식자는 어깨를 으쓱거리면서 말을 이었다.

검은 가면 아래 두 눈이 서슬 퍼렇게 빛났다.

"아무튼 그걸 빼앗을 때까지만 손을 잡자고 제안하고 싶은데……. 하지만 서로가 이렇게 의심을 하고 있어서야 오히려 자중지란만 일으킬 테니 다른 방식으로 접근하자고."

독식자는 무언가를 어루만지듯, 손으로 허공을 짚었다.

띠링!

['마나의 맹약'이 제안되었습니다!]

"조건은 거인의 신을 잡기 위한 연대. 자격은 조각 소유자 한정. 기간은 거인의 신이 숨통이 끊어지기까지. 페널티는 신화 삭제. 어때?"

연우와 영왕은 아주 잠깐 서로를 곁눈질하면서 답변을 하지 않았다.

계산을 해 보는 것이다.

과연 이것을 받아들였을 때, 자신에게 유리할지 불리할지를.

그만큼 '신화를 삭제한다'는 페널티가 주는 무게가 아주 컸다.

그냥 바로 경쟁에서 탈락하라는 의미였으니까.

이것을 거스를 수 있는 방법도 없었다.

마나의 맹약은 상대가 제아무리 초월을 거듭한 존재라 할지라도 결코 피할 수 없는 절대적인 속박과 같았다.

"좋아."

"하지."

연우와 영왕은 고개를 끄덕였다.

연우는 어차피 약체인 자신에게 어떤 악조건이 들어와도 별 차이가 없을 거란 생각에.

반대로 영왕은 그걸 얼마든지 뒤집을 수 있을 거란 판단에.

동상이몽(同床異夢)을 가지면서 모두가 동의를 표했고.

"좋아."

독식자의 옅은 웃음소리와 함께, 그들의 심장을 따라 무언가가 단단히 구속되는 느낌이 들었다.

['마나의 맹약'이 체결되었습니다.]

[보이지 않는 사슬이 계약 당사자들의 영혼을 서로 엮고 있습니다. 맹약을 어길 시, 제시된 페널티대로 처벌이 집행됩니다.]

[또한, 기존 처벌과 별도로 마나에 대한 불신이 영혼에 새겨지게 되니 유의하십시오.]

마나에 대한 불신은 마나 스트림으로의 접근 권한이 박탈된다는 뜻이다.

경지가 높은 존재일수록 치명타로 작동할 수밖에 없으니 어떻게든 반드시 지켜야만 했다.

"그럼 거인의 신에 대해서 간략하게 설명하지."

독식자는 가면을 고쳐 쓰면서 자신이 파악했던 정보들을 하나하나씩 늘어놓았다.

*　　*　　*

거인의 신은 눈을 뜨자마자 스스로에게 질문을 던졌다.

'나는 누구인가?'

그런 질문을 던진 이유는 아주 간단했다.

그에게는 '이름'이 없었으니까.

'왜 기억이 나질 않는 거지? 아니, 있기나 했었나?'

분명 있기는 했을 것이다.

아주 어렴풋하게나마 '###'이란 형태로 남아 있었으니까.

하지만 이름을 포함한 모든 것들이 거세되고 없었다.

마치 너의 정체성은 이것만으로도 충분하다는 듯.

모든 거인들의 신이라는 신화로도 충분하다며, 앞으로 이렇게 살라고 누군가가 말하는 것 같았다.

그것이, 거인의 신은 싫었다.

'감히 누가 나에게 이래라저래라 말한단 말인가!'

거인의 본질은 투쟁(鬪爭).

그 때문에 신이고 악마고 간에 거인족과 직접 부딪치기를 꺼려 했다. 그들은 싸움에 미친 나머지 너무 흥분을 하면 동족끼리도 내분을 밥 먹듯이 하는 미친 작자들이었으니까.

하지만 그 투쟁은 외부로만 발산되는 게 아니었다. 내부로도 화살이 돌려질 때가 있었다.

바로 스스로에게.

지금 거인의 신이 겪는 투쟁이 그러했다.

그가 현재 갖고 있는 투쟁이라는 신화는 억압과 구속에 대한 투쟁이었고, 이름이 없다는 상황은 바로 그런 억압과 구속을 의미했다.

무엇보다.

'신도들의 목소리가…… 남아 있다.'

거인의 신은 망자 거인들이 자신을 보면서 했던 말이 떠올랐다. 발데비히라고 했던가? 제사장이었던 자는 부디 자신들의 구원자가 되어 달라고 하였고, 자신은 필시 그러겠노라고 대답하였다.

거인족이 아주 오래전에 떠났던 행성에서 죽음만 기다리고 있던 거인들도 마찬가지. 그들은 반드시 세상을 바꿔 달라고 간청했고, 자신은 그래 주겠다고 화답했다.

이토록 많은 신도들이 구원을 바라고 있을진대, 어찌 신이 되어 그것을 모른 체할 수가 있을까.

그래서 그때부터 거인의 신은 눈을 뜬 자리에서 단 한 발자국도 떼지 않고 있었다.

이곳에서 어떻게든 결여된 부분을 되찾을 생각이었다. 자신을 찾지도 못했는데 신도들을 구원하는 대사까지 추구할 수는 없을 테니까.

쉽지는 않겠지만, 스스로의 내면을 계속 깊게 파고들다 보면 무언가 나오지 않을까.

움직이는 건 그 뒤에 해도 상관없었다.

조각이 바로 자신의 발밑에 있는데도 불구하고 취하지 않은 것도 바로 그 때문이었다.

'이건 기물(奇物)이다. 취하게 되면 되레 내가 휘둘리기 십상이다. 하지만 다른 놈들에게 순순히 내어 줄 이유도 없겠지.'

그러던 그때, 거인 신의 감각을 자극하는 뭔가가 있었다.

'또 귀찮은 놈이 찾아왔군.'

조각의 냄새를 맡고 찾아왔던 놈들은 한둘이 아니었다.

하지만 그중에서도 가장 귀찮았던 놈이 있었다.

바로 그놈이 다시 온 모양이었다.

이번에는 무리까지 끌고서.

착!

발소리가 크게 들리자, 거인의 신도 눈을 떴다.

그는 여전히 가부좌를 튼 그대로 일어날 생각을 하지 않은 채, 저 멀리 공동 입구에 서 있는 독식자를 바라봤다.

“이것은 기물이니라. 그대에게 필요한 게 아니란 뜻이지. 그런데도 다시 왔는가?”

“필요하고 말고는 내가 정한다고 말했을 텐데.”

독식자는 허리띠 뒤쪽에서 두 개의 단검을 꺼내더니 각각 손에 꽉 쥐었다.

그리고.

파앗―

거인의 신에게로 몸을 날렸다.

['거인의 신'에 대한 레이드가 시작됩니다!]

[현재 파티 참여자: 3명]

“여전히 무모하군.”

거인의 신은 쓴웃음을 지으면서도 여유롭게 자리에서 일어났다. 그의 옆에는 아주 기다란 뼈칼이 꽂혀 있었다.

무기가 없기에 자신의 늑골을 직접 뽑아서 갈아 만든 무기였다.

덕분에 지금 그에게는 늑골이 하나 부족했지만, 이 정도 통증은 크게 아픈 것도 아니었다. 그리고 그의 신력을 받쳐 주려면 신체의 일부를 쓰는 것이 가장 좋았다.

콰아아앙!

거인의 신은 거칠게 일격을 내리쳤다.

웬만한 피조물은 풍압만으로도 찢어 버릴 수 있는 위력.

거인의 신은 독식자가 이것을 정면에서 부딪쳐서는 절대 승산이 없을 거라고 생각했다.

그런데.

쩌어엉!

"흐음?"

독식자가 교차시킨 단검이 뼈칼을 정면에서 밀어내고 있었다. 힘에서 밀리고는 있었지만, 독식자는 분명히 그의 공격을 막아서고 있었다.

거인의 신은 이게 무슨 일인가 싶어 뼈칼을 연속으로 휘둘러 댔고, 독식자는 그럴 때마다 기이하게 몸을 움직이면서 공격을 일일이 쳐 내고 흘리면서 반격까지 시도했다.

"그렇군! 그새 조각이라도 얻었나?"

거인의 신은 독식자를 따라 감도는 보랏빛 기운이 무엇인지 깨닫고 파안대소를 터뜨렸다.

하긴 저것이 있다면 신격에 가까운 힘을 보이는 것도 절대 무리는 아니었다.

그것에 휘둘리고 말고는 다른 차원의 문제였지만.

"금세 잃겠군."

순간, 가면 아래 독식자의 눈동자가 차갑게 일렁였다.

"무슨 말이지?"

"말한 그대로다. 그대는 곧 기물에 홀려 기물을 잃게 될 거란 뜻이지. 비단 기물만이 아니다. 정신도 잃고, 목숨도 잃고, 신화도 잃겠지."

"헛소……!"

"헛소리가 아니니라. 자신의 이름도 몰라 스스로를 제대로 세우지도 못하는 작자가 기이한 힘을 얻는다 한들, 그걸 제대로 활용할 수나 있겠느냐?"

거인의 신은 한껏 비웃음을 던졌다.

"설마 다른 신화들이 멍청해서 여태 조각을 회수하지 않았던 걸까?"

"……!"

"극도로 힘만 추구하는 걸 보니, 주변에 가지고 있는 게 아무것도 없나 보군. 동료라 할 만한 것도, 연인도, 친구도…… 전부. 힘만이 그대에게 남아 있는 유일한 정체성인가 보지?"

"……시끄러!"

콰아아앙!

독식자는 손에 쥐고 있던 단검을 횡으로 거칠게 뿌렸다. 마력이 폭발하면서 시야를 가렸지만, 거인의 신은 여태 단 한 발자국도 제자리에서 떼지 않고 있었다.

그 순간.

쐐애액—

사각지대를 교묘하게 노리는 또 다른 공격이 있었다.

"허튼짓일 텐데."

거인의 신은 옆에 하나 더 세워 두었던 뼈칼을 왼손으로 뽑으면서 그쪽으로 돌렸다.

차아아앙!

영왕의 비그리드가 뼈칼에 걸렸다.

"쳇."

영왕은 혀를 차면서 연속으로 비그리드를 휘둘렀다. 극한에 다다른 팔극검이 연속으로 펼쳐지고, 독식자가 반대편에서 거인 신의 시선을 교란시켰다.

콰콰콰쾅!

쿠르르, 쿠르—

하지만 거인의 신은 두 명을 동시에 상대하는데도 불구하고, 아주 여유롭게 그들을 힘으로 밀어내고 있었다.

어느새 연우가 하늘 날개를 한껏 펼치면서 공간을 열고 나타나 하체를 쓸어 왔지만.

"날파리는 몇이나 꼬여도 날파리에 불과하다는 것을, 왜 이리도 모르나?"

거인의 신은 도리어 훈계하듯이 쓴웃음을 던지면서 쥐고 있던 뼈칼로 바닥을 후려쳤다.

그러자 해일이 일어나듯이 땅거죽이 거칠게 뒤집히면서 연우 등의 접근을 차단시켰다.

쿠르르……!

"말하였지만, 나는 그대들과 드잡이질을 할 생각 따윈 없다. 뭘 노리려는 건지 모르지 않지만, 그대들에게는 자격이 없는 것 같으니 썩 꺼져라!"

거인의 신은 멀찍이 떨어진 세 사람을 보면서 차갑게 외쳤다.

신력이 얼마나 가득 담겨 있던지, 동굴이 금세 무너질 것처럼 떨릴 정도였다.

공명정대함을 드러내면서도 당당해서, 결단코 약한 모습은 보이지 않았으니.

그런 거인의 신을 본 순간, 연우는 생각했다.

'……저놈은 대체 뭐지?'

자신이 생각했던 이미지와 거인의 신 간에 괴리감이 너무나 크다고.

연우가 여태껏 봤던 다른 신화들은 하나같이 어딘가가

확실하게 '결여'가 되어 있었다.

그리고 그런 결여를 채우기 위해 다른 신화들을 어떻게든 잡아먹으려 호시탐탐 기회를 엿보았고.

신왕과 사왕이 결국 서로 붙은 게 전부 그런 이유였고, 독식자와 영왕이 손을 잡으면서도 마나의 맹약으로 안전장치를 해 두려는 게 전부 그런 이유 때문이었다.

하지만 지금까지 봤을 때, 거인의 신은 전혀 그런 것이 없어 보였다.

오히려 그는 신의 긍지를 누구보다 크게 드러내고 있었으니.

그러면서도 행동 하나하나, 걸음걸이 하나하나에서 기품과 위엄이 잔뜩 묻어났다.

마치 결여가 없는 것 같다고 해야 할까?

스스로의 정체성을 확립한 것처럼 보였다.

때문에 연우는 그가 자신의 얼굴을 하고 있으면서도, 자신이 아닌 것 같다는 느낌을 강하게 받아야만 했다.

그래서 물었다.

"당신이 말하는 자격이란 게, 뭐지?"

원래대로라면 난전이 벌어지는 중에 일을 벌일 생각이었지만.

도중에 그가 보인 자세가 연우의 생각을 바꿔 버렸다.

묻고 싶었다.

거인의 신이 가지고 있는 생각을.

거인의 신도 연우의 질문에 의외라는 표정을 지었다.

저 얼굴을 가진 놈들이라면 하나같이 자기 목적을 위해 타인의 말 따윈, 특히 적으로 간주한 상대의 말 따윈 귓등으로 흘려들을 것이라고 생각했는데 이유를 묻고 있으니.

"그야 당연하지 않은가. 신으로서의 자세지."

그렇기에 거인의 신은 더욱 당당하게 자신의 생각을 말했다.

연우의 눈이 살짝 좁혀졌다.

"신?"

"그래. 신. 그대 역시 이름 모를 누군가의…… ###이란 기억으로만 남아 있는 존재를 이루던 신화의 일부일 테지. 그렇다면 신으로서의 자세를 더 당당하게 갖추는 게 어떻겠나? 비겁하게 가면 속에 자신을 감춘 채 남을 속여야 하는 놈이나."

거인의 신은 독식자를 보다가, 그다음에는 영왕 쪽으로 시선을 돌렸다.

"포악한 성정을 드러낼 줄만 아는 저런 야수 같은 놈은 신이라 할 수 있을지 의문이로군."

거인의 신은 마지막으로 연우를 위아래로 훑어보았다.

"그리고 그대는 아무것도 없이 홀로 서 있는 것처럼 보이는데…… 그렇다고 해서 신으로서의 자세를 보이지도 않으니. 잘 모르겠군."

연우는 확신할 수 있었다.

'신으로서의…… 자세.'

애당초 신(神)이란 무엇인가?

홀로 모든 속박과 구속에서 탈피하여 자립할 수 있는 존재들을 의미한다.

그리고 자신을 따르는 신도들을 올바른 길로 인도하는 개척자를 말한다.

거인의 신은 바로 그것을 말하고 있었다.

"……그렇군. 너는 인간이 아니야."

연우는 무언가를 깨달은 것처럼 그렇게 혼잣말을 중얼거렸고.

"이봐. 플레이어. 뭘 쓸데없는 걸 계속 묻는 거지?"

영왕이 짜증 섞인 얼굴로 앞으로 나섰다.

그의 입장에서는 전투에 집중해야 하는데도 불구하고 잡담이나 나누고 있으니 거치적댔던 것이다.

물론, 연우는 듣는 척도 하지 않았지만.

"짜증 나는군."

하지만 영왕은 불쾌함을 느끼면서도 연우에게 이렇다 할 제재를 가하지 않았다.

당장 거인의 신을 잡아야 하는데 내분을 벌이는 것은 자살행위나 다름없는 데다가, 마나의 맹약이 그들 사이를 옥죄고 있었으니.

'거인의 신을 처치하고 나면…… 바로 그 뒤는 너희들이다.'

영왕은 이미 여러 단계에 걸쳐 어떻게 행동할 것인지를 머릿속으로 정립해 둔 상태였다.

그리고 이 뒤에 바로 이어질 단계는 거인의 신이 쓰러질 때 즈음에 '일' 을 치르는 것.

마나의 맹약이 주는 구속이 크긴 하지만, 그렇다고 해서 그게 절대적인 건 아니었으니까.

'편법이야 만들면 그만이지.'

영왕은 슬쩍 자신의 '그림자' 를 발로 톡톡 건드렸다.

그러자 그림자가 반응하듯이 크게 출렁였다.

이 속에 담긴 것들이라면…… 거인의 신이 쓰러질 무렵 꺼냈을 때 단박에 여기 있는 모두를 쓸어 버릴 수 있으리라.

자신이 자랑하는 그림자 군단은 마나의 맹약과는 별개로 오로지 죽은 망자들의 복종과 충성심으로만 움직이는 것이니.

맹약을 완수하지 못함으로써 생기는 후유증은 거인의 신과 독식자를 죽여서 얻는 신화로 충분히 보충이 가능할 거라 여겼다.

'가면을 쓴 놈도 무언가 숨겨 둔 패가 있겠지만, 그야 수를 꺼낼 틈도 없이 처치해 버리면 그만일 테지.'

영왕이 여기서 가장 경계하는 자를 꼽으라 한다면, 가장 강한 거인의 신도, 쓸데없는 잡소리나 늘어놓는 연우도 아닌 독식자였다.

검은 가면을 쓴 채로 서슬 퍼런 눈빛을 흘려 대는 모습은 먹잇감을 노리는 맹수와 다를 바가 없었으니까.

하지만 그깟 기만과 술책 따위도 결국에는 압도적인 힘 앞에선 굴복할 수밖에 없을 것이다.

영왕은 그렇게 판단했고.

화아악!

더 이상 고민할 필요가 없다는 듯이, 비그리드를 든 채로 하늘 날개를 활짝 펼치면서 재차 거인의 신에게로 달려들었다.

어떤 패를 꺼내 든다고 해도, 결국 선결 조건은 거인의 신을 처치하는 것이었으니까.

* * *

'정확하게 뭔지는 몰라도, 너에게 다른 조력자가 있을 줄 모를 것 같나? 멍청한.'

독식자는 재차 공격을 시도하는 영왕을 보면서 콧방귀를 뀌었다.

아무것도 없이, 오로지 동생이 남겨 준 회중시계 속 일기장만 가지고 탑을 오르는 기억을 갖고 있는 그에게 이 세상은 온통 불신으로 가득 찬 것이었다.

그렇기에 남들보다 더 많이 책략을 써야만 했고, 그들의 노림수를 파악해서 자신의 계획에 포함시키거나 변수로 놔둬야 했다.

그래서 독식자가 눈을 뜨자마자 가장 먼저 파악한 것이 바로 영왕과 관련된 거였다.

그의 행동, 어휘, 말투…… 그런 것들만 보더라도 그가 어떤 기억을 갖고, 어떤 성향과 정체성을 가지고 있는지를 대충이나마 파악할 수 있었으니까.

가장 먼저 맞닥뜨린 존재는 거인의 신이었지만, 애당초 신격은 그가 홀로 감당할 수 있는 존재가 아니었으니 전력적인 측면만 파악해 뒀을 뿐.

하지만 영왕은 반드시 손을 잡아야만 하는 대상이면서도, 가장 크게 충돌할 수밖에 없는 사이라고 생각했다.

신격들이 득실대는 이 말도 안 되는 미션을 내어 준 스테이지에서. 비신격으로서 최후의 승자가 되려면 결국 어느 정도 선까지만 공동 전선을 유지했다가, 나중에는 갈라서야 했으니까.

물론, 그런다고 해서 모든 걸 파악할 수 있는 건 아니었지만.

유추하는 것만으로도 상대하는 데 있어 꽤 많은 도움이 될 수 있었다.

그리고 내린 결론은 하나.

무언가 절대적으로 믿는 패가 어딘가에 있다는 것.

그게 무엇인지는 알 수 없었다.

분신을 뽑아낼 수 있는 스킬을 갖고 있을 수도 있고, 어쩌면 다른 신화와 손을 잡아 그가 어딘가에서 은신술로 몸을 숨겨 두고 있는 것일 수도 있었다.

하지만 그래도 상관없을 것이다.

독식자는 그렇게 생각했다.

'그 조력자가 아무 힘도 쓸 수 없게 그냥 손발을 어지럽게 만들어 버리면 그만이니까.'

독식자는 손끝에 걸린 단검을 만지작거렸다.

이것은 사실 자신이 즐겨 사용하던 크라슈나의 단검이나 마장대검이 아니었다.

그것과는 비슷하지만, 전혀 다른 색을 띠는 검은 단검.

츠츠츠—

'사왕, 그놈이 제대로 찾아와야 할 텐데.'

사실 독식자는 영왕을 만나기 전, 려의 조각을 습득하던 과정 중에 사왕과 먼저 조우했었다.

—그건 네가 가져라. 단, 같이 손을 잡자.

당시, 사왕은 독식자에게 려의 조각을 선뜻 양보했다.

당연히 의심이 많은 독식자로서는 경계할 수밖에 없는 태도였지만, 사왕은 별로 개의치 않는 눈치였다.

—어차피 우리는 서로가 서로를 믿을 수 없는 존재이지 않나? 그렇다면 둘 다 공동의 이익만 취하자는 거다. 네가 다른 비신격들과 지지고 볶든 뭘 하든 상관없다. 나는 다른 신격의 '기억'을 필요로 한다. 그 외에는 아무런 관심 없어.

—왜 나에게 이런 제안을 하는 거지?

—너를 가장 먼저 만났으니까. 그리고 이용해 볼 만하다고 여겨서. 그럼 됐나?

그러면서 사왕이 준 단검은 자신의 위치를 말해 준다고 했다. 여차하면 바로 자신이 개입할 수 있을 거라고.

물론, 독식자는 사왕을 믿지 않았다. 하지만 힘은 믿었다.

적당한 타이밍에 이 단검을 써서 사왕을 이리로 불러들일 수 있다면, 영왕이 어떤 조력자를 불러온다고 해도 이곳은 결국 난장판이 될 수밖에 없다.

독식자는 혼란을 틈타 비신격들을 차례로 제거할 속셈이었다. 가능하다면 사왕과 거인의 신까지도, 자신이 직접.

'려의 조각을 다른 신격들이 가져가지 않은 이유가 있다고 했나?'

독식자는 거인의 신이 했던 말을 상기하면서 두 눈을 차갑게 빛냈다.

'멍청한 소리. 그깟 기물에 휘둘릴 것 같았으면 애당초 이런 곳에 발을 들이지도 않았었다. 도구를 도구처럼 쓰지 못하고, 처음부터 겁을 먹어서야 아무것도 못 하지.'

독식자에게는 려의 조각도, 손을 잡은 사왕도, 그리고 이 자리에 있는 거인의 신이며 다른 신화들도. 심지어…… 자신의 목숨까지도 모두 자신의 목적을 완성하기 위해 쓰일 도구로밖에 보이지 않았다.

'유일하게 걸리는 점이 있다면 바로 저놈인데.'

독식자는 슬쩍 연우 쪽을 봤다.

연우는 독식자가 사용하고 땅에 떨어진 대검 중 하나를 집어 마력을 불어넣고 있었다.

칼날에 아주 흐릿한 굵기의 검기가 맺히는 것이 보였다.

'무슨 생각을 하는지는 알 수 없어도, 오러만 겨우 뽑아낼 수 있는 놈을 신경 쓸 필요는 없겠지.'

독식자는 연우가 학생일 때의 자신이거나, 아니면 군인 시절의 자신이라고 판단하고 있었다. 아니면 탑에 입장해서 튜토리얼을 통과하고 난 뒤까지이거나.

마력을 꽤 생각보다 자유롭게 다루고 있지만, 그거야 두 개나 되는 조각을 흡수했기 때문에 가능할 것이라고 봤다.

'영왕도 그 정도는 알아챘겠지. 용마안이 있다면. 게다가 눈치는 빠르니 다른 신화들을 보면서 어떻게 해야 할지 어느 정도 모방도 했을 거고.'

물론, 평범해 보이는 연우 역시 자신과 같은 존재에서 비롯되었으니, 어떤 패를 숨겨 뒀을 수도 있다.

아니, 분명히 그랬을 것이고, 언제든 뒤통수를 때리려 할 것이다.

하지만 이제 갓 마력을 배우기 시작한 작자가 마나의 맹약을 거스를 수 있을까?

있다고 해도 타격이 클 것이고, 여차하면 바로 제거해 버리면 그만이다…… 독식자는 그렇게 판단했다.

다만, 완전히 무시할 수는 없으니 다른 안전장치도 만들어 두긴 할 참이었다.

'레이드가 어느 정도 끝나면 바로 손을 써야겠어. 어차피 맹약의 조건은 동맹만 유지하면 되는 거니까. 맹약 밖에 있는 사왕이 손발을 잘라 버리는 건 해당하지 않겠지.'

모든 맹약이 마찬가지지만, 빠져나갈 방법은 있기 마련이었다.

어차피 저 평범한 연우는 신격들도 이용 가치가 없을 것이라고 판단했을 테니 따로 조력자도 붙지 않았을 것이다.

거인의 신이 거의 처치될 때 즈음에 움직이자.

독식자도 영왕과 똑같이 생각하면서 거인의 신을 잡기 위해 불의 날개를 활짝 펼치면서 땅을 박차려는데.

['유성검결 — 검뢰'가 작렬합니다!]

[스킬 생성이 실패하였습니다.]

[마력 제어에 실패해 페널티로 오러가 폭발합니다.]

별안간 뜨거운 열기가 느껴졌다. 이대로 있다가 사람이 통째로 녹아 버리는 게 아닐까 싶을 정도였지만, 곧 이어지는 섬광과 함께.

"……!"

독식자의 시야가 빨갛게 물들면서 그대로 의식이 뚝 끊겼다.

* * *

콰르르릉—

쿠쿠쿠, 쿠쿠쿠!

콰콰콰콰!

연우가 '실패'한 검뢰는 사방팔방으로 뻗쳐 나가면서 모든 것을 그대로 휩쓸어 버렸다.

애당초 검뢰의 원형이었던 유성검결은 오러를 토대로 연우가 가지고 있던 모든 공격성 스킬을 통째로 박아 넣었던 것이었으니.

당연히 지금 연우가 가진 몸으로 그런 스킬을 감당한다는 것은 불가능이나 다름없었다.

결국 연우의 마력회로가 폭주하면서 생긴 폭발은 주변에 있던 것들을 '의도치 않게' 휩쓸리게 만들었다.

[사고로 간주되어 마나의 맹약이 무효화되었습니다.]

['영왕'의 신화를 회수했습니다!]

[존재 복구가 이뤄집니다.]

츠츠츠—

가장 먼저 폭발에 휩쓸렸던 연우는 영왕을 그가 처치했다고 판단한 시스템의 가호 아래, 재수복이 이뤄지면서 다시 눈을 뜰 수 있었다.

물론, 군인 연우에 이어 영왕의 신화까지 습득한 채로.

"개 같은……!"

반면에 운이 좋아 목숨이나마 겨우 건질 수 있었던 독식자는 숨을 헐떡이면서 믿기지 않는다는 얼굴로 연우를 바라봐야만 했다.

숨은 붙어 있어도, 이미 사지 대부분이 망가지고 부서진 복부에서는 내장이 줄줄 흘러 언제 죽어도 이상하지 않았다. 가면도 절반 이상이 날아갔을 정도였으니.

독식자는 연우가 자신들도 미처 생각지 못한 '편법'으로, 아니, 그런 수준을 넘어 시스템의 맹점을 역이용해서 이런 판을 만들었단 사실을 알 수 있었다.

연우도 어떤 패가 있을 거라고 생각은 했었다지만, 설마 거인의 신을 다 잡았을 때도 아니고 이렇게 다짜고짜 일을 저지를 거라고 누가 짐작이나 했겠는가……!

그래서 욕지거리가 절로 나왔지만, 어떻게 손을 쓸 수가 없었다.

스걱!

연우는 그런 독식자의 생각 따윈 궁금하지 않다는 듯, 주변에 아무렇게나 떨어진 단검을 주워 녀석의 목을 베어 버렸다.

['독식자'의 신화를 회수했습니다!]

연우는 차곡차곡 육체에 힘이 쌓이는 것을 느끼면서 이제 무너진 낙석 더미에 반쯤 파묻히다시피 한 거인의 신에게로 다가갔다.

쿨럭, 쿨럭……!

거인의 신은 큰 부상을 입어 각혈을 하면서도, 어쩐지 후련한 듯한 얼굴을 하고 있었다.

"그대가…… 진짜 나였군."

연우는 담담하게 고개를 끄덕였다.

"크크크! 내가 언젠가 쓰러지리라고 생각은 했었다지만, 이런 식일 줄은 몰랐는걸. 그래. 내가 잃어버린 이름. 물어봐도 되나?"

"차연우."

"차연우, 차연우라……! 흐흐! 조금, 특이한 이름이로군."

거인의 신은 크게 웃으면서 고개를 끄덕였다.

그럴수록.

연우의 두 눈은 깊게 가라앉았다.

"다시 묻고 싶은 게 있다."

"너무 고통스러운데…… 빨리 보내 주기나 할 것이지, 그것참 너무하는군."

연우는 거인 신의 농담에도 웃지 않고 진지한 태도로 물었다.

"나는 여전히 자격이 부족한가?"

거인의 신은 전혀 뜻밖의 질문이었는지 두 눈을 동그랗게 뜨다가 이내 피식 웃었다.

"그래. 부족하다."

"그렇게 생각하는 이유는?"

"원래 신은 고독한 법이지. 하지만 넌 달라. 안 그런가?"

"……."

"뭔가를 갈구하고 있군. 결여된 걸 찾으려는 우리와는 달라. 분명히 그대에게도 결여는 있지만, 그것을 스스로에게서 찾으려는 게 아니라 다른 곳에서 찾으려 하고 있다. 그대는."

거인 신의 두 눈이 호선을 그렸다.

"인간이로구나."

나에게서 결여된 것.

내가 갈구하는 것.

그 말을 들은 순간, 연우의 머릿속으로 여러 얼굴들이 스쳐 지나갔다.

차정우.

아버지와 어머니.

아난타, 세샤.

판트, 무왕, 샤논, 한령, 레베카, 부—파우스트, 라플라스, 람과 죽음의 군단들, 발데비히와 망자 거인, 여름여왕과 사룡들…….

그리고.

마지막으로 떠오르는 얼굴.

못난 자신을 하염없이 기다리며, 그러면서도 원망 한번 쏟아 내지 않고 항상 항상 미소로 맞아 주던 얼굴.

'……에도라.'

연우는 손으로 얼굴을 덮었다.

거인의 신이 내뱉는 웃음소리가 귓가를 울렸다.

"크크크! 말하지 않았나. 신은 고독한 법이라고. 친구와 가족을 찾는 그대는 그래서 인간이다."

그러다 한참 뒤, 다시 손을 쓸어내렸을 때.

거인의 신은 웃는 얼굴 그대로 눈을 감고 있었다.

['거인의 신'의 신화를 회수하였습니다!]

찰칵!

연우는 마지막으로 거인 신의 신화까지 영혼 속에 채워지는 것을 느낄 수 있었다.

단 한 순간에 몸이 부쩍 커진 느낌이었다.

아니, 정확하게는 잠시 잃었던 힘을 되찾은 것에 불과했지만.

어쩐지 몇 시간 되지 않았는데도 불구하고, 연우는 힘을 잃었었던 것이 아주 오래전에 있었던 일처럼 다가왔다.

그건 아마도 거인의 신이 마지막에 주고 간 여운이 짙어서겠지.

너는 그래서 인간이라던 말.

그것이 연우에게 가슴 깊이 낙인처럼 박혔던 것이다.

하지만.

'정신은 맑아.'

마치 찬물을 끼얹은 것처럼 정신은 다른 어느 때보다도 확실하게 깨어 있었다.

그동안 답답하게 자신을 둘러싸고 있던 모든 것들에서 한순간 해방된 느낌이라고 해야 할까?

'그래. 난 인간이었지.'

연우는 자신의 정체성에 대해서 다시 확신을 가질 수 있었다.

그동안 이러니저러니 하면서 신격을 쌓긴 했어도.

그리고 수많은 우여곡절을 겪으면서 여기까지 다다랐어도.

결국 자신은 인간이라는 사실을 확실하게 깨달을 수 있었다.

항상 부족하기 짝이 없는.

그래서 가족과 동료를 바라는.

그런 인간.

그러던 그때.

"이딴 짓을 잘도 저질렀군."

연우는 뜨겁게 달아오른 공기를 싸늘하게 식히면서 출현하는 존재감에 몸을 반대로 돌렸다.

이미 망가졌던 육체는 재수복이 끝난 상태. 손끝에 마력이 잔뜩 응집된 오러가 맺혔다.

그곳에는 사왕이 기가 찬다는 얼굴로 서 있었다.

독식자의 부름에 따라 재빨리 길을 찾아왔건만.

정작 도착하고 나서 보이는 것이라고는 온통 지글지글 끓는 마그마밖에는 없으니.

그렇게 복잡하게 꼬여 있던 개미굴도 통째로 날아가고 보이지 않았다.

얼마나 큰 폭발이 있었는지…… 좀처럼 짐작이 가질 않

았다.

여기 있는 동굴은 웬만한 신격들이 두들겨 대도 절대 부서지지 않는 단단한 내구도를 자랑했을 텐데.

사왕도 바보가 아닌 이상에야 이딴 말도 안 되는 짓을 저지른 작자가 연우라는 것을 모를 수가 없었다.

그렇기에 더더욱 어이가 없을 뿐이었다.

처음 봤을 때는 그저 한낱 쥐새끼에 불과한 피조물이었을 텐데.

그사이에 다른 놈들을 잡아먹고 저만큼 커 버릴 줄이야.

도저히 말도 안 되는 짓이라고 생각했지만.

"그렇군."

사왕은 금세 이유를 깨달을 수 있었다.

"네가 우리의 기원(起源)이었나?"

사왕의 목소리에는 짜증이 단단히 섞여 있었다.

"하지만 우리는 전부 결여가 되었는데…… 어째서 너는 그런 게 보이질 않는 거지?"

사왕은 진심으로 분개했다.

자신이나 다른 신화들도 이렇게 무작정 싸우고 싶어서 싸우는 게 아니었다.

만약 제대로 된 기억만 갖고 있었어도. 정체성만 지녔더라도 이렇게 다른 신화를 죽여서 그걸 채우고자 하지는 않았을 것이다.

과거 탑에 있을 시절, 미션 때문에 수십 수백 명으로 갈라졌을 때에도 이렇게 다투지는 않았다. 오히려 남들보다 훨씬 쉽게 통과했다. '내' 가 누군지 정확하게 알고 있는 만큼, 판단이 빨랐기 때문이었다.

하지만 이곳에서는 그럴 수가 없으니 끝까지 자신을 찾으려 할 수밖에 없었다.

이름만 알았더라도…… 이런 일을 겪지는 않았을 텐데.

그래서 사왕은 단순히 기원이라는 이유만으로 온전한 기억과 정체성을 가지고 있는 연우에게 화가 날 수밖에 없었다.

그것은 시기 혹은 질투라고 봐도 무방했다.

자신은 가지지 못한, 가지고 싶었던 것을 가진 자에 대한 질투.

하지만.

"아니. 미안하지만 기원 같은 건 없어."

연우는 단순하게 고개를 가로저었다.

사왕의 낯이 일그러졌다.

"그게 무슨 헛소……!"

"인간이고자 하는 신화. 그것이 나였던 것 같거든."

"……?"

사왕은 그게 대체 무슨 소리냐며 인상을 찡그렸지만.

연우는 더 이상 대답해 줄 이유가 없다는 듯 고요한 눈길로 그를 바라보기만 했다.

사왕은 여유롭기만 한 연우의 태도가 마음에 들지 않았지만, 손으로 머리를 쓸어 올리면서 마음을 차분하게 가라앉혔다.

그리고 말했다.

"뭐, 아무래도 좋아. 일이 이렇게 된 이상 어차피 최후의 승자가 된다면 전부 해결될 테니. 그래서 제안하겠다. 나와……!"

사왕은 말을 하다 말고 갑자기 몸을 물려야만 했다.

콰아아앙!

연우가 다짜고짜 손끝에 맺힌 오러를 터뜨리고 있었기 때문이었다.

그냥 무시하기에는 너무 강한 일격.

투쟁의 신위를 품고 있던 거인의 신을 삼킨 이상, 연우는 이미 사왕도 쉽사리 상대하기 힘든 강적이었다.

퍼퍼퍼펑!

사왕은 그림자를 높이 쭉 올려 그것들을 전부 옆으로 쳐내면서 불같이 화를 내고 말았다.

"말을 하고 있는데 감히!"

"동맹 제안이라면 거절하지. 나는 뒤통수 때린 전적이 있는 놈과는 절대 손을 잡지 말자는 주의라."

연우가 어느새 사왕 앞까지 다다르면서 검결지로 녀석의 목젖을 찔러 갔다.

순간, 사왕의 얼굴에는 어이없다는 표정이 걸리고 말았지만, 설득 따윈 통하지 않으리라는 걸 깨닫고 반격을 가하려 했다.

그림자와 오러가 다시 충돌하려던 그때.

['거마신룡'의 신화가 삭제되었습니다!]

['올림포스의 주신'의 신화가 삭제되었습니다!]

"……!"

"……!"

연우와 사왕은 동시에 몸을 굳혀야만 했다.

뭐?

누가 죽어?

신왕은 그렇다 치더라도, 최강자에 속할 거마신룡이……?

그렇다는 건!

한순간, 연우와 사왕의 머릿속에 똑같은 순서로 사고가 빠르게 이어졌고.

결국 동시에 똑같은 결론에 다다르고 말았다.

마지막 신화가 나타났다!

['칠흑왕의 대체 자아'가 출현합니다!]

그리고 이어지는 메시지와 함께 발밑에서부터 새카만 어둠이 차오르기 시작했다.

무저갱처럼 너무나 짙은 어둠. 한번 잠기고 나면 절대 빠져나올 수 없을 것 같은 그것을 본 순간 연우와 사왕은 재빨리 허공으로 날아올랐다.

키키키킥.

먹을 거다. 먹을 거.

어서 이쪽으로 와. 나와 놀자. 나의 배 속으로 들어와서 같이 놀자.

거기서 풍기는 악의와 사념(邪念)은 단순히 보고 있는 것만으로도 정신을 아찔거리게 만드는 힘을 담고 있었다.

'제길! 어째서 왜 아직까지 안 보이나 했더니!'

연우는 저것이 원래 집행자로서 운명을 마치고 난 뒤에 자신이 겪었어야 할 모습이란 것을 알 수 있었다.

심연에서 무수히 많이 봤던 칠흑왕의 자아들, 마성과 똑같은 모습.

스스로를 잃어버려 칠흑왕의 부품으로 전락하고 만 마성은 하나같이 탐욕에 가득 찬 본능만 남아 있으니.

저것도 저랬다.

거마신룡과 신왕을 잡아먹은 것처럼, 연우와 사왕도 단숨에 집어삼킬 생각으로 보였다.

'거마신룡이 그래도 어느 정도 저항해 주지 않을까 했었는데, 무리였나?'

모든 의욕이 거세되었던 거마신룡으로선 한계가 있었던 모양이었다.

"이건 대체……!"

한편, 사왕은 칠흑왕의 대체 자아에게 적잖게 당혹해하고 있었다.

신이면 신, 악마면 악마. 심지어 '황' 이어도 본질적으로 뭔가가 느껴져야 하는데, 저것에서는 그런 것조차 감지할 수가 없었으니까.

더군다나 그가 원래 알고 있던 마성과도 궤를 달리하는 것 같았다.

도저히 항거할 수 없는 거대한 벽…… 아니, 늪처럼 느껴졌기 때문이었다.

그렇기에 사왕은 속수무책으로 당할 수밖에 없었다. 거인의 신 등이 그러했듯, 뒤쪽에서 터진 연우의 오러가 녀석을 단숨에 휩쓸고 지나가면서 칠흑왕의 대체 자아에게 작렬했다.

콰콰콰쾅!

쿠르르르—

간지러.

간지럽다고!

이러지 말고 내 배 속으로 들어와. 다른 친구들과 사이좋게 지내자!

물론, 그런 정도로는 칠흑왕의 대체 자아에게 타격을 주기는커녕 간지러운 곳을 긁어 주는 꼴밖에는 되지 않았다.

오히려 연우의 저항이 재미있어 죽겠다는 듯이 더 크게 날뛰어 댔으니.

하지만 연우로서도 그걸로 녀석에게 승기를 잡을 수 있다고 생각하지는 않았다.

그저 하나라도 더 많이 남은 신화를 흡수하고, 려의 조각을 합칠 시간이 필요했으니까!

['사왕좌'의 신화를 회수했습니다!]

['세 번째 조각'을 회수하는 데 성공했습니다!]

……

[모든 조각을 회수하였습니다!]

[퀘스트를 완수하였습니다.]

……

[보상으로 '려의 등불'이 주어집니다.]

화아악!

연우는 자신에게서부터 황금색 배광이 치솟는 것을 느낄 수 있었다.

원래 자신이 가지고 있던 배광과는 전혀 다른 성질의 힘이었다.

이건…….

'천마.'

연우의 눈이 커졌다.

'천마의 힘……!'

세상의 모든 어둠을 물리치고 우주 창생을 이끌어 냈다는 진리의 빛이 영혼을 따뜻하게 감싸 안았고.

놀자. 나랑 놀자!

그 순간, 칠흑왕의 대체 자아가 단숨에 튀어 올라오면서 그대로 연우를 잠식했다.

꿀꺽.

어디선가 그런 소리가 나는 것 같았다.

*　　*　　*

키키키킥!

먹었어. 먹었다고! 전부 다 먹었어! 이제는 내가 진짜 ###야!

그런데.

그런데 뭐지? 왜 아무것도 안 떠오르는 거야?

왜 아직도 내 이름을 알 수가 없는 거냐고!

수많은 사념들이 마치 파리 떼처럼 시끄럽게 왱왱 울어댔다.

칠흑왕의 대체 자아는 적잖게 당혹해하고 있었다. 마지막 남은 신화였던 연우를 삼켰는데도 불구하고, 아직 아무것도 떠오르는 게 없었으니까.

오로지 본능만 남은 녀석에게는 정체성에 대한 갈망이 가장 강할 수밖에 없었다.

그런데도 아무것도 알 수 없으니 답답할 수밖에.

그리고.

'미쳐서 팔짝 뛰는군.'

연우는 칠흑왕의 대체 자아 속에서 천천히 눈을 떴다.

주변에 보이는 거라고는 그저 짙은 어둠뿐.

하지만 연우에게는 이미 익숙한 장소였다. 오히려 친숙하기까지 했다. 마성들과 수도 없이 싸웠고, 결국 승리를 거듭했던 장소였으니까.

녀석은 자신을 삼키기만 하면 그대로 심연 속에 녹일 수 있을 거라고 생각했겠지만, 전혀 생각지도 못한 난관에 봉

착한 셈이었다.

'오히려 이게 필요 없었겠는데.'

연우는 여전히 자신을 둘러싸고 있는 황금색 배광을 보면서 헛웃음을 흘리고 말았다.

[려의 등불]

등급: 측정 불가

설명: 시원(始原)의 불. 태초에 첫 우주가 탄생했을 때에 일어났다는 불씨이다. 어느 시기 어느 장소에 있더라도 그대가 가야 할 길을 비춰 줄 것이다.

려의 등불이 왜 주어졌는지는 알 것 같았다.

수많은 신화들에 둘러싸여도 정체성을 잃지만 않는다면 재차 반격의 기회를 가질 수 있을 테니까.

한편으로는 신격들이 이걸 꺼려 했던 이유도 알 수 있었다.

거인의 신이 말한 것처럼 신이란 오롯이 걷는 자. 길도 스스로가 개척해야만 한다.

하지만 그것을 려의 등불이 밝혀 준다면?

그때부터는 신격으로서의 자격이 박탈될 수밖에 없었다. 자신의 길을 스스로 정하지 못하고, 타인의 인도를 받는 신은 더 이상 신이라 할 수 없을 테니까.

그래서 신격들은 려의 조각을 회수하는 것을 본능적으로 꺼려 했고, 피조물들은 이것을 얻어 길을 제시받고자 했다.

하지만 려의 조각이 가진 힘만을 원했던 연우로서는 별 의미가 없었던 셈이었다.

그저 퀘스트를 깨는 데 필요한 도구 정도라 해야 할까?

'아니. 려라는 게 무엇인지 어렴풋이 알 것 같으니 의미가 아예 없는 건 아닌 셈인가?'

연우는 여태껏 자신이 품었던 칠흑과는 전혀 상반되는 힘에 조금 묘한 기분을 느끼면서 손바닥을 활짝 펼쳤다.

[스킬, '하데스의 식령검'이 생성되었습니다!]

그의 손바닥 위로 짙은 멍울이 생기면서 톱니 이빨이 활짝 열렸다.

이제 다시 밖으로 나갈 시간이었다.

"삼켜라."

연우는 하데스의 식령검을 그대로 심연에다 들이받았다.

콰직!

Stage 97.

Brotherhood

키아아악!

마, 말도 안 돼!

인간! 인간 따위에게!

이렇게 허망하게 당한다고? ###는 나란 말이야! 나……!

칠흑왕의 대체 자아는 끔찍한 귀곡성을 내뱉으면서 연우에게 맹렬한 속도로 빨려 들어갔다.

녀석으로서는 미치고 환장할 노릇이었다.

당연히 그냥 손을 대는 것만으로도 자연스레 바스러질 줄 알았던 존재가 오히려 그를 위협하려 들고 있었으니까.

물론, 녀석에 비하면 현재의 연우는 아주 작디작은 점에 불과했다.

아무리 여러 신화를 삼켰다고 해도, 결국 우주적인 존재인 칠흑왕의 대체 자아를 넘을 수는 없으니까.

하지만 칠흑왕의 대체 자아는 본능적으로 위협을 느꼈다. 상식적으로 이 작은 점이 자신을 전부 담아 낼 수 없어야 하지만, 그라면 충분히 해낼 수 있을 것 같다는 위기감.

결국 칠흑왕의 대체 자아는 처음에 자신만만하게 굴던 모습은 온데간데없이, 오히려 연우로부터 달아나려는 볼썽사나운 모습을 보여 주기 시작했다.

놔! 놓으라……!

히스테리를 부리면서 어떻게든 연우를 떨쳐내려 했지만.

['하데스의 식령검'이 절대 먹이를 놓치지 않습니다!]

오히려 그럴수록 톱니 이빨은 더더욱 세게 녀석을 물어왔다.

그리고.

모든 어둠이 결국 연우에게로 전부 귀속되었다.

['칠흑왕의 대체 자아'의 신화를 회수하였습니다!]

[소멸된 신화, '올림포스의 주신'을 회수하였습니다!]

[소멸된 신화, '거마신룡'을 회수하였습니다!]

[모든 신화를 회수하는 데 성공했습니다.]

[결여된 자아가 모두 복구됩니다.]

휘휘휘!

연우는 온전히 원형대로 복구되는 영혼과 육체를 느낄 수 있었다. 힘이 되돌아오고 있었다.

'아니. 그 이상인가?'

아니, 정확하게는 힘이 재정립되고 있었다.

스테이지 미션 내에서 승리를 거둔 인간 연우라는 정체성 아래에 다른 신화들이 차곡차곡 정립되면서 아무리 흔들어도 절대 깨지지 않을 단단한 내구도를 갖췄다.

그리고 그동안 여러 신화들이 날뛰던 동굴이 사라지고, 눈앞으로 거대한 낭떠러지가 나타났다.

온통 구름바다로 둘러싸여 아래 지상은 전혀 보이지도 않는 곳.

하지만.

['려의 등불'이 앞길을 비춥니다!]

연우에게 깃들어 있던 황금색 배광이 하늘 높이 치솟더니, 그대로 아래로 천천히 내려앉으면서 구름바다를 옆으로 물리고 그 속에 숨겨져 있던 계단을 하나둘씩 나타내기 시작했다.

마치 이곳으로 오라는 듯, 계단들이 아름답게 반짝였다.

그리고 떠오르는 메시지.

띠링!

[99층, '려의 무덤'의 관(關)을 통과하였습니다!]

[100층으로 이동하시겠습니까?]

"……뭐?"

한순간, 연우는 자신이 메시지를 잘못 봤나 싶은 생각이 들었다.

이건 분명히 탑에 있을 시절에 자주 접했던 내용의 메시지였다. 층계를 이동할 때 나타나곤 하던.

하지만 분명히 탑은 자신이 무너뜨렸을 텐데?

그런데 이게 왜……?

그것도 99층?

그런 생각들이 연달아 머릿속을 스쳐 지나갔다.

하지만 깊게 따져 보면 그럴 수도 있겠다는 생각이 들었다.

신과 악마들이 살았던 '천계'라고 명명된 98층은 일반 플레이어들도 잘 알고 있는 세계였지만, 99층과 100층에 대해서는 그동안 알려진 게 전혀 없었다.

신과 악마들도 위로 올라가려 해 봤지만, 무엇 때문인지 가로막혀 있었다던 곳.

다만, 몇몇 대신격들은 그곳이 천마의 영역이 아닐까 하고 조심스럽게 추측하긴 했다.

분명히 그들을 모두 탑에다 가둔 뒤로, 천마가 많은 힘을 소진하여 휴식을 취하고 있는 건 알고 있었지만, 그 장소가 어딘지는 여태 몰랐으니까.

그냥 아무도 밟아 본 적이 없다던 99층에 뭔가가 있지 않을까 하고 추측해 보는 게 전부였다.

연우도 탑을 무너뜨리면서 올포원을 물리치고, 칠흑왕의 제지를 막는 것까지만 고려했을 뿐. 탑의 꼭대기에 뭐가 있는지는 신경 써 보지 못했다.

그런데 만약 대신격들의 말마따나 99층과 100층이 천마의 영역이라면…… 탑이 무너지고 나서도 그곳은 어떤 형식으로든 남아 있을 게 분명한바.

그리고 천계에서도 접근할 수 없었던 게 99층과 100층이라 한다면, 관리국에서도 손을 대지 못했던 건 똑같았을 테니 이블케가 가려던 곳이 천마의 영역이라고 해도 어느 정도 이해가 되었다.

'100층이라.'

연우는 계단이 향하고 있는 장소에다 시선을 던졌다.

인지 영역을 아무리 넓혀 봐도 저곳은 전혀 읽을 수가 없었다. 정말 구름과 안개로 가려 둔 것 같이 뿌옇게만 보일 뿐이었다.

[100층으로 이동하시겠습니까?]

연우는 그 메시지를 가만히 보다가.

"……."

몸을 반대로 돌리더니 바닥에 털썩 앉았다.

당장 100층으로 갈 수도 있었지만, 그에게는 그보다 먼저 해야 할 것이 있었다.

—말하지 않았나. 신은 고독한 법이라고. 친구와 가족을 찾는 그대는 그래서 인간이다.

그 말이 자꾸만 귓가에 맴돌고 있었다.

그렇기에.

연우는 자신을 쫓아오고 있을 동생과 가족들이 올 때까지 기다릴 생각이었다.

[천마가 칠흑왕의 대체 자아를 보면서 가볍게 웃습니다.]

귀엽긴.

어디선가.

그런 웃음소리가 나는 것 같았다.

*　*　*

[천마가 새로운 방문객을 유심히 살핍니다.]

"저 귀찮은 새끼는 또 스토커 짓 하네. 야! 너 진짜 안 내려올래?"

손오공은 정우 등을 데리고 길을 안내하다 말고, 갑자기 망막을 채우는 메시지에 인상을 팍 찡그렸다.

그러고는 하늘을 향해 고래고래 소리치며 삿대질을 퍼부었지만.

[천마가 내려가기 싫다면서 심드렁하게 대답합니다.]

"뭐, 인마? 이 버르장머리 없는 새끼가."

[천마가 나이 많은 꼰대라 아주 좋겠다면서 손으로 엉덩이를 벅벅 긁습니다.]

"아오! 옛날에는 한주먹 거리도 안 되던 새끼가. 손지호, 많이 컸다?"

[천마가 꼬우면 덤비라고 도발합니다.]

차정우를 비롯한 크로노스와 레아는 지금 자신들 앞에 펼쳐지는 광경이 진짜가 맞나 조금 멍한 표정이 되고 말았다.

"……아버지, 혹시 제가 모르는 신격 중에 '천마'라는 신명을 쓰는 신격이 또 있을까요?"

『내가 알기론 없다만…….』

"에이. 그래도 있을 수 있잖아요?"

『이 아비가 지구로 떨어지고 나서 탄생한 신격이라면 모를 수도 있다만…… 그래도 저 이름을 똑같이 쓰는 놈이 있었다면 다른 신격들이 짓밟아 놓지 않았을까?』

"그, 그렇겠죠?"

『그럼…….』

"그럼 저건 대체 뭐죠?"

『나도 아까 전부터 그게 의문이긴 하다만.』

천마가 들리는 악명이나 위명과 달리 장난기 많은 성격이라는 건 알고 있었지만.

그래도 누군가와 저렇게 티격태격할 수 있단 사실이 그들에게는 너무 새롭게 다가왔다.

정말 천마가 맞나 싶을 정도였으니까.

특히 천마에 의해 아들 제우스가 결국 패배하고, 올림포스가 통째로 천계에 갇힌 것을 보았던 레아로서는 더 묘한 기분이 들 수밖에 없었다.

하지만 차정우는 그 모습을 통해 이 '려의 무덤'이라는 장소 너머에 천마가 있을 것 같다는 예감을 강하게 받을 수 있었다.

그리고 똑같이 그런 생각이 든 녹턴도 언제부턴가 입술을 꾹 다문 채로 아무 말이 없었다.

그러던 그때.

뚝!

손오공의 걸음이 신경질적으로 멈췄다.

"이대로 쭉 가면 차연우, 그놈이 나타나니까 그냥 가면 될 거다."

차정우가 고개를 갸웃거렸다.

"같이 안 가십니까?"

"같이 갈 거다. 다만, 잠시 다 따로 분리될 거라."

순간, 차정우의 눈이 빛났다.

"미션이나 퀘스트 같은 게 있나 봅니다."

손오공이 짜증 섞인 얼굴로 고개를 끄덕이면서 손으로 천장을 가리켰다.

"여기 있는 놈이 여간 까탈스러워야 말이지. 그러지 않으면 문을 절대 열어 주지 않을 거다."

차정우는 무슨 말인지 알겠다는 듯 고개를 끄덕였다.

탑에서 했었던 것처럼, 똑같이 주어진 미션을 통과하라는 의미일 테지.

"미션 내용이 뭔지 알 수 있을까요?"

손오공은 고개를 가로저었다.

"그랬다간 우릴 전부 내쫓아 버리겠지."

"어렵네요. 알겠습니다."

차정우는 바짝 긴장한 얼굴로 손오공을 지나쳐 어둠이 깔린 동혈 속으로 들어갔다.

크로노스와 레아도 조금이라도 빨리 아들을 만나야겠다는 생각에 발걸음을 재촉했다.

그리고.

[퀘스트가 생성됩니다!]

……

"이건 뭐야?"

"이건 뭐야?"

"이 잘생긴 놈은 뭐야?"

"오. 너무 잘생겼는데. 비율도 좋고. 모델 하실?"

차정우는 여러 명으로 분리된 자신들을 똑같이 마주할 수 있었다.

학생 차정우.

헤븐윙.

탑의 공적.

작은 '굴레'의 망자.

퀴리날레의 후계자.

낮(에로스)의 주인…….

차정우라는 존재를 이루는 신화들은 각자 정체성이 판이해지고, 생각과 사고도 전혀 달랐지만.

하늘 날개를 바짝 세우면서 서로를 경계할지언정, 절대 바로 맞부딪치지는 않았다.

전투가 개시되면 모를까, 그전까지 차정우의 사고는 항상 이성이 지배했다.

어렸을 때부터 싸움을 그리 좋아하지 않았기에 생긴 습관이었다.

"이름."

"차정우."

"키는?"

"181센티."

"와! 나 180 넘을 수 있는 거야? 키 여기서 안 멈추는구나! 만세!"

"……저 시끄러운 놈, 옆으로 좀 못 치우나."

"각자가 갖고 있는 신화는?"

"전 학생이요!"

"하늘 날개 펼치던 기억이 있는 걸로 봐서는 '헤븐윙'이라고 봐야겠지?"

"난……."

"난……!"

그들은 각자가 가진 기억들을 하나둘씩 늘어놓았다.

여전히 언제 뒤통수를 칠지 모른다는 생각에 바짝 긴장하면서도, 어떻게든 말로서 서로의 결여를 채우고자 노력했다.

"그럼 마지막으로 우리 목표가 뭐였지?"

"인성왕 낮짝 때리는 거?"

"뭔 소리야. 인성왕 뒤통수 때리는 거지!"

"나는 말 안 듣는 인성 파탄자 새끼 어디다 가둬 놓고 싶은데."

"난 우리 인성신, 주둥이 딱 한 대만 때려 보고 싶어. 말하는 게 늘 얄밉잖아."

모두가 응어리로 담아 뒀던 것들을 속사포처럼 내뱉는데.

그때, 가장 어려 보이는 학생 차정우가 슬그머니 손을 들었다.

모두의 시선이 그쪽으로 돌아갔다.

"한 번이라도 좋으니까, 전 형이랑 현피 떠서 이겨보고 싶어요."

"……."

"……."

"……."

그 말에 모두가 동의한다는 듯, 가만히 고개를 끄덕거렸다.

모두에게 공감대가 형성되었다 싶자, 한 명이 박수를 치면서 앞으로 성큼 나섰다.

"모두 기억은 조각조각 나 있어도, 생각은 동일한 것 같은데. 지금 결정에 불만 있으신 분?"

"없다."

"없어."

"시간 급하니까 빨리 끝내자고."

차정우의 신화들은 빠르게 합의를 끝냈고, 저마다 몸을 등지면서 스테이지에서 스스로를 '퇴장' 시키기 시작했다.

빛무리에 휩싸였다가, 가볍게 흩어져 사라졌다.

['헤븐윙'의 신화를 회수했습니다!]

['탑의 공적'의 신화를 회수했습니다!]

……

그리고 그들을 이루던 빛의 입자는 고스란히 학생 차정우에게로 흡수되었으니.

수많은 난관과 우여곡절을 겪으며 그들 나름대로 또렷한 정체성을 가지고 있다지만, 그들은 결국 가족을 위해서 탑에 처음 입장했던 어린 시절의 모습이 '진짜' 자신의 정체성이라고 판단한 것이다.

그렇게 학생 차정우는 다시 진짜 차정우가 되어 99층의 스테이지 미션을 무사히 통과할 수 있었고.

동굴이 사라진 자리로, 넓은 낭떠러지를 따라 연우가 서 있는 것을 볼 수 있었다.

"형……!"

연우를 직접 잡으러 왔던 차정우였기에, 여태 속을 썩이던 그에게 한 소리를 쏘아붙이려 했지만.

파앗!

뭔가 꺼림칙하게도, 연우가 무표정한 얼굴로 이쪽으로 달려오고 있었다!

"현피 뜨고 싶다며? 붙자."

"자, 자, 잠깐! 그게 아니잖아! 스토……!"

차정우는 다급하게 소리쳤지만, 연우의 주먹은 이미 면전까지 날아들고 있었다.

콰아앙!

*　　*　　*

"아아아악! 짜증 나, 짜증 나아!"

차정우는 시퍼렇게 멍든 눈두덩이를 매만지면서 억울함을 토했다.

"도와주러 오면 뭐 해! 자기 마음에 안 들면 그냥 주먹부터 휘두르는데! 젠장!"

그는 억울했다.

구하러 오고도 이런 꼴이라니.

이래서야 정말이지 저 사람이 소갈머리가 좁은 좀생이인지, 아니면 어디 다른 데서 주워 온 남인지 헷갈릴 지경이었다!

"그래서? 불만 있나?"

하지만 연우는 가만히 주먹을 들고 살랑살랑 흔들어 보였으니.

그에 차정우도 더 이상 참지 못하겠다는 듯 벌떡 자리에서 일어나 소리쳤다.

"진짜! 내가 5분만 먼저 태어났어도!"

"태어나면 뭐? 네가 형 해 먹고 나 때리게?"

"……그래도 저는 형님을 형님으로 모셨을 겁니다요, 형님!"

차정우는 여전히 가을철 바람에 흔들리는 갈대처럼 아른거리는 연우의 주먹을 보고 당장 꼬리를 말아야만 했다.

억울해도, 결국 법보다는 주먹이 가까이 있었다.

연우는 그런 동생의 뺀질함이 영 탐탁지 않다는 얼굴로 바라봤지만, 더 이상 신경 쓰지 않고 99층의 통과자들이 나타나는 출입문 쪽으로 시선을 던졌다.

다른 사람들은 몰라도, 아버지와 어머니만큼은 반드시 무탈하게 나타나셨으면 하는 바람이었다.

"하아…… 내 신세야!"

차정우는 연우의 눈치를 살피다 못해 기가 죽어 지내야만 하는 자신의 신세가 너무 처량한 나머지 어깨를 축 늘어뜨려야만 했다.

남들은 닿지도 못할 만큼 지고한 자리에 오르면 무엇하겠는가. 대신격들조차도 우러러보는 '낮(에로스)'의 수장이 되었다지만, 그래도 여전히 천적 관계는 유지 중이었다.

정말이지 이 지긋지긋한 형제의 굴레에서 탈출할 수 있는 방법이 없을까.

차정우의 근심이 깊어질 무렵, 갑자기 옆에서 말없이 어깨를 두들기는 손길이 느껴졌다.

차정우는 그쪽으로 슬그머니 고개를 돌렸다.

샤논이었다.

비록 얼굴은 투구에 가려져 볼 수 없지만, 어쩐지 차정우는 그가 자신의 마음을 이해해 준다는 느낌을 받았다.

"역시…… 너만큼은 내 마음을 알아주는구나!"

끄덕끄덕.

「우리 모두 피해자니까.」

두 사람은 언제부턴가 절친한 친구가 되어 있었다.

그들끼리 언젠가 모임을 만들자고 결의하기도 했다.

일명 '인성왕 피해자 모임'.

줄여서 인피모라나?

「주인을 따라다닌 지 어언 십여 년 동안…… 그의 인성질과 뒤통수로 인해 참으로 많은 피해자가 양산되었고, 그들이 내뱉는 오열과 절규로 하루도 조용할 날이 없었지. 이걸 어떻게든 규제해야만 해.」

차정우는 옳다는 듯이 고개를 끄덕였다.

비장한 얼굴이 되어 있었다.

"그러려면 어떻게 해야 할까?"

차정우는 혹시 좋은 방법이라도 있나 희망에 찬 얼굴이었지만.

샤논은 담담하게 고개를 가로저었다.

「없다네. 그런 건.」

"뭐?"

「인성왕의 손바닥 위에서 자유로울 수 있는 사람이 몇이나 되겠나?」

"……."

차정우의 얼굴은 다시 비 맞은 강아지처럼 축 늘어지고 말았다. 그러고는 여전히 출입구 쪽을 응시하고 있는 연우를 질겅질겅 씹어 댔다.

"하아! 근데 진짜, 대체 내가 99층에서 무슨 말을 했는지 어떻게 안 거야? 저기 천마 영역 아녔어?"

「말했잖나. 우리 인성왕이 못하는 건 없다고.」

"젠장."

또 생각지도 못한 무슨 수를 쓴 모양이네. 차정우는 그렇게 생각했다.

하지만…… 그게 정말 말처럼 기분이 나쁜가 하면 그런 건 또 아니었다. 샤논과 나눈 대화야 그냥 장난으로 한 말들일 뿐. 사실 그는 여기서 연우를 만난 것에 적잖게 안도

하고 있었다.

'그래도 뭐…… 이제는 도망은 안 치니까.'

저렇게 자신들을 기다리고 있다는 것만으로도 '대화'를 해 볼 소지는 생긴 셈이니까.

차정우는 연우의 생각에서 무언가가 바뀌었다는 것을 알 수 있었다.

'아마도 저렇게 있는 것도 부모님을 기다리려는…… 응?'

차정우는 그렇게 생각을 하다 말고 벌떡 자리에서 일어났다.

"생각났다!"

「응?」

"우리 인성왕을 제재할 수 있는 유일한 사람!"

「……뭣이! 그런 위대한 분이 계시다고?」

샤논이 과장되게 반가워하는 기색을 띠었고.

그 순간, 출입문 쪽에 포탈이 생기면서 한 여인이 나타났다.

차정우가 그토록 기다렸던 사람!

"엄마아아아!"

차정우는 99층을 통과하면서 조금 씁쓸해하고 있던 레아의 품에 와락 안겼다.

레아는 얘가 갑자기 왜 이러나 싶어 머리를 쓰다듬으면서도, 조심스러워하는 얼굴이 되고 말았다.

“그래, 우리 아들! 왜? 무슨 일이야? 무슨 일 있어?”

“형이 나 때렸어요!”

“뭐?”

연우는 이쪽으로 걸어오다 말고 도중에 뚝 걸음을 멈춰야만 했다. 레아가 쌍심지를 켜면서 그를 노려보고 있었다.

『야! 너 이 새끼……!』

“형이 지금 저한테 나중에 잡히면 죽여 버린다고 협박해요!”

『야! 내가 언제……!』

“형이 지금 막 쌍욕 퍼부어요! 엄마 못 듣게 어기전성까지 쓰고!”

“차연우! 너! 엄마가 동생이랑 사이좋게 지내라고 했지? 너희들은 대체 나이가 몇 갠데 아직도 싸우는 거니? 어?”

그리고 시작된 레아의 잔소리 폭격에 연우는 계속 어깨가 움츠러드는 쭈구리 신세가 되고 말았다

「허! 맘 찬스……! 저런 건 생각도 못 했는데!」

샤논은 감탄을 금치 못했다. 아버지인 크로노스한테도

매번 개개기 바빴던 연우가, 저렇게 레아한테는 찍소리도 못하는 게 너무 신선하게 다가왔던 것이다.

그리고 그 순간, 그는 이제부터 어디에 줄을 서야 하는지 명확하게 알 수 있었다.

「마님! 신 샤논이 인사드리옵니다아!」

레아는 잔소리를 하다 말고 옆에 다가와 공손히 인사를 하는 샤논을 보고 반가운 기색을 띠었다.

"네가 샤논이구나. 그동안 우리 아들들을 옆에서 많이 도와줬다고 들었는데, 정말 고마워."

「아닙니다요, 마님. 당연히 해야 할 일을 했을 뿐인 것을요.」

샤논은 금세 특유의 붙임성으로 레아의 환심을 사는 데 성공할 수 있었다.

그런 모습들을 보면서 연우는 손으로 얼굴을 덮어야만 했다.

아무래도 여기서 자신만 따돌림을 당하고 있는 모양이었다.

내가 바라던 건 이런 게 아닌데…….

정말이지.

난장판이 따로 없었다.

*　　*　　*

[천마가 왜 원숭이들 엉덩이가 빨간지 잘 알 것 같다고 비웃습니다.]

"……조용히 해라."

[천마가 조용히 풉, 푸부부븝, 하고 바람 빠지는 웃음소리를 냅니다.]

"아오, 진짜! 저거! 잡히면 진짜!"

손오공은 분통을 터뜨리면서 99층의 스테이지를 벗어났다. 그리 많지는 않아도 몇 번씩 여기를 통과해 본 적이 있어서 느끼는 거지만, 정말이지 사람이 할 짓이 못 된다고 느꼈다.

손오공이 가진 신화들은 하나같이 사고 치기를 좋아하는 천둥벌거숭이들밖에 없으니. 차정우처럼 대화로 미션을 해결한다는 건 좀처럼 있을 수가 없는 일이었다.

마지막에 방심하다가 '투전승불'의 신화한테서 볼기짝을 걷어차였었는데…… 천마는 그걸 두고 계속 놀려 먹고 있는 중이었다.

……그런데.

출구를 열자마자 보이는 연우도 이쪽을 보면서 입가에 옅은 미소를 띠고 있었다.

어쩐지 불길했다.

"……봤냐?"

"원숭이의 엉덩이가 빨개진 유래를 알겠더군요."

"젠장!"

"왼쪽 엉덩이만 걷어차이셨던데, 짝을 맞춰야 하니 오른쪽은 제가 차 드리면 안 될까요?"

"뒈질래?"

"제가 이길 것 같습니다만."

"아오! 진짜! 이것들을 모조리 어떻게 담가 버릴 수도 없고……!"

손오공은 분통을 터뜨렸다.

세상의 가장 근본적인 섭리라는 두 개의 원칙 중 빛은 천마고, 어둠은 이놈이다. 정말 이 우주, 이대로 리셋하지 않고 그냥 내버려 둬도 괜찮은 걸까?

뒷머리를 벅벅 긁어 대는데, 순간 어쩐지 연우가 자신에게 화풀이를 하는 것 같다는 느낌을 강하게 받았다.

그래서 재빨리 차정우에게 이유를 물었다.

『저 새끼, 괜히 나한테 신경질 부리는 것 같은데.』

『'같은데' 가 아니라, 맞아요. 토라졌거든요.』

『……왜 저래?』

손오공은 차정우에게서 전후 사정을 듣고 헛웃음을 흘리고 말았다.

'언제는 그렇게 냉철한 척하려고 하더니. 가족들 앞에서는 그래도 다르다는 건가.'

어쩐지 연우의 인간미를 엿볼 수 있는 것 같아 그래도 재미는 있었다.

그렇게.

뒤이어 같이 려의 무덤에 입장했던 다른 사람들도 서서히 나타나기 시작했다.

"……."

녹턴은 무슨 일을 겪었던 건지 온통 표정이 굳어 있어 차마 말을 붙이기가 힘들었다.

그리고.

『젠장! 이딴 스테이지를 고안한 게 대체 누구야?』

마지막으로 크로노스가 짜증을 팍팍 부리면서 나타났다. 그의 전신에는 온통 크고 작은 상처들이 곳곳에 나 있었다.

아무래도 손오공처럼 치열하게 치고받고 싸우기라도 한 모양이었다.

"괜찮아, 당신?"

레아가 다급하게 다가오면서 걱정스레 묻자, 크로노스는

재빨리 고개를 절레절레 흔들었다.

『어? 어어! 그럼! 괜찮아. 이 정도야 거뜬하지. 거뜬하고 말고. 하하하!』

크로노스는 사랑하는 아내 앞에서 약한 모습을 보이고 싶지 않았기 때문에 최대한 센 척했지만.

레아는 그가 미션에서 얼마나 모진 고생을 했을지 눈에 보이는 것 같아 한숨을 내쉴 수밖에 없었다.

그도 그럴 것이, 크로노스를 이루는 신화들은 하나같이 개차반이 아닌 게 없었고, 남들보다도 훨씬 많은 신화를 보유하고 있었으니까.

신왕으로서의 삶도 삶이지만, 지구에서 시간의 톱니바퀴를 쉴 새 없이 굴리면서 전생을 하여 쌓은 영웅의 삶들도 있으니, 하나로 정립하기가 여간 까다로운 게 아닐 것 같았기 때문이었다.

하지만 다행히 남편은 원래의 모습에서 크게 벗어나지 않은 것 같았다. 어떻게든 그 역시 자신이 갖고 있던 정체성에 대한 굳건한 믿음이 있었단 뜻일 테지.

그렇게 모든 가족들이 모인 자리에서.

연우는 아버지와 어머니 앞에서 고개를 숙였다.

"걱정 끼쳐서 죄송해요. 아버지, 어머니."

크로노스와 레아는 안타까운 시선으로 아들을 바라봐야

만 했다.

"다시는…… 말없이 이런 일을 저지르지 않도록 할게요."

그가 어째서 그런 마음을 먹었는지 잘 알기 때문에 크로노스와 레아도 잠시간 거기에 뭐라고 할 수가 없었다.

그래도 크로노스가 이 기회에 따끔하게 한마디를 해 줘야겠다고 생각해서 뭐라고 말하려는데, 레아가 먼저 다가가 연우를 와락 끌어안았다.

그리고 아들의 머리를 가만히 쓰다듬었다.

"그동안 고생 많았지?"

"……."

"부모가 자식에게 호강은 시켜주지 못할망정 늘 마음고생만 시키고. 못난 부모를 만나서 네가 애쓰는구나."

"그런 말씀…… 마세요. 제게는 두 분이……!"

"알아. 아니까 더 이상 말하지 않아도 된단다."

"……."

연우는 레아의 품에 얼굴을 묻은 채로 한없이 눈물을 터뜨려야만 했다.

크로노스와 차정우는 차마 그 광경을 더 보지 못하고 슬쩍 고래를 옆으로 돌렸다.

몇 년 만에 한 건지 모를, 아들의 어리광이었다.

*　　*　　*

"한 가지는 잘 알겠구나."

손오공은 두 눈이 시뻘겋게 충혈된 연우 옆으로 슬쩍 다가왔다.

"……뭘 말입니까?"

"앞으로 생겨날 거마신룡의 눈두덩이가 항상 빨개져 있을 것 같단 거?"

"……."

연우는 자신이 손오공을 놀렸던 게 기억나 말없이 몸을 일으켰다. 여기서 대꾸했다간 끝없는 수렁에 빠질 것만 같았다.

"100층으로 가는 문, 열겠습니다."

"야. 말해 보라니까? 울었지? 운 거 맞지?"

"……."

연우는 하늘로 통하는 계단 위에 올라섰다.

『곧바로 들이칠 생각이냐?』

"예. 그럴 겁니다."

크로노스의 얼굴이 차분하게 가라앉았다.

『이블케는 몰라도, 통천교주와 우마왕은 절대 만만치 않은 작자들이다. 내가 통치하던 시절에도 마지막까지 뻗대던 놈들이야.』

연우는 잘 알고 있다는 듯이 고개를 끄덕였다.

"쉽지는 않겠죠."

연우는 이미 이 모든 스테이지들을 끝내고 난 뒤, 이블케를 잡고 칠흑왕의 주 자아가 되어 어떻게 할 건지에 대해 손오공과 함께 새롭게 짠 계획을 가족들에게 공유해 둔 상태였다.

크로노스와 레아는 걱정은 했어도 거기에 반대하지는 않았다. 연우가 이만큼 마음을 돌린 것만 해도 고무적인 일이었으니까.

다만, 우려되는 점이 있다면, 그 과정에서 다시 겪어야 할 아들의 마음고생이라고 해야 할까……?

그래도 부모로서, 홀로 꿋꿋이 길을 걸어 나가려는 연우를 응원해 주고 싶었다.

"그래도 할 겁니다."

연우의 단호한 의지에 크로노스와 레아는 고개를 끄덕였다.

그리고.

끼이익!

연우는 100층으로 이어지는 계단을 하나둘씩 오르기 시작했다.

*　　*　　*

계단을 오르는 내내.

차정우는 형의 뒷모습을 계속 쳐다보고 있었다.

'분명해. 뭔가…… 달라졌다.'

형이, 형이 아닌 것 같은 느낌.

그걸 느낀 건, 자신만이 아니라 어머니와 아버지도 똑같은 것 같았다.

분명히 이전 스테이지를 통과했을 때 뭔가가 있었던 것 같은데, 그게 뭔지 어떻게 말로 표현할 수가 없었다.

물론, 그렇다고 해서 다른 존재가 연우로 둔갑한 건 절대 아니었다.

그런 것도 알아보지 못하고서야 형제라고 할 수 없을 테니까.

그리고 무엇보다도.

'저런 성깔을 누가 닮아?'

저 특이한 성격을 모방할 수 있다면 그게 더 신기한 거였다.

"음?"

그런데 갑자기 연우가 걸음을 멈췄다.

"왜 그래? 무슨 일 있어?"

차정우가 무슨 일인가 싶어 재빨리 현실로 돌아와 물었다. 연우가 살짝 미간을 찌푸리고 있었다. 부모님도 혹시 기습이라도 있나 싶어 주변을 재빨리 두리번거렸지만, 아무것도 느낄 수가 없었다.

"아니. 그런 건 아니고……. 누가 내 욕을 한 것 같아서."

"……응?"

"넌 아니지?"

"하, 하하. 무, 무슨 소리를 하, 하는 거야. 내, 내가 그럴 리가 어, 어, 없잖아."

차정우는 순간 간담이 철렁인다는 게 무엇인지를 깨달을 수 있었다.

무슨 관심법이라도 부리는 건지!

아무리 칠흑왕의 대체 자아라고 해도, '낮'의 주인이 되었을 만큼 격이 높아진 자신의 속내를 쉽게 꿰뚫지는 못할 텐데?

하지만 긴장감을 완전히 감출 수는 없었는지, 목소리가 잘게 떨려서 속으로 펄쩍 뛰고 싶었다.

연우는 여전히 수상쩍다는 얼굴로 차정우를 노려봤지만, 뒤에서 무슨 일인가 가만히 보고 있는 부모님들과 시선을 마주치고는 가볍게 혀를 차면서 다시 돌아섰다.

"걸리기만 해 봐, 아주. 제대로 박살을 내 버릴 테니까."

"……."

차정우는 한순간 정신이 너무 멍한 나머지 손으로 얼굴을 쓸어내렸다.

'……저건 사람이 아냐. 분명해.'

이미 인간이 아닌 지는 오래되었지만, 저건 이미 그런 수준조차도 넘어선 게 분명하다. 차정우는 그렇게 생각했다.

하지만.

이로써 차정우는 더 확실하게 느낄 수 있었다.

'달라진 것 맞아. 느낌이 너무 달라.'

이걸 두고, 뭐라고 하는 게 좋을까.

단단해졌다고 해야 할까?

아니면 안정화된 것 같다고 해야 할까?

이전에 차정우가 보았던 연우는 항상 무언가에 쫓기고, 무언가를 쫓아가는 듯한 모습이었다.

내면이 단단하질 못했다. 언제나 날을 세우고 있었고, 그 날은 어디로 튈지 몰라 옆에서 보는 이로 하여금 걱정이 들게 만들었다.

적은 물론, 형제인 자신에게 쏟아질 수도 있었고, 본인을 해칠 수도 있는 그런 날이었으니까.

그건 아마도 하루라도 더 빨리 강해져서 복수를 끝내야

한다는 의무감과 동생과 가족들을 어떻게든 되살려야 한다는 사명감 때문에 생긴 것일 테지.

그리고 그건 탑을 쓰러뜨리고, 칠흑왕의 대체 자아가 되고 나서도 달라지지 않았다.

어머니를 되살리고 나서도 여전했다. 아니, 오히려 스스로를 더욱더 채찍질했다.

더 빨리 달리기 위해서.

더 멀리 가기 위해서.

스스로를 희생하는 한이 있더라도 가족들을 다시 행복했던 일상으로 되돌리고 싶다는 그런 마음이 그를 그렇게 만들었던 게 분명했다.

일방적인 희생.

차정우는 그것이 못내 안타까우면서도 자신이 해 줄 수 있는 게 아무것도 없는 현실이 너무나 원망스러웠다.

그런데.

갈등을 겪었던 요 며칠 동안, 연우는 어딘지 모르게 많은 면이 달라져 있었다.

마음가짐을 바꿨기 때문일까, 아니면 이전 스테이지를 넘어오면서 어떤 변화가 있었던 걸까.

이유는 알 수 없었지만, 차정우는 지금 연우의 모습이 훨씬 보기 좋다고 생각했다.

더 이상 쫓기고 있지 않은 듯 보였으니까.

이전보다 좀 더 여유로워 보였다.

'형이 말했던 새로운 계획…… 성공할 수 있을까?'

그래서 차정우는 저런 형의 평온한 모습이 다시 흐트러질까 봐 그게 걱정이었다.

—초월(超越). 저는 아직까지 초월을 이루지 못했습니다. 그걸 마무리할 생각입니다.

그게 무슨 의미인지는 쉽게 알 수 있었다.

칠흑왕이라는 개념적인 존재가 주는 구속과 한계를 완전히 뛰어넘겠다는 뜻이 아닌가!

말이 쉬울 뿐이지, 차정우가 가진 상식으로는 쉽게 납득이 가지 않은 일이긴 했다.

태초의 태초, 시원으로 되돌아가 천마보다도 훨씬 이전에 존재했다던 칠흑왕을 뛰어넘을 것이라니.

그게 좀처럼 감이 잡히질 않았던 것이다.

—그게 쉬워?

—어렵지.

—그럼 어떻게……!

—하지만 방법이 없는 건 아니다.

하지만 차정우는 연우가 해내지 못할 거란 생각은 하지 않았다.

언제나 일반적인 상식을 넘어서 여기까지 달려온 형이 아니었었나.

—이블케를 서둘러 잡고, 칠흑왕의 주 자아가 되어서 '굴레'를 내 손으로 잡고, '꿈'을 멈추는 것까지는 똑같아. 그리고 그때부터 나는 칠흑왕의 자아들을 전부 먹어 치울 거다. 단순한 자아가 아니라, 진짜가 되는 거지.

—칠흑왕, 그 자체가 되는 거구나.

자신만의 확고한 사고관과 의식을 갖고 있던 천마와 다르게, 칠흑왕은 여태 개념적으로만 움직이던 존재였다.

그건 아마도 '존재'라는 개념조차 제대로 생기기 전부터 있었던 존재이기 때문에 그런 것일 테지.

연우는 주 자아가 되어 그런 칠흑왕의 개념을 아예 근본부터 싹 다 바꿔 버리겠다고 말하는 것이다.

리빌딩(Rebuilding).

그렇게 볼 수도 있지 않을까.

—그래. 쉽지는 않겠지만.

—하지만 그걸 두고 초월이라고 할 수는 없잖아. 그 뒤에는 어떻게 하려고? 주 자아라고 해도 자아를 전부 소화하는 데 한참 걸릴 거고, 결국 칠흑왕이 가진 개념적인 한계에 갇혀 있는 건 똑같잖아.

그래서 차정우는 어떻게든 연우를 돕고 싶었다.

—맞아. 칠흑왕, 그 자체가 된다고 해도 결국 거기에 얽매여 있는 한 여태 그랬던 것처럼 계속 '꿈'을 꿔야 하는 건 똑같을 테니까.

—그럼……!

—그래서 그때부터가 가장 중요해. 여기서 초월은 나 혼자서 할 수 있는 게 아니거든.

—뭐?

여태 차정우가 알고 있던 탈각과 초월은 '혼자서' 만이 해낼 수 있는 통과 의례와 같은 것이었다.

자고로 신격이란, 오롯이 홀로 설 수 있는 자만이 갖출 수 있는 것이니까.

법칙이 주는 구속과 진리가 주는 압박을 벗어나, 그것들마저 발아래에 두어 통제할 수 있는 존재가 바로 신격이었다.

그런데 연우는 그걸 처음부터 싹 뒤집어 버리고 있었다.

—그러니까. 정우야.

연우가 자신의 눈을 똑바로 응시하면서 했던 말이 아직도 머릿속을 떠나질 않았다.

—네 도움이 필요해.

'내 도움…….'

그 말이, 차정우의 가슴에 낙인처럼 깊게 남아 있었다.

제대로 할 수 있을까?

문득 그런 불안한 마음도 들었지만.

차정우는 금세 그런 불길한 생각 따윈 머리를 털어 전부 쫓아내 버렸다.

할 수 있다.

그런 마음만 가슴 속에 남기고자 했다.

'어떻게든……!'

그렇게 차정우가 굳게 다짐하면서 연우의 뒷모습을 뚫어져라 쳐다보는데, 갑자기 연우가 슬쩍 뒤를 돌아봤다.

무슨 당부의 말이라도 하고 싶은 게 있는 걸까.

그래서 가만히 쳐다보는데.

"뭘 봐?"

"……."

순간, 차정우는 짜증이 확 치밀었다.

희망을 불사르기는 개뿔.

역시 형제는 형제인 모양이었다.

'확 그냥 사라지게 내버려 두는 게 속 편하지 않을까?'

*　　　*　　　*

계단의 끄트머리에는 거대한 석문이 놓여 있었다.

어지간해서는 꿈쩍도 하지 않을 것 같은 문.

연우가 심연에서 칠흑왕의 자아가 있는 곳으로 가기 위해 지나쳤던 문과 비슷한 형태를 띠고 있었다.

차이점이 있다면, 칠흑왕의 문은 새카맸던 데 반해, 이곳은 황금색으로 빛나고 있다는 점이랄까?

그리고 석문에 그려진 성화들도 하나같이 거대한 수레바퀴를 굴리거나, 어둠으로 점철된 무언가와 다투는 게 대부분이었다.

연우는 그 어둠으로 표현된 부분이 바로 칠흑왕이라는 것을 금세 알 수 있었다.

얼마나 이뤄졌을지도 모를 만큼, 아주 길게 이어진 천마와 칠흑왕의 싸움.

그것은 아직도 현재 진행형이었던 셈이었다.

"……."

"……."

"……."

그리고 연우를 포함한 일행들은 언제부턴가 말이 없었다.

따로 엄숙한 분위기가 있다거나 그런 것이 아니라, 긴장감이 감돌았기 때문이었다.

[천마가 당신들을 굽어살핍니다.]

이 너머에 무엇이 있을지는 아무도 몰랐다.

하지만 연우는 이곳이 자신이 다다를 마지막 장소라는 것을 누구보다 잘 알고 있었다.

"그럼 열겠습니다."

연우는 그렇게 말하면서 석문을 활짝 열었다.

문틈 사이로 황금색 광채가 새어 나오는 것이 보였다. 단순히 노출되는 것만으로도 영혼에 쌓인 악의 등이 싹 씻기는 것 같은 황홀이 찾아왔다.

그리고.

파앗!

연우는 문을 열다 말고 재빨리 자신의 목을 향해 달려드는 손날을 가볍게 낚아챘다.

『역시 제법이로군.』

웃음기가 섞인 여인의 목소리.

"통천, 너냐?"

손오공이 말을 꺼내기 무섭게, 석문이 활짝 열리면서 짙은 어둠이 촉수처럼 날아와 일행들을 노렸다.

[100층, 최종의 관에 입장하였습니다!]

[스테이지 미션이 주어집니다.]

……

[통천교주가 강림하였습니다!]

연우는 미션과 관련된 메시지를 확인해 볼 새도 없이, 그림자를 크게 움직여 일행을 위협하려던 어둠을 모조리 다쳐 냈다.

타다다당!

동시에 손오공이 앞으로 튀어 나갔다.

콰아아앙!

황금빛으로 채워진 폭발이 일어나고 어둠이 일부 찢어지면서 통천교주가 나타났다. 한껏 일그러진 얼굴을 한 그녀를 보면서 손오공이 히죽 웃었다.

"오랜만이야, 통천?"

"너희는 끝까지 나를 못살게 괴롭히는구나!"

"누가 들으면 우리가 스토커인 줄 알겠네. 야, 말은 똑바로 해야지. 우리가 스토커냐? 네가 하는 짓이 스토커지?"

"닥쳐라!"

콰콰쾅!

그렇게 통천교주와 손오공의 전투가 시작되는 사이.

빛의 세계가 좌우로 밀려나면서 거대한 홀이 나타났다.

마치 장엄한 신전, 아니, 궁전에라도 들어온 듯한 광경.

돔의 형태를 띤 천장에는 석문에 그려진 것의 연장선으로 보이는 성화가 잔뜩 있었다.

려에서부터 천마로 이어지는 수많은 '얼굴'들의 일대기를 담고 있었으니!

그 아래, 우마왕이 무거운 발걸음으로 걸어 나오고 있었다.

저벅.

저벅.

"결국 여기까지 왔군. 그것도 상당히 많은 방문객들과 함께……."

우마왕은 쓴웃음을 지으면서 연우와 일행들을 쓱 훑어보았다.

연우가 무뚝뚝한 목소리로 물었다.

"이블케는 어디에 있지?"

"이블케는 한창 의례를 펼치고 있는 중이라네. 아주 바쁜 상황이지. 그러니."

쿵!

우마왕이 지팡이로 바닥을 찍었다.

하지만 그것만으로도 그 자리에 있던 모두가 강한 압박감을 느껴야만 했다.

최초의 짐승이자 황이라는 존재가 주는 위압감은 실로 대단했다.

"이 이상, 한 발자국도 넘어갈 수 없다네."

우마왕은 옆집 할아버지처럼 포근한 미소를 지으면서도, 절대 거스를 수 없는 위엄을 자랑했다.

"아버지."

『그래.』

하지만 이미 연우가 하려는 일을 적극적으로 돕겠다고 마음먹은 차정우는 그런 압박과 위엄에 좌우될 인사가 아니었고.

막내아들의 생각을 읽은 크로노스가 스퀴테로 변하면서 곧바로 합일을 시도했다.

화아아아!

['낮(에로스)'의 태양이 세계 곳곳에 빛을 전파합니다!]

쿠르르릉!

차정우가 우마왕과 격돌을 벌인 순간, 레아와 녹턴도 도중에 끼어들었다. 레아는 공간을 제어하면서 일행들에게 버프를, 적들에게는 디버프를 실어 주는 한편, 녹턴은 빠르게 검을 뽑으면서 우마왕의 오른팔을 잘라 나갔다.

일행들은 모두 시간을 벌어 주려 했다.

그렇기에.

연우는 속으로 그들에게 모두 감사하단 말을 하면서 고개를 높이 들었다.

돔의 중심부에.

거대한 황금색 구체가 둥둥 떠 있는 것이 보였다.

Stage 98.
려의 횃불

[100층의 시련을 시작합니다.]

[시련: 그동안 99개의 시련과 난관을 통과한 그대여, 그대가 걸어온 길과 그대가 쌓은 업에 무한한 존경과 찬사를 보냅니다. 그리고 지금, 당신 앞에 마지막 시련이 놓여 있습니다.

99층에서 획득한 려의 등불은 당신의 영혼 속에 깃든 채, 당신이 올바른 길을 걸을 수 있도록 인도하였을 것입니다. 하지만 등불은 때때로 당신에게 편한 길을 가라고 잘못된 방향을 속삭이기도 하므로, 그것에 넘어갔다면 결코 이 자리에 서 있을 수 없었을 것입니다.

려의 등불이란, 바로 그런 내면의 속삭임입니다.

내면의 목소리는 언제나 당신에게 새로운 길을 갈 수 있도록 무한한 가능성을 제시하지만, 때로는 당신을 유혹과 타락의 길로 인도하기도 합니다. 이것을 가릴 줄 아는 것이 바로 이성이며, 또한, 자기 수양(自己修養)일 것입니다.

그리고 자기 수양은 탑의 꼭대기에 서고, 세상에 오롯이 서고자 하는 당신에게 있어서 평생 함께해야 할 숙제와도 같은 것입니다.

지금부터 당신이 품은 '려의 등불'을 '횃불'로 키우십시오. 당신의 내면에 깊게 파고들수록 횃불은 더더욱 환히 밝혀져 당신을 빛으로 채울 것입니다.

그리고 커진 불길을 저 끝에 있는 성화대에 붙이십시오.]

100층의 시련을 본 순간, 연우가 느낀 점은 설명은 장황한데 내용은 너무 두루뭉술하다는 것이었다.

그동안 연우가 지켜보고 확인했던 시련들은 하나같이 뭔가 명확하고 구체적인 목표가 있었는데, 이건 전혀 그런 것이 없었다.

려의 등불을 횃불로 바꿔라?

대체 어떻게?

하지만 연우는 이것만큼 마지막 시련에 어울리는 내용도 없을 거라고 생각했다.

'원래대로라면 저 성화대에 붙은 불이 칠흑왕의 어둠을 전부 물리치고, '꿈'을 전부 환하게 밝히는 이정표가 되었었겠지.'

저 아주 높은 끄트머리에 놓인 성화대는 아마도 탑, 실제로는 여의봉의 중심이지 않았을까 하는 생각이 들었다.

저기에 불을 붙일 정도가 된다면, 능히 천마의 후계자라고도 할 수 있을 것이니.

언제나 자신들은 옛것들에 불과하니 이제 슬슬 후대에 모든 걸 물려주고 떠나야 한다는 말을 입에 달고 살던 천마가 바라던 순간이었을 것이다.

[천마가 당신에게 네가 그런 계획들을 송두리째 뒤집어 버렸지 않았냐면서 헛웃음을 흘립니다.]

'하지만 그런 저를 끝까지 막지 않았던 것도 당신이었습니다.'

[천마가 세상의 일은 자신 같은 주관자가 아닌, 세상을 살아가는 이의 몫이어야 한다고 말합니다.]

'그래서 그동안 집행자니 대적자니 하는 것들이 날뛰어도 가만히 보고만 계셨던 겁니까? 당신의 아들이 그리 잘못되었는데도?'

[천마가 말없이 당신을 보며 웃습니다.]

'역시 아무 말도 하지 않으시는군요.'

[천마가 말없이 당신을 보며 웃습니다.]

'알겠습니다. 그래도 그렇게 나오시니 한 가지는 확실하겠네요.'

연우는 모든 감각을 개방시켰다.

휘휘휘!

[7차 용체 각성]

[권능 전면 개방]

[하늘 날개]

검고 붉은 날개가 활짝 펼쳐지면서 뜨거운 그림자가 사방으로 번져 나갔다.

연우는 성화대 위에 놓인 황금색 구체를 보면서도, 그 너머에서 여전히 자신들을 내려다보고 있을 천마를 정확하게 응시했다.

99층을 지나오면서 한결 눈이 밝아진 덕분일까?

연우는 창공 도서관에 앉아 읽던 책을 조용히 내려놓으면서 이쪽을 굽어다 보고 있는 천마의 모습이 정확하게 보이는 것 같았다.

천마는 웃고 있었다.

마치 마음대로 해 보라는 듯.

처음 그가 창공 도서관에 갔을 때처럼, 말 없는 응원을 해 주고 있었다.

'이번에도 방해하지 않으시리라 믿고, 제멋대로 하겠습니다.'

천마가 묵묵히 고개를 끄덕이는 걸 본 순간, 연우는 두 날개로 한껏 홰를 치면서 허공으로 둥실 떠올라 황금색 구체로 달려들었다.

이블케는 현재 시련의 내용처럼 심상 세계에 갇혀 려의

등불을 횃불로 열심히 키우고 있는 중이었다.

려의 등불이라는 건 영혼의 깊숙한 곳에 잠재되어 있는 것이니, 아마 자신을 구성하는 신화들을 되돌아보고 있지 않을까.

거기서 등불을 키울 만한 요소들을 바쁘게 찾고 있을 게 분명했다.

연우는 그런 녀석의 신화 속으로 들어가 모든 걸 훼방 놓을 생각이었다.

아니, 그런 정도를 넘어 녀석을 아예 송두리째 잡아먹을 속셈이었다.

[천마가 당신이 하려는 짓이 얼마나 위험한 것인지를 알고 있는지 묻습니다.]

물론, 천마의 말마따나 쉽지 않으리라는 건 잘 알고 있었다.

타인의 신화에 쳐들어가는 것만큼 무모한 짓도 없을 테니까.

그곳은 상대가 살아온 생애의 총화(總和)라고 할 수 있으니, 자칫 거기에 휘말리거나 억눌려서 흔적조차 없이 사라져 버릴 수도 있었다.

이미 크로노스의 신화를 드나들면서 몇 번이나 죽음의 위기를 겪어 봤던 연우였기에 절대 모를 수가 없었다.

하물며 까마득한 세월 동안 칠흑왕의 주 자아로 살아오면서 천마와도 줄곧 대적해 왔던 이블케가 아닌가?

녀석이 가지고 있을 신화의 총량은 연우로서도 도저히 짐작하기 힘들 만큼 엄청나게 두터울지도 몰랐다.

'하지만 그건 달리 말하자면 거기만큼 녀석을 완전히 집어삼킬 수 있는 최적의 장소도 없다는 뜻이다.'

이를테면, 호랑이를 잡기 위해 호랑이 굴로 직접 뛰어드는 셈이었지만…… 연우는 당장 이 수밖에는 없다는 생각이 들었다.

단순히 피안이라는 세계를 만들어 도피하려는 이블케와 다르게, 연우는 칠흑왕의 모든 것을 독차지하고 그것마저 탈피하여 '꿈'과 '굴레'를 제 입맛대로 고치려 했으니까.

그렇다면 이 정도 위험 부담은 당연히 감수해야만 했다.

『정우야, 말했던 대로 지금 여기 들어가게 되면 더 이상 연락은 못 하게 된다.』

그렇기에 연우는 구체에 다다르기 직전에 차정우에게 어기전성을 날렸다.

차정우가 우마왕과 부딪치다 말고, 흠칫 놀라면서 이쪽으로 고개를 드는 것이 느껴졌다.

그렇게 잘 말했는데도 불구하고, 녀석의 동공은 잘게 흔들리고 있었다.

그만큼 두려운 것일 테지.

연우가 구체 속으로 발을 들인 순간, 두 형제의 만남은 마지막이 되어 버릴 수도 있었으니까.

이블케를 사냥하는 것부터 칠흑왕을 탈피하고 초월을 이루는 것까지…… 연우는 이제 더 이상 멈추지 않고 쉴 새 없이 수레바퀴를 돌릴 생각이었다.

그 과정 그 어디에도 되돌아갈 퇴로 따윈 없었다. 그저 일직선으로 달리기만 해야 했다.

그렇기에. 연우는 동생에게 신신당부를 했다.

마지막에는 너의 도움이 필요하노라고.

그 끝없는 수레바퀴에서 탈출하기 위해서는. 일직선으로 내달리는 길에서 다른 길을 찾기 위해서는, 반드시 차정우의 도움이 필요했다.

원래대로라면 혼자서 해결해야 할 일이었지만, 연우는 더 이상 스스로 짊어지는 일 따윈 하지 않기로 마음을 먹은 상태였다.

연우는 이제 더 이상 신이 아닌, 인간이었으니까.

『응. 걱정 말고 다녀와.』

차정우는 담담하게 고개를 끄덕였고.

『부모님, 잘 부탁한다.』

연우는 엷은 미소를 띠면서 후련하게 구체 속으로 뛰어들 수 있었다.

그 말을 끝으로.

파아앗!

세상이 뒤집혔다.

*　　　*　　　*

[‘어느 아귀의 보랏빛 세계’에 입장하였습니다.]

‘이름 한번 불길하군.’

연우는 자신의 눈앞에 떠오른 메시지를 보고 헛웃음을 흘려야만 했다.

보라색은 흔히 불길의 상징 혹은 전조로 통한다. 그만큼 이블케가 살아온 생애가 험난했다는 뜻이겠지만.

‘그보다 녀석을 여기서 어떻게 찾는다?’

연우는 주변을 돌아보면서 눈을 가만히 좁혔다.

이곳은 생명체가 과연 살 수 있을까 싶을 정도로 험한 환경을 가지고 있었다.

부글부글 끓어오르는 유황불이 강을 이루며, 대지는 온통 악의와 원념을 품고 시커멓게 빛나고 있었다.

그 위를 활보하고 다니는 것들도 하나같이 괴상망측한 모양을 한 것들투성이었으니.

죽은 거인족들의 고향도 이만큼 망가진 환경은 아니었다.

연우 역시 명계의 깊숙한 곳까지 들어가 지옥을 거닌 적이 있었다지만, 그곳도 결단코 여기만큼은 아니라고 자부할 수 있었다.

그렇기에 연우는 여기가 어딘지 금세 알 것 같았다.

아귀계(餓鬼界).

'육도(六道)' 혹은 '6계(六界)'라고 불리는, 차원에서도 가장 밑바닥에 위치한다는 세계.

윤환전생을 벌이는 피조물들이 전생에 쌓은 죄업이 너무 크다면 떨어진다는 곳이기도 했다.

'분명히 그놈은 여기서 태어났었지?'

연우는 현인—이블케와 대립을 하면서 녀석이 가진 신화의 단면을 몇 가지 훔쳐봤었다.

그중에는 녀석이 가진 태생도 있었으니.

이블케는 원래 아귀계에서도 가장 밑바닥에 위치한 최하

급 아귀로 태어나, 천적들의 눈치를 보면서 해골이나 쓰레기 따위를 주워 먹던 신세였다.

그러다 세월이 지나면서 계속 포식에 포식을 거듭해 이성을 갖추게 되고, 그때부터 진화를 거듭했었다.

다만, 그만큼 세상에 대한 증오를 품고 있었기에 집행자로 점지되었고, 종국에 가서는 세계와 우주 전체를 집어삼키는 괴물이 되어 버렸다.

'그 뒤에는 마성이 되어서도 계속 포식을 거듭하면서 끝내 주 자아가 되어 버렸고.'

지금이야 냉철한 판단력과 기민한 행동을 보여 주고 있다지만, 원래는 포악한 흉성을 품고 있는 것이다.

'그런 녀석이 새로운 세계를 만들고 싶어 한다고? 더 이상 갈등이 없는 세계를……? 모순도 그런 모순이 없군.'

연우로서는 헛웃음만 나올 뿐이었다.

여하튼 이제 찾기는 해야 하는데…… 문제는 인지 영역을 함부로 확장했다간 이쪽이 위험해질 수 있다는 점이었다.

'아마 지금쯤 그놈도 내가 들어온 걸 알고 있을 테고. 이건 눈치 싸움이야.'

어떻게 해야 위치를 들키지 않고, 녀석에게 접근할 수 있을까.

당분간은 권능을 사용하는 것도 금지해야만 했다. 권능은 신위를 법칙에다 새겨넣는 행위. 권능만큼 위치를 들키기 쉬운 소재도 없었다.

'칠흑을…… 쫓을 수 없으려나.'

그러다 연우는 문득 그런 생각이 들었다.

이블케는 려의 등불을 만들고자 자신의 신화 속으로 들어왔고, 녀석은 칠흑을 등불과 뒤섞어서 새로운 세계를 창조하고자 한다.

하지만 여기서 의문.

세계 창조 혹은 우주 창생이라는 것은 그리 쉬운 작업이 아니었다.

괜히 '꿈'과 '굴레'를 다루는 것이 천마와 칠흑왕, 단 두 개체만이 고작일까.

아무리 이블케가 두 존재의 속성을 동시에 띠고 있다고 해도, 무(無)에서부터 무언가를 새롭게 빚어내는 것은 거의 불가능에 가까운 일이었다.

그런 건 천마나 해냈던 것이지, 당장 이블케가 가진 격으로는 턱도 없었다.

실제로 이블케가 만들고자 했던 것도 거의 소우주에 가까운 개념이었고.

나중에 그것을 확장시켜 '꿈'과 '굴레'만큼 키울 생각인지는 알 수 없었지만, 어쨌거나 당장은 불가능했다.

그렇다면 그런 소우주를 만들 수 있는 '소재'가 따로 있다는 것인데.

연우도 쫓아오는 긴박한 상황에서 녀석이 쉽게 다룰 수 있을 만한 소재가 뭐가 있을까?

'자신의 신화.'

연우는 별반 어렵지 않게 이블케의 생각을 헤아릴 수 있었다.

'자신의 신화를 바탕으로 옛 우주를 복원한다는 개념이면…… 충분히 가능하지. 하지만 녀석이 보았을 '꿈'은 아주 많아. 그런데 왜 하필 많고 많은 '꿈' 중에서도 자신이 처음 태어났던 이 '꿈'인 거지?'

이런 경우는 딱 한 가지밖에 없었다.

'이 세계에 미련이라도 남아 있나.'

연우로서는 헛웃음이 나올 수밖에 없다.

집행자로서 자신이 송두리째 잡아먹었던 세계에 남은 미련이라니. 정말이지 아까 전부터 느꼈던 것이지만, 하나부터 열까지 이렇게 모순적인 존재도 없었다.

하지만 그렇기에 연우는 더더욱 자신이 무엇을 해야 할지 알 것 같았다.

'그 미련이 이블케의 특이점(特異點)이겠군. 그걸 찾아

서 제거하거나 지켜보고 있으면…… 녀석은 반드시 나타난다.'

연우가 차갑게 웃었다.

송곳니가 훤히 드러나도록.

'깽판 놓는 건 또 내가 자신 있지.'

칠흑왕의 후예…… 즉, 집행자는 항상 그 세계에 대한 강한 증오와 원망을 품고 있는 것이 대부분이었다.

그래야만 세계와 우주를 종말로 몰고 가는 일을 스스로 집행할 수 있을 테니까.

자신이 살던 세계를 직접 부순다는 건, 결코 쉬운 일이 아니었다.

강한 반발과 제재를 거스르면서도 종말을 집행할 수 있는 의지, 달리 말해 그만한 원동력과 심리적 기제가 있어야만 가능했다.

'내가 이곳에 나타났다는 것부터가 여기에 강한 미련이 있다는 뜻이겠지.'

연우와 이블케는 비록 서로 다른 연원과 정체성을 가지고 있다지만, 근본적으로 따지자면 동일한 존재에 가까웠다.

'칠흑왕'이라는 거대한 개념적 카테고리에 포함되기 때문이었다.

그뿐만 아니라, 심연 속에서 다투면서 서로 간에 신화와 칠흑이 뒤섞이기도 했으니.

그렇기에 연우는 현재 이 '꿈' 속에 있는 존재들 중에 이블케와 가장 가까운 인물은 바로 자신이라고 생각했고, 반대로 가장 먼 존재라고도 여겼다.

자석의 S극과 N극이라고 할 수 있지 않을까? 양극단에서 있지만, 결단코 떨어질 수 없는 그런 관계인 것이다.

그러니 연우는 당연히 자신이 떨어진 이 장소 어딘가에 분명히 이블케가 있을 거라고 판단했다.

'어디냐, 대체?'

연우는 화안금정으로 두 눈을 요요히 빛내면서 자신의 의념을 개방했다.

['그림자 영역'이 아귀계를 따라 조심스럽게 퍼져 나갑니다!]

츠츠츠—

연우의 그림자가 아귀계의 지표면을 따라 퍼져 나가자, 그의 신형도 조용히 그 속에 녹아 사라졌다.

그림자는 아주 느릿하게 퍼져 나가면서 지표면에 노출된 대상이 품고 있던 데이터를 낱낱이 분해했다.

이블케와 관련된 데이터가 있다면 무엇이든지 뽑아내기 위해서.

[해당 대상을 분석합니다.]

[연관 데이터를 찾을 수 없습니다.]

[해당 대상을 분석합니다.]

[연관 데이터를 찾을 수 없습니다.]

……

그리고.

[해당 대상을 분석합니다.]

[연관된 데이터를 찾는 데 성공했습니다.]

'찾았다.'

연우는 얼마 지나지 않아 원하던 것을 발견할 수 있었다.

"이런! 또 다친 상태로 오셨네요. 조심하시지……. 잠시만 여기서 기다리세요."

날개가 꺾인 서큐버스가 상처를 잔뜩 입은 아귀 '들' 을 돌보고 있었다.

*　　*　　*

'서큐버스라.'

연우는 눈을 가늘게 좁혔다.

서큐버스는 인큐버스와 함께 꿈을 거닌다고 알려진 마족으로, 달리 몽마(夢魔)라고도 불렸다.

다만, 마족이나 악마 계통 중에서도 하급에 위치해 흔히 마왕들의 시중을 들거나, 사자(使者)로 부려지는 경우가 대부분이었다.

그래도 악마는 악마인지라, 아귀 따위는 절대 가까이할 수 없을 까마득한 존재로 알고 있었는데.

'이런 곳에 있단 말이지?'

연우는 시스템이 읽어 낸 데이터를 바탕으로 서큐버스에 관해서 빠르게 파악했다.

[한쪽 날개가 꺾인 서큐버스]

이름: 아웃라인.

종족: 영락한 몽마.

……

육도 중에서도 최상위 세계로 손꼽히는 '천상' 속 어느

우주를 다스리던 몽마왕의 하나뿐인 외동딸이었으나, 쿠데타로 쫓겨나면서 아귀계로 숨어들고 말았다. 현재는 영락에 영락을 거듭하며 쇠락하는 중이다……

연우는 설명을 빠르게 내리면서 자신이 필요한 부분만 확인했다.

……현재는 아귀계에 존재하는 아귀들에게 동질감을 느끼고, 아귀 중에서도 가장 덜떨어진 존재들을 거두어 키우고 있다.

'동질감을 느끼고, 아귀를 직접 거두어 키우고 있다.'

연우는 직감적으로 이 부분이 가장 중요하다는 것을 알 수 있었다.

'이블케가 아귀로 있을 때에는 너무 허약해서 다른 것들의 눈치를 보기 바빴다고 했었지.'

만약 자신이 훔쳐본 이블케의 신화가 사실이라면, 아마도 이 서큐버스가 이블케에게는 은인일 가능성이 높았다.

'이블케의 마력향(魔力香)도 짙게 배어나고 있고.'

사실 연우는 천마의 얼굴이며 칠흑왕의 자아가 되기까지 한 이블케가 어떻게 최약체로 있을 수 있는지 의아하기도 했지만.

'굳이 따지자면…… 나도 그랬었으니.'

연우는 애당초 성인이 될 때까지 마나의 존재조차 모르고 지내지 않았던가.

비록 태생이 신왕의 혈육이긴 하다지만, 그래도 영락해 버린 존재들의 자식이었기 때문에 유전자가 특출하다거나 한 건 아니었다.

오롯이 그 혼자만의 노력과 의지로 이룬 성과인 셈이었으니.

연우는 이블케도 그런 케이스가 아닐까 하고 여기고 있었다.

'아니면 자신의 가능성을 잘 모르고 있다가, 특별한 일을 계기로 각성을 하게 된 것인지도 모르고.'

이유가 무엇이 되었든 간에.

이블케의 미련은 바로 이 서큐버스와 깊은 연관이 있는 게 분명했다.

그리고 그때부터.

연우는 '아웃라인'이라는 이름을 가진 서큐버스를 가만히 관찰했다.

"다들 다투지 말고, 천천히 나눠 먹으렴."

서큐버스는 매일 아침만 되면 어디론가 떠났다가 먹을 것을 잔뜩 짊어지고 왔다.

대개 목이 너무 마른 나머지 지표면을 따라 흐르던 유황불을 물로 착각해 마신 멍청한 마물의 사체나, 거대 아귀들이 심심풀이로 뜯어 먹다가 버린 아귀들의 뼈다귀가 전부였다.

하나같이 아귀계에서는 줘도 먹지 않을 하품의 먹이에 불과했지만.

새끼 아귀들에게는 그것만 해도 진수성찬이나 다름없었기 때문에 던져 주는 족족 게걸스럽게 먹기 바빴다.

그럴 때면 서큐버스는 얼마든지 더 구해 올 수 있으니 나눠 먹으라고 일렀지만, 지능 수준이 짐승만도 못한 아귀들이 그 말을 이해할 수 있을 리 만무했다.

살점이 많은 부위가 있으면 너도나도 달려들면서 오히려 상대까지 같이 잡아먹으려 들 정도였으니.

서큐버스는 먹이를 구해 오는 것 말고도, 아귀들의 싸움을 중재하는 것으로도 힘을 잔뜩 빼야만 했다.

그런 와중에 피 냄새에 두 눈이 뒤집힌 나머지 서큐버스를 노리는 놈들도 있을 정도였다.

하지만 그렇게 위험 부담을 감수하면서도, 서큐버스는 절대 고생을 멈추지 않았다.

아귀들이 배가 빵빵하게 부풀 정도로 먹이를 잔뜩 먹어 치우고는 낮잠을 즐길 때면, 서큐버스의 눈에는 그렇게 귀여워 보일 수가 없었기 때문이었다.

"에휴! 이러니 도저히 미워할 수가 없다니까."

연우로서는 도저히 이해할 수가 없는 심미안이었지만.

'뭐, 사람마다 보는 눈이 다 다른 법이니까. 이 세계에서는 저런 흉측한 놈들이 취향에 가까울 수도 있는 거고.'

연우는 혀를 가볍게 차면서 눈을 가늘게 좁혔다.

'그나저나 이블케가 어느 아귀지?'

그림자 속에서 계속 아귀들을 관찰해 봐도, 여전히 이블케를 특정할 수가 없었다.

서큐버스가 다루는 아귀가 수백 마리나 될 정도로 워낙에 많은 데다가, 놈들이 가진 기질이 하나같이 비슷하다 보니 분간하기가 좀처럼 쉽지 않았기 때문이었다.

아무리 아귀가 하급 마물에 속하고, 영혼이 저급하다고 할지라도 세세한 차이는 있을 수밖에 없건만…… 여기 있는 놈들은 마치 한 공장에서 똑같이 찍어 내기라도 한 것처럼 큰 차이가 보이질 않았으니.

차라리 특이한 습성을 가진 녀석이라도 있다면, 이런 생각을 하지 않을 텐데.

'일단 이 서큐버스를 제거해 볼까? 그런다면 나오려나?'

이 서큐버스를 미끼 삼아 이블케를 엮어 내고, 단숨에 녀석이 가진 려의 등불마저 훔치려 했던 연우로서는 슬슬 엉덩이가 들썩일 수밖에 없었다.

'어쩔 수 없다. 이대로 더 시간을 내어 주게 되면 어떤 식으로 횃불을 완성할지 몰라.'

연우가 결국 그림자를 올려 서큐버스의 목을 치려던 그때.

'대체 언제 오는 거지?'

여태껏 잠잠하기만 하던 서큐버스의 속마음에 새로운 형태의 사념이 깃들었다.

'분명히 올 때가 됐는데?'

그냥 겉보기엔 밖으로 나간 심부름꾼이라도 기다리는 듯한 모습이었지만.

연우는 서큐버스의 사념에 처음으로 탐욕이 깃드는 것을 놓치지 않았다.

여태껏 안타까운 처지에 놓인 새끼 아귀들을 돌보는 성녀 같던 모습이 아닌, 진짜 악마와 마족다운 사이함이 풍겼기 때문이었다.

'와야 해. 반드시……!'

'그래야만 내가 원래의 자리로 되돌아갈 수 있다고!'

'왜! 왜냐고! 왜 안 오는 거지? 내가 남긴 메시지를 읽지 못한 거야? 어째서? 그걸 읽었어야 해! 그래야 한다고! 그렇지 않으면 내가 이런 곳에서 썩을 이유가 없잖아!'

서큐버스는 애타게 기다리던 게 계속 나타나질 않자, 초조해졌던 건지 손톱을 잘근잘근 깨물어 대기까지 했다.

손끝이 잔뜩 뭉개지면서 피가 철철 흘러내렸다.

하지만 정작 본인은 속이 바짝 타들어 간 나머지 미처 모르는 눈치였다.

그러던 그 순간.

'와, 왔어!'

무언가를 감지했는지, 서큐버스의 시선이 허공으로 향하고.

이미 그전부터 아귀계의 법칙이 꿈틀대는 것을 느끼고 있던 연우는 가만히 그곳을 주시했다.

츠츠츠츠!

['새로운 몽마왕의 사자'가 강림합니다!]

하늘을 따라 검은 먹구름이 와류를 그리면서 잔뜩 모여들더니, 대형 포탈이 활짝 열렸다.

웬만한 마왕들조차도 가볍게 으스러뜨릴 것 같은 어마어마한 중압감이 아귀계 전체를 강하게 짓눌렀다.

아니, 그건 단순히 짓누르는 수준이 아닌, 으깨 버리는 수준에 가까웠으니.

"커, 커헉!"

실제로 서큐버스는 중력을 버티지 못하고 바닥에 주저앉아 버리고 말았다. 그러고도 손발이 땅바닥에 들러붙은 채로 어깨가 부서지고, 날개가 으스러지면서 핏물이 바닥에 후두둑 쏟아졌다.

그녀의 주변에 있던 아귀들은 압박감을 버티지 못하고 줄줄이 몸뚱이가 폭죽처럼 터져 나갔다. 일대가 삽시간에 온통 난장판이 되고 말았다.

"저급한 핏줄 따위가 감히 어디서 고개를 빳빳이 드는 것이냐?"

머리를 지면에다 처박아야만 했던 서큐버스의 귓가로 싸

늘한 목소리가 들렸다.

영락에 영락을 거듭하면서 누더기만 걸치는 것이 고작이었던 서큐버스와 다르게, 화려한 장신구로 치장된 외양을 뽐내며 오만하게 턱을 치켜든 인큐버스였다.

'감히……! 원래는 내 발이나 핥던 사냥개 따위가……!'

서큐버스는 잔뜩 충혈된 눈으로 이를 바득바득 갈고 있었다.

"흐흐! 눈빛을 보니 잔뜩 화가 난 얼굴이로군. 왜? 원래는 네년의 뒤를 쫄래쫄래 따라다니기만 했던 환관 나부랭이 따위가 이렇게 오만하게 있으니 배알이라도 뒤틀리나? 앙?"

인큐버스는 한쪽 입술 끝을 비틀면서 오른발을 들어 서큐버스의 뒤통수를 자근자근 짓밟아 댔다.

그 때문에 서큐버스는 숨을 잔뜩 삼켜야만 했다.

여기서 인큐버스가 장난으로라도 까딱 발에 힘을 주었다간 그녀의 머리통이 수박처럼 으깨져 버렸을 테니.

그 때문에 인큐버스는 기대했던 것과 달리 서큐버스가 별다른 반응을 보이지 않자, '쳇' 하고 혀를 차면서 시선을 다른 곳으로 돌렸다.

"저것이 네년이 말했던 그것인가?"

그곳에는 아귀들이 겁에 잔뜩 질린 채 오돌오돌 떨고 있었다. 다른 아귀들은 죄다 죽어 살아남은 개체라고는 십여 마리가 고작이었다.

하지만 인큐버스의 시선이 닿은 건 그중에서도 가장 작은 체구를 가진 놈이었다.

왜소한 크기인데도 불구하고, 다른 아귀들과 다르게 겁에 질린 기색 없이 두 눈이 흐리멍덩하기만 한 녀석.

겁을 상실한 건지, 아니면 그냥 단순한 백치인 건지는 알 수 없어도, 분명 다른 놈들과는 조금 다른 기질을 갖고 있었다.

"그, 그렇습니다."

서큐버스의 대답에 인큐버스가 흥이 돋는다는 얼굴이 되어 손으로 턱을 쓰다듬었다.

"말로만 듣던 천마의 얼굴이라?"

그러다 미심쩍다는 듯이 미간을 좁혔다.

"겉보기엔 그저 그런 최하급 아귀로만 보이는데. 어떻게 그런 지고한 존재의 영혼을 품은 전생자라고 확신할 수 있는 거지?"

"제, 제가 몇 번이고 확인하였으니 진짜입니다. 지, 지, 직접 확인해 보십시오."

"흠."

"그, 그러니 부디 신원 복원을……!"

연우는 서큐버스와 인큐버스의 대화 내용을 들으면서 전후 사정을 빠르게 유추할 수 있었다.

'잘못 생각했었군. 서큐버스가 이블케의 은인이었던 게 아니야.'

연우는 지금이 여태 숨어 있던 이블케가 나올 타이밍이라는 것을 알 수 있었다.

'자신을 팔아먹은 원수였던 거지.'

연우의 판단이 끝나기 무섭게.

"드. 디. 어. 찾. 았. 구. 나."

"나. 의. 오. 랜. 트. 라. 우. 마. 들. 이. 여."

흐리멍덩하기만 하던 새끼 아귀의 눈가에 처음으로 초점이 잡히면서.

입술 양 끝이 크게 벌어지고 뾰족한 톱니 이빨이 훤히 드러났다.

"이게 무슨……!"

인큐버스는 순간 본능적으로 일이 잘못되었다는 것을 느

꼈던 건지 재빨리 몸을 뒤로 빼려 했다.

하지만 그보다 먼저 새끼 아귀가 움직였다.

콰직!

“크아아악!”

인큐버스의 오른팔이 뜯겨 나갔다.

이빨 자국이 자글자글하게 남았다. 피가 튀면서 마기가 줄줄 새어 나오는 것이 보였다.

“날……! 날 감히 속여?”

“그, 그게 아, 아닐…… 꺄아아악!”

서큐버스는 뒤늦게 사태를 파악하고 자신은 이 일과 전혀 무관하다는 것을 알리려 했지만, 말을 길게 이을 수가 없었다.

‘마, 말도 안 돼! 조금 전까지만 해도 얌전한 아이였는데……! 나를 다시 천상으로 보내 줄, 돌아가신 아버지가 내게 주신 선물이었는데! 대체 어떻게 된 거야아!’

인큐버스가 내뺀 자리로 새끼 아귀가 득달같이 달려들면서 서큐버스의 목을 무참히 물어뜯었기 때문이었다.

서큐버스는 그 자리에서 모가지가 꺾인 채 그대로 절명하고 말았고.

새끼 아귀는 그대로 그녀의 사체를 밟고 허공으로 날아들면서 인큐버스를 향해 다시 아가리를 크게 벌렸다.

크와아앙!

마치 먹잇감을 노리려는 맹수와 같은 모습.

귀까지 쭉 찢어지며 벌어진 아가리 속에 깊은 어둠이 자리 잡고 있는 게 보였다.

인큐버스는 어떻게든 새끼 아귀를 떨쳐 내기 위해 갖가지 권능과 마법을 퍼부어 댔지만.

그럴 때마다 마법은 별다른 효과를 보지 못하고 그대로 아가리 속으로 빨려 들어가고 말았다.

놈의 아가리 속에 있는 저 어둠은 마치 무저갱을 보는 것만 같았다.

모든 것을 빨아들이고 절대 밖으로 내놓는 법이 없다는, 지옥 밑바닥에 위치한 무저갱.

"마, 말도 안 되는……!"

인큐버스는 그 말을 끝으로 머리통의 절반이 그대로 뜯겨 나가고 말았다.

콰드득, 콰드득—

새끼 아귀는 마치 고무라도 씹은 것처럼 아가리 속에 들어온 것을 질겅질겅 씹어 댔다.

그리고.

'지금!'

여태껏 잠자코 기다리고 있던 연우가 즉각 나섰다.

[검붉은 구비타라]

그림자 안쪽에서 새끼 아귀를 향해 검지를 살짝 튕기자, 손가락 끝에 검뢰가 잔뜩 응축되었다가 폭발하면서 대지와 하늘을 잇는 거대한 검붉은색 기둥을 세웠다.

콰르르릉—

콰콰콰콰!

졸지에 오랜만에 만난 트라우마를 완전히 제거하고 마음을 편하게 먹고 있던 새끼 아귀는 그대로 기둥에 휘말리고 말았으니.

거기다 거기서 피어난 연쇄 폭발과 후폭풍이 잇달아 새끼 아귀를 몇 번씩이나 갈가리 찢어 놨다.

연우는 바로 거기서 그치지 않았다.

파아앗!

[하늘 날개 — 최대 출력]

이미 7차 용체 각성을 준비하고 있던 그는 하늘 날개의

버프를 최고조로 끌어 올렸다가, 현자의 돌까지 최대로 쥐어짜면서 연쇄 공세를 퍼부어 댔다.

검뢰가 몇 번씩이나 새끼 아귀를 뚫고, 또 뚫으면서 대지에 작렬했다.

그렇게 땅거죽을 헐겁게 만들다 못해 아귀계라는 세계 자체를 너덜너덜하게 만들었으니.

수없이 명멸하는 빛무리 속에서 아귀계를 터전으로 살아가던 아귀는 물론, 대형 마물을 포함한 모든 존재들이 삽시간에 쓸려나가고 말았다.

키에에엑!

어디선가, 그런 새끼 아귀의 울음소리가 들린 것 같았다.

하지만 연우는 거기서 그치지 않고, 다시 한번 더 검붉은 구비타라를 검결지로 터뜨렸다.

콰아아앙!

폭발은 세계를 둘러싸고 있던 표면을 따라 아예 그 너머에까지 강한 영향력을 끼치면서, 마치 톱니바퀴처럼 맞물려 있던 다른 육도까지 모조리 뒤흔들어 놓았다.

[가장 가까이 붙어 있던 '지옥계(地獄界)'가 거칠게 흔들리면서, 그 여파로 절반이 넘는 생명체가 절명하고 말았습니다!]

[축생계(畜生界)가 거친 혼란에 잠겨 심각한 수준의 전염병이 곳곳에 창궐했습니다!]

……

[천상계(天上界)의 위대한 신인들이 아귀계에서 벌어진 대혼란을 파악하기 위해 바쁘게 움직입니다! 참상을 확인한 신인들이 비명을 지릅니다!]

[육도를 관통하고 있던 윤환전생의 고리에 심대한 타격이 주어졌습니다!]

연우는 잘게 부서진 채로 흩어지는 새끼 아귀의 신화 파편 속에서, 녀석이 원래 역사에서 이 뒤에 겪었을 일들을 단편적으로나마 볼 수 있었다.

몽마왕은 가장 지고한 존재라 일컬어지는 천마의 얼굴 중 하나가 이런 한낱 아귀라는 사실에 흥미를 느끼고 온갖 실험을 자행하게 된다.

그 과정에서는 동병상련을 느끼며 친구라고 생각했던 다른 아귀를 잡아먹게 하기도 하는 등, 인격을 파탄 나게 만드는 일들도 숱하게 벌어졌으니.

가뜩이나 친어미처럼 깊게 믿고 따랐던 서큐버스의 배신으로 커다란 마음의 상처를 입었던 새끼 아귀는 결국 가슴 속에 분노와 증오만이 남게 되고.

결국 나중에 가서는 힘을 제대로 각성하게 되면서, 모든 걸 끝장내 버리고 말게 되는 것이다.

'그 과정에서 흥미를 느낀 칠흑왕이 오히려 좋은 기회다 싶어 자아로 임명하게 된 거고……?'

'꿈'과 '굴레'를 어떻게든 유지하려는 천마의 얼굴이 도리어 세계를 종말로 이끌게 되어 버린다니. 이만한 아이러니가 어디에 있을까.

본인은 바라지 않았으나, 운명이 준 고난이 결국 대적자를 집행자로 만들어 버린 셈이었다.

새끼 아귀는 세계가 종말을 맞은 뒤로도, 심연 속에 들어가 다른 칠흑왕의 자아들을 연달아 잡아먹었다.

그것만이 녀석에게 남긴 유일한 정체성이었으니까.

그러다 현인으로서, 그리고 이블케로서 인격을 가지게 된 건 대체 얼마나 많은 '꿈'이 저물고 '굴레'가 돌아갔는지 헤아릴 수 없을 만큼 까마득한 세월이 흐르고 나서였다.

그때는 이미 주 자아가 되어 버린 상태였으니.

다른 자아들은 어느 누구도 그를 꺾을 생각 따윈 하지 않았다.

도리어 다시 새끼 아귀로 되돌아가 자신들을 잡아먹으려 들지 않을까, 전전긍긍하며 눈치를 보기 바빴다.

그런 모든 일련의 과정을 찰나 속에서 전부 훔쳐보면서.

연우는 새끼 아귀—현인이자 이블케가 여기서 바라던 노림수가 무엇인지 알아차릴 수 있었다.

'트라우마를 완전히 제거해서 려의 횃불을 완성하려던 것이었나?'

99층의 시련이 신화들을 되짚으면서 자신의 완전한 정체성을 정립하는 것이라면.

100층의 시련은 그렇게 정립한 정체성을 오롯이 발전시켜 세상과 세계라는 속박으로부터 완전히 자유롭게 만드는 데 있었으니.

탑을 모두 오르면 '신(神)'이 될 수 있다고 했던 건, 말 그대로 고고하고 자유로운 존재가 될 수 있게 한단 뜻이었다.

이블케 또한 바로 이런 것을 노린 것이리라.

아무리 오랜 세월이 지나도, 마음 한편에 깊숙하게 자리 잡은 트라우마는 제아무리 신격이라 한들 쉽게 지울 수 있는 게 아니니.

그걸 말끔하게 지우고, 오롯이 서는 것.

그리하여 자신의 아픔 따윈 남지 않은 세계를 재창조하는 것.

아마도 그것이 이블케의 바람이 아니었을까.

'만약 내가 먼저 서큐버스를 치기라도 했다면, 그건 그것대로 골치 아팠겠어.'

어쨌거나 녀석의 트라우마를 제거해 준 셈이 되니. 이블케에게 긍정적이었으면 긍정적이었지, 절대 부정적인 상황이 되지는 않았을 것이다.

하지만 어쨌거나 연우는 이블케가 강림하는 타이밍을 노려서 기습을 감행했고.

녀석이 어떻게 반격하기도 전에 연거푸 몰아치면서 존재를 완전히 찢어발기는 데 성공했다.

콰르르르—

쿠쿠쿠쿠!

['지옥계'가 무너졌습니다!]

['축생계'가 무너졌습니다!]

……

['천상계'를 이루고 있던 골조에 커다란 균열이 가해졌습니다!]

['육도'를 구성하고 있는 모든 존재들이 칠흑왕이 주는 공포에 질립니다!]

……

[경고! '칠흑왕의 주 자아'를 구성하고 있던 신화가 위태로운 상태입니다. 붕괴가 시작됩니다. 탈출을 권고합니다.]

[경고! '칠흑왕의 주 자아'가 완전히 무너질 시, 신화 속에 갇히게 되면 함께 함몰할 가능성이 있습니다. 탈출을 권고합니다.]

[경고! '칠흑왕의 주 자아'가 붕괴하기 시작했습니다.]

……

쉴 새 없이 쏟아지는 경고 메시지에도 불구하고.

연우는 자신이 찾던 게 보이지 않는다는 사실에 인상을 딱딱하게 굳혔다.

'없다고?'

새끼 아귀를 몇 번씩 찢어 놨는데도 불구하고, 이블케의 근간이 될 만한 본체는 보이질 않았으니까.

'함정!'

그 순간.

"잡. 았. 다."

퍼어억!

"……컥!"

연우는 섬뜩한 기분과 함께 가슴을 뚫고 나온 다섯 개의 손톱을 볼 수 있었다.

등 뒤로 공간이 살짝 열리면서 이블케가 모습을 드러냈다.

"오효효! 염탐이라니. 차연우 님에게 이런 취미가 있는 줄은 생각도 못 하였군요. 허락 없이 타인의 사생활을 훔쳐보는 건 죄악이랍니다."

[경고! 영체에 강한 충격이 가해졌습니다!]

[경고! 신격에 막대한 손상이 이뤄졌습니다! 균열이 발생했습니다! 한시라도 빨리 안전한 곳으로 대피해 격을 복구하십시오!]

[경고! 적의를 띤 칠흑이 균열 사이로 강제 주입되고 있습니다! 균열이 더 커집니다! 어서 대피하십시오!]

……

새로운 내용의 경고 메시지가 망막 한쪽을 가득 채웠다.

그만큼 위태롭단 뜻이겠지.

이블케는 평상시처럼 밝은 웃음소리를 냈지만, 어쩐지 눈빛만큼은 이전보다 훨씬 흉흉해져 있었다.

타인에게는 결코 드러내고 싶지 않았던 과거의 치부가 드러난 셈이니, 화가 단단히 난 게 분명했다.

"99층에서…… 모든 신화를 합친 게 아니었…… 나?"

연우는 그 짧은 순간에도 방금 전 해치운 새끼 아귀가 분명히 이블케라는 사실을 몇 번이고 확인했었다.

괜한 함정에 걸려서야 좋을 것이 없었으니까.

하지만 '이블케'는 애당초 한 명이 아니었던 모양이었다.

두 명이었던 것이다.

"투 트랙(Two Track)이지요. 99층의 시련은 원래 알고 있었던 내용인지라. 아주 자그마한 술수를 부려 봤답니다. 제가 괜히 처음부터 탑의 관리자로 있었을까요?"

최초 관리자였던 만큼, 탑의 여러 시련에 대해서도 어느 누구보다 빠삭했겠지.

공략법도 제일 많이 알고 있었을 테고.

그런데도 탑을 공략하지 않고 관리자로 계속 남아 있으면서 기회를 노렸던 건, 그때까지 천마를 상대하기가 버겁다고 판단했기 때문일 것이다.

"그러니."

이블케는 차갑게 웃으면서 아가리를 크게 젖혔다.

마치 서큐버스와 인큐버스를 잡아먹었을 때처럼.

"그 죗값으로 당신도 먹히십시오, 차연우 님."

무저갱을 담고 있는 거대한 톱니 이빨이 연우를 와그작 씹어먹으려는 그 순간.

"싫은데?"

연우는 절체절명의 위기 순간인데도 불구하고, 입가에 차가운 냉소를 띠고 있었다.

츠츠츠—

연우가 달고 있던 한 쌍의 하늘 날개 중 왼쪽 부위, 죽음의 날개가 갑자기 잘게 떨리기 시작한 건 바로 그때였다.

[두 개의 신위 중 하나를 강제로 분리합니다!]

[신격의 일부가 박탈됩니다!]

이블케의 손톱에 걸려 있던 연우의 육체에서 또 다른 연우가 강제로 튕겨 났다.

콰드득!

"무슨 짓을……?"

이블케가 물어뜯은 건 연우의 껍데기였을 뿐.

아니, 정확하게는 죽음의 날개를 달고 있는 허물이었다.

진짜 연우는 오른쪽 부위, 투쟁의 날개를 단 채로 아래로 추락하고 있었다.

메시지의 내용처럼, 그는 두 개의 신위 중 죽음의 신위를 미끼로 이블케에게 던져 주고, 정작 자신은 투쟁의 신위만 가진 채로 떨어져 나간 것이다!

그가 차갑게 웃던 그대로 용언(龍言)을 외쳤다.

"터져라."

콰아아앙!

콰콰쾅! 콰쾅!

콰르르릉—

죽음의 날개를 품고 있던 연우의 허물이 그대로 폭발했다. 이블케가 어떻게 손을 쓸 시간 따윈 없었다. 무저갱으로 잡아먹을 수조차 없었다.

연우가 갖고 있던 '죽음'은 개념, 그 자체였으니.

그런 무저갱마저도 '죽음'을 이식시켜 버린다면, 형태를 구성하고 있던 존재 개념이 흩어져 버릴 수밖에 없는 것이다.

연우는 이것을 아무렇지 않게 내던져 줌으로써, 죽음의 개념이 이블케는 물론 녀석을 구성하고 있던 신화며 신위, 신격에까지 모두 퍼져 나가게 만들었다.

['죽음'이 찬란하게 퍼집니다!]

['칠흑왕의 주 자아'가 '죽음'을 막기 위해 몸부림칩니다!]

[거스를 수 없습니다!]

['칠흑왕의 주 자아'가 '죽음'을 거스르기 위해 모든 권능을 행사합니다!]

[권능에 '죽음'이 이식되어 전부 무효화됩니다!]

['칠흑왕의 주 자아'가 '죽음'을 부수기 위해 모든 권한을 시도합니다!]

[권한에 '죽음'이 부여되어 전면 취소됩니다!]

……

['칠흑왕의 주 자아'가 '죽음'에 잠식되었습니다!]

[신화가 붕괴합니다!]

[신격이 붕괴합니다!]

[신위가 붕괴합니다!]

……

['칠흑왕의 주 자아'가 다루던 모든 '려의 등불'이 '죽음'으로 소멸되었습니다!]

자신이 그동안 어렵게 쌓은 신위를 아무렇지 않게 내던진 것인데도 불구하고.

연우는 별반 미련이 남아 있는 얼굴이 아니었다.

일반 신이나 악마들이 그 모습을 봤더라면 제정신이냐며 길길이 날뛸지도 몰랐다.

그들로서는 자신들의 평생을 공들여 닦았고, 길러 온 것을 저렇게 헌신짝처럼 내팽개칠 수 있다는 게 상식적으로 이해가 가질 않을 테니까.

신화가 신성을 부여하고 신앙을 끌어들이는 매개체라면, 신위는 그런 신적인 특성들을 정립해 주는 정체성과도 같은 것.

또한, 법칙을 제 입맛대로 조종할 수 있는 만능열쇠와도 같았다.

그것이 없어져서야 더 이상 신이라 할 수도 없고, 설사 격을 유지한다고 해도, 신위를 소지하고 있을 때만큼 뛰어난 권능은 행사하지 못했다.

실제로 여태 그림자 속에서 싸움을 지켜보고 있던 샤논이나 한령 등은 탄식을 멈추지 못할 정도였다.

「하여간…… 우리 인성왕. 대단해, 아주. 뭘 하든지 간에 상식을 초월한단 말이지. 보통 갖고 있는 게 많으면 하나라도 잃어버릴까 봐 전전긍긍하기 마련인데. 저렇게 미련 없이 내던질 줄이야.」

「그만큼 승리를 자신하시는 것이니 승부수를 띄우는 것일 테지.」

「그래도 이번엔 좀 너무한 거 아냐? 이래서야 우리는 이제 밖으로 나설 수도 없잖아.」

샤논은 영 마음에 들지 않는다는 듯 혀를 찼다.

그도 그럴 것이, 그를 포함한 모든 권속들은 '죽음'을 매개체로 이곳에 묶여 있었으니.

하지만 연우가 그것을 아무렇지 않게 내팽개쳐서야 그들의 존재 성립의 근간도 같이 사라진 것이나 마찬가지였다.

당장이야 연우의 일부라 할 수 있는 이 그림자에 속박되어 존재를 유지할 수 있는 것이지만.

외부 활동을 조금이라도 하려 했다간 곧바로 모래알처럼

흩어져 버릴 것이 분명했다.

「기다려 봅세.」

하지만 한령은 별다른 걱정이 없다는 투였다.

「언제나 그러하셨듯, 우리에게 늘 새로운 길을 제시해 주시는 분이 아니신가.」

「눼이눼이. 열렬한 신봉자라 마음 편해서 좋겠습니다.」

샤논은 비꼬듯이 말했지만, 그 역시 연우에 대한 절대적인 신뢰와 충성만큼은 한령에 못지않기 때문에 뒷일을 걱정하지는 않았다.

다만.

'언제는 다른 사람들이랑 다 같이 간다더니. 이번에도 혼자서 다 해 먹으면 우리가 나설 길이 없잖아?'

자신이 모시는 주군 앞에서 조금이라도 멋있는 모습을 보여 주고 싶었는데.

그리고 마지막까지 저렇게 묵묵히 제 길을 걸어가는 연우를 조금이라도 도와주고 싶었기에.

그걸 못해서 조금 아쉬울 뿐이었다.

* * *

"말도…… 안 돼……! 커헉!"

이블케는 새카맣게 물들어 가는 심상 세계, 아니, 자신의 신화를 보면서 울부짖었다.

이미 그의 전신도 온통 새카만 저주로 둘러싸여 온몸이 금세 바스러질 듯이 위태롭게 흔들리고 있었다.

['죽음'이 '칠흑왕의 주 자아'를 구성하고 있던 모든 데이터에 감염되었습니다!]

[칠흑과의 연결이 불안정합니다!]

……

[칠흑에 대한 데이터 손실 피해가 급속도로 커지고 있습니다. 서둘러 바이러스를 잡고, 손실된 데이터를 복원하십시오.]

[칠흑의 내구도가 하락하고 있습니다. 새로운 칠흑을 찾아 보충하십시오.]

연우가 터뜨린 죽음의 신위는 말 그대로 바이러스와 같았다.

무시무시한 속도로 퍼져 나가 마침내 숙주마저 잡아먹는 악질 바이러스.

어떻게든 잡아 보려 해도, 너무 깊숙한 곳에서부터 터졌기 때문에 백신이나 방화벽마저도 무용지물이 되어 버렸다.

아니, 그런 백신마저도 '죽음'을 맞으면서 같이 사라져 버렸지만.

"당신은…… 대체…… 무슨 생각…… 을 하는 건가……요?"

까마득한 세월 동안 숱하게 많은 존재들을 보아 왔다지만.

이블케는 도저히 연우만큼은 도저히 이해가 가질 않았다.

그만큼 신위를 내던진다는 것이 말도 안 되는 짓이었기 때문이었다.

차라리 신위를 어떻게든 지키려다가 힘없이 죽은 신들을 숱하게 보았으면 보았지, 반대의 경우는 단 한 번도 보지 못했으니까.

심지어 연우의 아버지인 크로노스조차도 신왕좌를 어떻게든 지키고자 하지 않았었나!

하물며 죽음의 신위는 애당초 칠흑왕이 그를 후예로 점지하면서 내려 준 것.

즉, 연우와 칠흑왕과의 연결 고리라고도 할 수 있는 것이다.

자신을 해치우고 칠흑왕의 주 자아가 되려던 게 아니었나?

그런데 그것을 아무렇지 않게 내던져?

죽음의 신위가 없어서야 칠흑왕의 자아로 다시 복귀하는 게 힘들어질지도 모르는데?

하지만.

이블케의 의문에 대한 연우의 대답은 아주 간단했다.

"애당초 내 것이 아니었으니까."

순간, 이블케는 둔탁한 무언가로 뒤통수를 세게 얻어맞기라도 한 듯한 표정이 되고 말았다.

그러다.

"오효효효! 오효! 오효효효!"

파안대소를 터뜨렸다.

시시각각 죽음이 그를 잠식해 나가고 있어도, 그는 웃음을 멈추지 않았다. 그럴 때마다 입에서 죽은 피가 쉴 새 없이 튀었다.

"그래…… 요. 당신은…… 처음부…… 터…… 원래부터…… 그랬던 사람…… 이었었지요. 왜…… 그걸 잊고 있었던 건지…… 오효효효!"

한순간, 이블케를 둘러싼 기질이 확 돌변했다.

"좋아요……. 그렇다면…… 저도 어떻게든 당신을…… 먹어 치워야겠군요!"

비록 시시각각 신위가 붕괴되고, 신성이 위태롭다지만.

이곳은 그를 구성하는 신화 속.

여전히 그에게 한없이 유리한 전장이었다.

또한, 칠흑왕의 주 자아를 이루고 있는 신화는 애당초 양을 헤아릴 수도 없을 만큼 두텁기 때문에 완전한 '죽음'을 맞으려면 오랜 시간이 필요했다.

그렇다면, 그 안에 어떻게든 연우를 잡아먹어 이 저주를 떨쳐 내야만 했다.

이블케는 그런 판단하에 모든 신화를 발동시켰다.

['칠흑왕의 주 자아'의 부름에 그를 구성하고 있던 모든 신화들이 호응합니다!]

이블케를 둘러싼 짙은 칠흑을 따라, 가지각색의 모습을 자랑하는 또 다른 이블케들이 속속들이 모습을 드러냈다.

[주 자아의 신화, '새끼 아귀'가 모습을 드러냅니다!]

[주 자아의 신화, '실험체666'이 모습을 드러냅니다!]

[주 자아의 신화, '천마의 망가진 얼굴'이 모습을 드러냅니다!]

……

[주 자아의 신화, '심연의 흑귀'가 모습을 드러냅

니다!]

……

99층에서 분화되었을 게 분명한 이블케의 모든 신화들이 다 튀어나온 것 같았다.

연우가 자신의 신화들을 모두 죽여 흡수하고, 차정우가 담론을 통해 합일을 이뤄 냈던 것처럼.

이블케는 그들과는 전혀 다른 방식으로 99층을 통과한 모양이었다.

"많이도 불러 댔군. 나 하나 잡자고 이렇게 한마음이 되어서 똘똘 뭉쳤나?"

연우는 그들을 보면서 냉소를 터뜨렸다.

수백, 수천…… 아니, 수만 쌍은 되는 것 같았다. 지금 이 순간에도 무너지는 칠흑을 따라 새로운 모습의 이블케가 계속 모습을 비치고 있었으니까.

신조차도 아득하게 느껴질 만큼 오랜 세월을 살아오면서 쌓인 모든 이블케의 신화들이, 연우를 노려보면서 입을 모아 말했다.

"우리의 숭고한 뜻 때문이다."

"칠흑왕이니 천마니 하는 것에 더 이상 묶이지 않을 것이다."

"우리는 계속 앞으로 나아갈 것이다."

"비록 우리가 여러 개로 갈라졌다고 할지라도."

"우리의 뜻과 목표는 전혀 달라지는 것이 없음이니."

"그래도 앞으로 계속 나아가고."

"걸림돌이 될 것은 어떻게든 치워 낼 것이다."

연우는 이블케가 말하는 '걸림돌'이 자신이라는 것을 알 수 있었다.

그럴수록 그의 냉소가 더 짙어졌다.

"그러니."

"우리의 위대한 뜻을 폄하하지 말지어다."

[주 자아의 신화, '현인'이 모습을 드러냅니다!]

그때, 마지막으로 모습을 드러낸 새카만 어둠으로 만들어진 마성이 말했다.

그러니 너 역시 이제 우리와 같은 존재가 될 것이니라.

['칠흑왕의 주 자아'가 '칠흑왕의 대체 자아'에게 공격을 개시합니다!]

파아앗!

현인을 시작으로, 이블케의 모든 신화들이 연우에게 달려들었다.

하나같이 '죽음'에 감염되어 당장이라도 허물어질 듯이 위태로운 모습을 하고 있었지만, 그만큼 처절함과 포악함이 더 강하게 풍겨 나고 있었다.

단순히 보고 있는 것만으로도 간담이 철렁거릴 만한 상황이었지만.

연우는 눈 하나 깜빡하지 않았다.

"그새 잊었나 보지? 아니면 나이를 많이 먹다 보니 치매라도 왔든가."

오히려 냉소가 더 커질 뿐이었다.

"내가 처음에 심연으로 뛰어들었을 때도 이와 다르지 않았다는 거?"

순간, 남아 있던 오른쪽 날개가 크게 펼쳐졌다.

[하늘 날개(오른쪽) — 투쟁]

다른 것은 다 벗어던지더라도, 이 신위만 지키고 있다면 더 이상 무서울 것이 없을지니.

투쟁.

그것이야말로 연우가 살아온 길이었고.

앞으로도 살아갈 길이었기 때문이었다.

파아앗!

연우는 검결지를 짚으면서 놈들에게로 달려들었다.

파직, 파지지직!

콰르르릉—

검결지에서부터 피어난 검붉은 뇌기가 다른 어느 때보다 화려하게 터졌다.

이미 '죽음'에 반쯤 잡아먹힌 놈들이 대부분이어서 검뢰가 터지는 족족 죽어 나갔지만, 그래도 어떻게든 악착같이 연우를 노리려 들었다.

그를 잡아먹을 수 있다면, 어떻게든 다시 몸을 복구할 수 있으리라 생각했으니까.

하지만 연우도 절대 호락호락 당하지 않았다.

실험체666이 그의 왼팔을 물었다. 연우는 그냥 그러라고 내버려 두었다.

[신화, '군인'이 강제로 분리되었습니다!]

팔이 뜯기면서 연우의 신화도 덩달아 같이 떨어져 나갔다. 한순간, 연우는 심적인 공허함을 느꼈지만 전혀 아랑곳하지 않았다.

투쟁. 그 신위만을 꽁꽁 붙들어 놓은 채, 약점이 훤히 드러난 녀석의 목덜미를 재빠르게 잘라 버렸다.

[주 자아의 신화, '실험체666'을 제거하는 데 성공했습니다!]

['하데스의 식령검'이 발동됩니다!]

……

[주 자아의 일부를 흡수하는 데 성공했습니다.]

[소실되었던 신화, '군인'이 복원되었습니다.]

이블케가 자신을 먹어 치우려 들면 그러도록 내버려 두었다. 신화가 뜯겨도, 신성이 먹혀도, 신앙을 뺏겨도, 그는 전혀 아랑곳하지 않았다.

대신에 투쟁의 신위만은 단단히 붙들어 놓은 채, 놈들을 죽이고 또 죽였다. 그런 뒤에 이쪽에서 잡아먹는다면 오히려 남는 장사였으니까.

어떻게 저 많은 신화들을 모두 상대할 수 있겠냐 싶을 수도 있었지만.

오히려 이런 싸움은 연우가 더 바라는 상황이기도 했다.

자그마한 후예에서 시작해 대체 자아가 될 때까지, 수도 없이 많은 시간 동안 무한투를 벌이면서도 절대 단 한 순간도 이성을 놓친 적이 없었으니까!

[주 자아의 신화, '실험체666'을 제거하는 데 성공했습니다!]

[주 자아의 신화, '천마의 망가진 얼굴'을 제거하는 데 성공했습니다!]

……

['하데스의 식령검'이 발동됩니다!]

……

[주 자아의 일부를 흡수하는 데 성공했습니다.]

[주 자아의 일부를 흡수하는 데 성공했습니다.]

반면에 이블케는 체급만 방대할 뿐, 오히려 그렇기에 효율성이 없고 둔했으니.

한평생 강자만을 상대해 오고, 그들을 이겨 왔던 연우에게는 더할 나위 없이 좋은 사냥감에 불과했다.

콰지지직!

퍼버버벙—

[주 자아의 일부를 흡수하는 데 성공했습니다.]

……

['칠흑왕의 주 자아'가 너무 많은 양의 칠흑을 소실하였습니다!]

[주 자아가 되기 위한 필요조건을 상실하여 기존의 자격이 박탈되었습니다. '현인—이블케'가 '대체 자아'로 강등되었습니다.]

아, 안 돼!

아직…… 아직 아무것도 하지 못하였는데……!

[대체 자아가 되기 위한 필요조건을 상실하여 기존의 자격이 박탈되었습니다. '현인—이블케'가 '일반 자아'로 강등되었습니다.]

이제야 겨우…… 끝이 보였는데……!

[일반 자아가 되기 위한 필요조건을 상실하여 기존의 자격이 박탈되었습니다. '현인—이블케'가 '무의식의 일부'로 강등되었습니다.]

이블케를 이루고 있던 모든 것들이 빠른 속도로 망가졌다. 심상 세계가 무너지고, 신화들이 줄줄이 죽으면서 연우에게로 흡수되었다.

그는 어떻게든 발버둥 치고 싶었지만, 한 번 시작된 몰락은 급속도로 이어져 더 이상 걷잡을 수가 없었다.

그러다 모든 신화들이 전부 죽어 현인—이블케만이 남았을 때. 녀석도 더 이상 존재를 거의 유지하지 못하고 색이 많이 바래 있는 상태였다.

너는, 너는……!

현인—이블케는 어느새 자신의 앞까지 다가온 연우를 보고 악다구니를 질렀지만.

스걱!

연우는 더 이상 대답할 가치도 없다는 듯, 녀석의 머리를 단숨에 자르고 똑같이 흡수해 버렸다.

['현인—이블케'까지 흡수하는 데 성공했습니다!]

……

[상당한 양의 칠흑을 흡수하였습니다.]

[현재 칠흑의 보유량: 91%]

[주 자아가 되기 위한 필요조건을 충족하는 데 성공하여 기존의 자격이 상승합니다. '칠흑왕의 주 자아'가 되었습니다.]

[집행자로서의 운명이 규율자(規律者)로 변경되었습니다.

……

[죽음이 복원됩니다.]

[투쟁이 강화됩니다.]

……

['꿈'을 꿀 수 있게 되었습니다.]

['굴레'를 굴릴 수 있게 되었습니다.]

……

[황(皇)의 자격을 획득하였습니다.]

[칭호, '칠흑왕'이 생성되었습니다!]

칠흑왕이라.

연우는 어쩐지 얼떨떨하다는 느낌을 받았다.

엄연히 따지자면 '완전한' 칠흑왕이 아닌, 주 자아가 된 것일 테지만.

그래도 이 자리가 보통 칠흑왕의 의지라고 보여지는 모든 행동들이 결정되는 자리이니만큼 뭔가 달라지는 게 있을 줄 알았는데. 그런 게 크게 보이질 않았으니까.

이전에도 이미 전지와 전능에 가까운 힘을 지니고 있었기 때문에 큰 차이가 없는 것 같았다.

아니, 오히려 이전보다 훨씬 더 갑갑함을 느끼고 있었다.

단순히 칠흑왕의 자아로 있을 때까지만 해도, 그래도 어느 정도 자율성은 있어서 단독 행동이 가능했건만.

주 자아가 되어 버린 순간, 자신을 둘러싸고 있는 아주 많은 것들이 손발을 묶는 것을 느낄 수 있었으니까.

무거워졌다.

그렇게 표현할 수 있지 않을까?

그리고.

'가라앉고 있다.'

그 순간, 연우는 깨달을 수 있었다.

잠이…… 서서히 찾아온다는 것을.

[칠흑이 당신을 기다립니다.]

[심연이 주 자아를 기다립니다.]

[잠시 깨어났던 칠흑왕의 눈꺼풀이 서서히 감깁니다.]

칠흑왕이 항상 잠에 드는 이유를 알 것 같았다.

너무나 비대한 몸집과 거대한 사고를 지니고 있어, 의식을 유지하는 것만으로도 상당한 에너지를 필요로 했기 때문이었다.

하물며 단일한 자아가 아닌, 헤아릴 수도 없을 만큼 까마득한 숫자의 마성을 가진 군체(群體)를 유지하려면 에너지 소비가 더 비효율적일 수밖에 없을 것이고.

또한, 어찌어찌 계속 잠을 거부하고 버티는 것도 문제이기도 했다.

주 자아의 외부 활동이 계속되어서야 칠흑왕도 완전히 깨어날 수밖에 없을 테니.

그래서야 종말이 불러오는 격이니, 결국 연우는 이대로 다시 심연 속으로 되돌아가야만 했다.

'이블케처럼 다른 마성들을 완전히 제압하고 주도권을 쥐지 않고서야…… 불가능하겠지. 내가 그만한 성과를 이

를 때 즈음에는 '꿈'이 얼마나 진척되었을지도 모르는 일이고.'

연우는 아랫입술을 질끈 깨물었다.

'아직 인사도 못 했는데.'

연우는 잠깐이라도 좋으니 혹시 외부로 의식을 내비칠 수 있는 방법이 있을까 고민했다.

이대로 다시 잠에 든다면 또 한참 동안 가족들을 만나지 못할 테니까.

걱정 말라고. 자신은 다시 되돌아올 거라고, 한마디만 해 주고 싶었다.

그리고…… 여기까지 오느라 단 한 번도 보지 못했던 에도라의 얼굴도 보고 싶었다.

그러나 이미 무너진 심상 세계 사이로 심연이 물밀 듯이 들어와 어느새 발목까지 차오르고 있었다.

그러던 그때.

똑!

똑!

어디선가 노크 소리가 나는 것만 같았다.

[이질적인 존재가 심연의 문을 두들깁니다.]

'뭐지?'

연우는 고개를 다른 곳으로 돌렸다. 심연은 이제 무릎까지 차오르는 중이었다.

똑, 똑!

[이질적인 존재가 주인의 대답을 기다립니다.]

잘못 들은 게 아니었다.

분명히 그건 노크 소리였다.

심연을 찾아온 다른 이질적인 존재?

연우는 어쩐지 그가 누군지 알 것 같아 고개를 끄덕였고.

[이질적인 존재가 주인의 허락을 받고 심연에 접속합니다.]

[천마가 강림합니다!]

심연이 쭉 찢어지면서 칠흑색과 전혀 상반된 황금색 빛무리가 연우 앞으로 떨어졌다.

그것은 서서히 사람의 형상을 갖추면서 연우에게도 낯이 익은 얼굴이 되었다.

창공 도서관에서 봤을 때처럼. 천마는 예나 지금이나 익살맞은 얼굴이 유독 인상적이었다.

"하이. 오랜만이……!"

천마는 반갑게 연우에게 손을 흔들다 말고, 갑자기 목젖을 파고드는 검뢰에 흠칫 놀라 몸을 뒤로 내빼야만 했다.

쐐애액—

콰르르르!

천마가 있던 자리로 칠흑색 뇌기가 몇 번이나 튀어 올랐다. 이블케를 흡수하면서 검뢰의 위력은 이미 다시 몇 배로 증폭한 상태였다.

'통한다.'

연우는 창공 도서관에서 힘없이 두들겨 맞기만 했던 것과 달리, 이제는 충분히 해볼 만하겠다는 생각이 들자 즉각적으로 달려들었다.

콰쾅! 콰콰쾅!

쿠르르르—

콰콰콰콰!

연우는 천마에게 바짝 붙으면서 검뢰를 휘두르고 또 휘둘렀다. 그 과정에서 이미 수족이나 마찬가지인 수많은 권능들을 잇달아 펼치면서 그의 발목을 묶어 나갔다.

천마는 재빨리 황금빛 물결을 곳곳에다 뿌리고, 진각을 밟아 공세를 흩뜨리는 등 바쁘게 움직이면서 버럭 소리를 질렀다.

"얌마! 왜 이러는 건데!"

"한 대만."

"뭐?"

"면상 딱 한 대만 후려치겠습니다."

"그딴 말을 너무 쉽게 하는 거 아니냐?"

천마가 어이없다는 투로 중얼댔지만, 연우는 아랑곳하지 않았다.

그 때문에 그동안 얼마나 모진 고생을 했던가.

탑에서의 만남 이후로 여기에 이르기까지. 천마는 가만히 그들을 지켜보기만 할 뿐, 그동안 아무런 도움도 주지 않았다.

심지어 그 과정에서 그의 아들이었던 올포원—비바스바트마저도 눈을 감지 않았던가.

비록 연우로서는 올포원이 적이었기에 어쩔 수 없이 내쳐야 하는 입장이었지만.

그래도 천마의 그러한 안일한 태도는 연우에게 화를 남길 수밖에 없었다.

천마가 추구하는 이상이 얼마나 가치가 있는지는 몰라도.

그것이 자신의 가족을 희생시키면서까지 이뤄 내야 하는 것인지는…… 알 수가 없었으니까.

세상에 그 어떤 것보다 가족을 중요하게 여기는 연우로서는 도저히 이해가 되지도, 그리고 이해하고 싶지도 않은 사고관이었다.

퍼퍼퍼펑!

그렇기에 연우는 딱 한 대라도 좋으니 저 얄미운 천마를 때려 보고 싶었다.

그리고 허심탄회하게 그의 생각을 들어 보고 싶었다.

대체 그가 추구하는 것은 무엇이며.

그가 보았던 것은 무엇인지를.

그리고.

쿠쿠쿠쿠!

'된다.'

연우는 과거와 달리 자신의 힘이 천마에게 통한다는 사실을 깨달을 수 있었다.

당장 천마는 반격하지도 않고, 난감하다는 듯이 뒷머리를 벅벅 긁어 대고만 있을 뿐이었지만.

그래도 이전과는 손맛이 달랐다.

호각.

지금이라면 그 정도로 볼 수 있지 않을까.

'아니…… 아직은 내가 좀 더 불리한가?'

칠흑왕이 보유한 힘 자체만을 놓고 본다면 확실히 천마와 비등할 것이다.

둘은 절대 양립할 수 없는 상반된 존재이니까.

하지만 칠흑왕이 그동안 번번이 천마의 제지를 이기지 못하고 다시 잠에 들고 말았던 건, 그가 가진 모든 에너지를 하나로 합치질 못해서였다. 쉽게 말해 능률이 떨어졌기 때문이었으니.

이는 수많은 자아들이 있어 행동이 둔중하다 보니 생긴 결과였다.

하지만 이 차이도 머지않아 따라잡을 수 있을 것이다. 연우는 그렇게 판단했다.

퍼어어엉!

그렇게 연우와 천마의 주먹이 맞부딪치면서 두 사람은 서로 멀찍이 떨어졌다. 세계를 채우던 심연은 이제 골반까지 다다르고 있었다.

"이제 좀 속이 풀리냐?"

천마는 귀찮아 죽겠다는 표정으로 연우를 노려봤고.

연우는 팔짱을 끼면서 콧방귀를 뀌었다.

"풀리겠습니까? 고작 그걸로?"

"그럼 뭐 어떻게 해 주기를 원하는데?"

"낯짝 한 대."

"아오! 저걸 진짜 옛날처럼 패 버릴 수도 없고."

천마는 주먹을 부르르 떨었지만, 연우는 여전히 시큰둥한 얼굴이었다.

그러다 천마가 먼저 땅이 꺼져라 한숨을 내쉬었다.

"야. 아무리 내가 얄미워도, 지금은 그래도 내가 도와주러 온 입장이거든? 그러다가 내가 질려서 도망치면 어쩌려고 그러냐?"

천마가 호랑이 굴이라고도 할 수 있을 칠흑에 직접 들어오게 된 이유는 아주 간단했다.

그의 목소리를 전달해 주기 위해서.

칠흑왕이 되어 버린 연우는 지금부터 깊은 잠에 들어야만 한다.

하지만 그 잠은 얼마나 길게 이어질지 아무도 모른다.

연우는 차정우와 가족들에게 초월을 이루고, 어떻게든 가족들의 품으로 돌아가겠다고 이야기했지만.

그렇다고 해서 그게 말처럼 쉽게 이뤄질 내용은 절대 아니었다.

만약 그랬다면 진즉에 아주 오랫동안 주 자아로 군림했던 현인—이블케가 칠흑왕을 완전히 독차지했거나, 천마가 다른 수를 써서 '굴레' 를 멈추게 만들었을 테니까.

하지만 그럴 수가 없었기에 '꿈' 과 '굴레' 를 둘러싼 싸움은 여기까지 계속 이어지고 말았고, 이블케는 도저히 바꿀 수 없는 현실에 좌절하여 피안이라는 도피처를 만들려 했던 것이다.

결국 연우의 그러한 도전은 실패로 돌아갈 수도 있다는 뜻이었다.

그러니 천마는 연우의 가족들에게 있어 유언이 될지도 모르는 목소리를 직접 가져다주는 메신저 역할을 자처하고자 했다.

정작 본인이 곳곳에 뿌려 놓은 씨앗 때문에 연우가 그에게 화가 잔뜩 나 있다는 문제가 있었지만.

천마도 그런 사실을 잘 알기 때문에 어떻게든 연우의 저 시건방진(?) 태도를 바로잡고자 했다.

앞으로 칠흑왕으로서 얼마나 자주 연우와 부딪칠지 모르는데, 지금 기회가 왔을 때 미리 기선제압이라도 해 둘 생각이었지만.

"치십시오."

팔짱을 끼면서 대답하는 연우의 태도는 어쩐지 더 불량

해져 있었다.

"……뭐?"

"도망치실 수 있으면 도망치시란 말입니다. 대신에 저도 같이 이 자리 버리고 도망칠 겁니다."

"……!"

천마는 전혀 생각지도 못한 연우의 강짜에 입을 쩍 벌리고 말았다.

"그동안 이렇게 계속 관망하셨던 게, 대화 잘 통하는 칠흑왕의 자아가 탄생하기를 기다리셨던 것 같은데…… 번지수 잘못 짚으셨습니다. 솔직히 저는 이딴 자리 별로 가지고 싶지도 않고, 필요하지도 않습니다. 그냥 내던지고 도망쳐 버리고 싶을 뿐이지."

연우의 입술 끝이 사악하게 말려 올라갔다.

"하지만 천마는 그게 아니실 테죠? 이제야 겨우 칠흑왕을 가라앉힐 수 있는데, 제가 빠져 버리면 다시 난장판이 될 거고. 그럼 머리만 더 아파지실 것 같은데요. 아닙니까?"

천마는 깊은 침묵 뒤에 어이없다는 투로 물었다.

"……너 원래 이런 새끼였냐?"

"어느 도서관에 사는 손모 씨한테서 배운 겁니다."

"하여간 저 주댕이."

천마는 이를 박박 갈았지만, 그래도 연우의 저 말에서 절대 여기를 떠나지 않을 거란 확신을 받을 수 있었다.

심연은 이제 명치까지 다다라 있었다.

"그래. 하고 싶은 말은?"

"그 전에 하나만 물어봐도 됩니까?"

"뭔데?"

"언제부터 저를 선택했던 겁니까?"

"아, 그거?"

분명히 창공 도서관에서 만날 때까지만 해도, 천마는 연우에 대해서 잘 모르고 있었다.

아니, 정확하게는 탑에서 벌어지는 일에 대해 크게 관심이 없어 보였다.

그게 전부 다 연기일지도 몰랐지만, 압도적인 힘을 가지고 있는 천마로서는 전혀 그럴 필요가 없었던 것을 감안한다면 처음부터 연우를 점찍은 건 아닌 게 분명했다.

그런데.

"난 딱히 너를 선택한 적이 없는데."

"무슨……?"

"내가 하는 일은 아주 간단하다. 칠흑왕을 잠에 들게 하고, 그저 멈춘 '굴레'를 굴린다. 그게 전부야."

"……!"

"가만히 지켜보기만 하지. 때때로 '굴레' 가 굴러가는 데 있어서 방해가 되는 것들이 있으면 이따금 옆으로 치워 두기도 하는데, 그래도 내 주관은 달라지지 않아."

연우는 순간, 올포원이 항상 천계를 향해 울부짖던 말을 떠올렸다.

절지천통.

하늘과 땅의 경계를 가른다.

"하늘의 일과 땅의 일은 분리시키고, 땅에서 벌어지는 일들은 그네들의 자유의지대로 움직일 수 있도록 내버려 둔다. 내가 칠흑왕을 잠에 들게 하는 것도 바로 그 때문이야. 그러한 절대적인 힘이 있다는 것을 알게 된다면, 피조물이고 신격이고 간에 모두 공포와 절망을 느끼기 마련이니까. 그래서야 아무것도 하지 못하지."

"……."

"시커먼 어둠처럼 갑갑한 상황 속에서도 가슴에 어떻게든 희망을 품고, 빛의 인도에 따라 앞으로 나아간다. 그리고 자신의 삶을 개척한다. 그것이 내가 바라는 이상이고, 바라는 세상이다."

천마가 언제고 자신의 속내를 이렇게 속 시원하게 이야기한 적이 있을까?

연우는 없었다고 기억했다.

모두 하나같이 그에 대해 짐작하고 유추했던 것들뿐.

하지만 이렇게 직접 본인의 입으로 이야기를 들으니 기분이 묘해졌다.

"너의 성과는 오로지 너만의 것이고, 언젠가 맺히길 기다리던 나의 수확물이기도 하다. 그러니 이 뒤는 너의 자유다. 이블케 놈처럼 계속 나와 대적할지, 아니면 마음먹은 대로 칠흑왕의 구속도 탈피해서 모든 걸 원하는 대로 되돌릴지는."

연우는 머리 한편이 개운해지는 것을 느꼈다.

그동안 천마와 칠흑왕이 만들어 놓은 장기판 위에서 이리저리 부려지기만 했던 까닭에, 혹시 자신이 이렇게 된 것도 천마가 깔아 둔 판에서 이룬 성과가 아닐까 하는 우려가 있었던 것이다.

그래서야 악착같이 버티고자 했던 자신의 운명이 너무 초라하게 느껴질 테니까.

하지만 그건 아닌 모양이었다.

어쩌면.

'굴레'가 수도 없이 굴러가면서 여러 집행자와 대적자가 출현하는 와중에, 천마는 계속 기다리고 있던 것인지도 몰랐다.

집행자든, 아니면 대적자든. 인간들이 알아서 자신들이 가진 껍데기를 깨고 밖으로 나오기만을.

"자, 내 이야기는 여기까지."

천마는 박수를 치면서 분위기를 환기시켰다. 칠흑은 이제 턱밑까지 다다라 있었다.

"나, 더는 여기서 못 버텨. 하고 싶은 말. 간단하게."

연우는 아주 잠깐 머뭇거렸다.

천마가 짜증 섞인 목소리로 버럭 소리를 질렀다.

"빨리 말해! 벌써 코까지 찼잖아!"

"……다고 해 주십시오."

"뭐?"

"제가, 많이 사랑한다고 해 주십시오."

연우는 그 말을 하면서 고개를 옆으로 홱 하고 돌렸다.

천마는 그의 귓바퀴가 살짝 빨개져 있는 것을 보고 헛웃음을 흘렸다.

"그래. 알겠다."

피식!

천마는 그렇게 말하면서 다시 홀연히 사라지고.

심연은 연우의 정수리까지 차오르면서 세상을 완전히 반전시켰다.

쿵!

어디선가 그렇게 문이 굳게 닫히는 소리가 났다.

그리고.

연우가 다시 눈을 떴을 때, 수많은 마성들이 그를 노려보고 있었다.

신기한 '나'로군.

그 자리. 나에게 줘.

아니. 나에게……!

연우는 시끄럽게 떠드는 마성들에게로 몸을 날렸다.

100층의 시련은 진짜 정체성을 찾아 려의 횃불을 만드는 것.

[하늘 날개]

여기서 연우는 모든 마성들을 잡아먹고, 단순히 주 자아가 아니라 완전한 자아로 거듭날 생각이었다.

그래야 초월을 시도해 볼 수 있을 테니까.

그리고 그 싸움이 얼마나 길게 이어질지는 그도 알 수가 없었다.

그래도 어떻게든 해내리라.

가족들을 다시 만나기 위해서.

Stage 99.

데우스 엑스 마키나

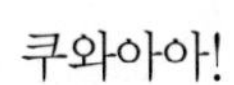

쿠와아아!

그것은 엄청난 크기의 몸집을 자랑했다.

하늘과 땅을 잇는 게 아닐까 싶을 정도로 거대한 덩치에서는 그보다 훨씬 막강한 기파가 흘러나왔으니.

『최초의 짐승이라더니. 확실히 상대하기가 너무 버거운데……?』

“동감입니다.”

차정우는 머릿속에서 울리는 크로노스의 목소리에 가만히 고개를 끄덕였다.

그로서도 우마왕을 상대하는 것은 너무나 버거웠으니까.

전투가 시작된 이후.

우마왕은 곧장 본체로 변해 차정우 일행들을 압도적으로 밀어붙이고 있는 중이었다.

최초의 짐승이자 황이 된 자라더니.

그 유구한 세월을 층층이 쌓아온 만큼, 강하기도 너무 강해서 그들로서는 너무 버겁게 느껴질 수밖에 없었다.

특히 도저히 양립할 수 없는 두 개의 특징을 가지고 있는 인물이니만큼, 힘이 달리는 차정우 일행으로서는 방어에만 급급했다.

[최초의 짐승이 '낮(에로스)의 태양'을 노려봅니다!]

[최초의 짐승이 '낮(에로스)'을 부수고자 합니다!]

"젠장!"

차정우는 흠칫 놀라면서 몸을 최대한 뒤로 빼야만 했다.

쿵, 쿵, 쿵!

하지만 우마왕은 그런 거구에 어울리지 않게 맹렬한 속도를 자랑했다. 한 발을 내디딜 때마다 공간이 일제히 부서지면서 간격 따위는 전부 무효화되고 말았다.

레아가 어떻게든 퀴리날레의 권능을 적극적으로 발동시켜 그의 발을 묶어 보려 해도.

[권능, '절대권역지정(絶對權域指定)'이 실패하였습니다!]

[권능, '퀴리날레의 성역 선포'가 실패하였습니다!]

[권능, '마도 공간 구축'이 실패하였습니다!]

……

[최초의 짐승이 미쳐 날뛰고 있습니다!]

우마왕이 모조리 그것을 파훼하는 것으로도 모자라, 오히려 신력을 개방하면서 발생시킨 후폭풍으로 그들을 뒤덮기까지 하니 속수무책이었다.

콰콰쾅, 쾅―

콰아아앙!

우마왕이 거대한 발굽을 지면에 내려찍는 순간, 스테이지가 크게 출렁이면서 균열이 곳곳으로 퍼져 나갔다.

[측정할 수 없을 만큼 거대한 충격파가 스테이지

를 뒤흔듭니다!]

[스테이지의 일부에 균열이 발생했습니다!]

[스테이지의 내구도가 급격하게 하락하고 있습니다!]

[경고! 과도한 플레이는 운영자 및 관리자에게 제재를 받을 수 있습니다! 주의하십시오!]

[경고! 해킹 툴이 사용된 정황이 발견되어 방화벽이 최고 단계의 가드 시스템을 발동합니다!]

……

[가드 시스템이 실패하였습니다!]

[가드 시스템이 파괴되었습니다!]

우마왕은 스테이지가 자체적으로 주는 제재마저도 어렵지 않게 부숴 대고 있었다.

『저 미친 영감을 과연 어떻게 제지할지가 문제인 것 같은데……?』

크로노스는 그런 우마왕을 보면서 몇 번이나 헛웃음을 흘려야 했다.

자신의 통치기에도 동주칠마왕이 함부로 대하기 힘든 세력이긴 했다지만, 그래도 우마왕과 직접적으로 충돌해 본 적은 없어서 그를 둘러싼 수많은 소문들이 과장되었다고 여겼었건만.

이래서야 그런 소문들조차 진짜 우마왕에 비하면 아주 사소한 것들에 지나지 않는 게 아닌가?

오히려 저만한 힘을 가지고도 여태껏 욕심을 부리지 않았던 게 더 대단하게 느껴질 정도였다.

그렇기에 우마왕이 더더욱 무섭게 느껴지면서도, 어떻게 물리쳐야만 하는 건지 갑갑해졌다.

차라리 손오공이 나서서 도와준다면 이야기가 좀 더 수월하게 풀릴지도 모르지만.

『저쪽도 저쪽 나름대로 바쁜 것 같고…….』

퍼퍼퍼펑!

손오공과 통천교주의 팽팽한 접전을 보고 있노라니 도와달라고 하기에도 애매했다.

다만, 막내아들이 반드시 필요하다면서 데려왔던 녹턴이 아까 전부터 한쪽에 우두커니 서 있는 것이 영 찝찝했다.

가만히 인상을 찡그리면서 어딘가를 주시하고 있는 모습이, 무언가 깊은 고뇌에 빠져 있는 것처럼 보이기도 하고, 혹은 가물거리는 무언가를 억지로 떠올리려 하는 것처럼 보이기도 했다.

'진짜 어떻게 하지?'

이대로 있다간 정말 연우를 도와주지 못하게 될 텐데.

크로노스는 점차 초조해지는 것을 느꼈다.

아들은 저 캄캄한 곳에서 홀로 싸우고 있는데, 아버지가 되어 아무것도 해 주질 못하고 있는 판국이니.

크로노스의 그런 생각을 읽은 걸까?

스퀴테를 잡는 차정우의 손길에 힘이 바짝 실렸다.

"너무 걱정 마세요, 아버지."

『하지만……!』

"언제나 그랬듯이 형은 잘 해낼 거예요."

『……알고는 있다만.』

크로노스는 뒷말을 이으려다가 도중에 삭였다.

이 말까지 꺼내기에는 아버지로서 계속 못난 모습을 보이는 것 같아 아들에게 너무 미안하고 부끄러웠다.

"그리고 어차피 우리가 해야 할 일은 우마왕의 발을 묶는 거지, 쓰러뜨리는 건 아니잖아요?"

크로노스는 그제야 차정우가 단순히 자신을 위로하는 게 아니라, 긍정적으로 상황을 판단하고 있는 중이라는 걸 깨달을 수 있었다.

『무슨 좋은 생각이라도 있는 거니?』

"네, 잘될지는 모르겠지만."

하아아!

차정우는 잠시 말을 멈추고 날숨을 내뱉었다.

그리고 '후읍!' 하고 숨을 크게 삼키면서 하늘 날개를 크게 펴뜨렸다.

['낮(에로스)'의 태양이 화려하게 빛을 발합니다!]

"귀찮게 하는 정도는 가능할 것 같아요."

['낮(에로스)'의 태양이 연결된 고대신들을 전부 수용하고자 합니다!]

……

[잊힌 고대신들이 호응합니다!]

[고대신, '오릭스'가 수많은 '꿈'을 전전한 끝에 처음으로 눈을 뜨며 태양을 바라봅니다.]

[고대신, '시벌커그'가 태양의 광도를 측정하여 자신을 수용할 수 있는지를 가늠합니다.]

[고대신, '스타이'가 태양이 새로운 자신들의 대체재가 될 수 있는지를 판별합니다.]

……

['오릭스'가 부름을 승낙합니다.]

['시벌커그'가 부름을 승낙합니다.]

['스타이'가 부름을 승낙합니다.]

……

[연결된 모든 고대신이 '낮(에로스)'의 태양을 단순한 후계자가 아닌 완전한 전승자로 인정하였습니다!]

[고대신이 남긴 법칙과 신력이 모두 '낮(에로스)'의 태양에게 귀속됩니다.]

[태양의 광채가 더더욱 환해집니다!]

그때, 레아를 뒤쫓던 우마왕이 걸음을 멈추고, 차정우 쪽으로 시선을 돌렸다.

그의 키보다도 훨씬 거대한 동공이 꿈틀거리면서 괴성인지 목소리인지 모를 짐승의 소리를 내뱉었다.

새. 로. 운. 태. 양. 인. 가.

어딘지 모르게 흥미로워하는 기색도 섞여 있는 것 같았다.

그. 들. 을.

좇. 으. 려. 해. 서. 야.

좋. 을. 건. 없. 을. 텐. 데.

우마왕의 목소리에는 어쩐지 걱정기도 다분히 맺혀 있었다.

이제는 세계의 법칙이 되어 버린 고대신의 남은 자리마저 전부 계승해 버린다는 것은.

어찌 보면 절대적으로 벗어날 수 없을 속박의 굴레에 스스로를 가두는 것이나 마찬가지였으니까.

하지만 차정우는 전혀 개의치 않는다는 듯, 자신을 둘러싼 배광을 더욱더 크고 화려하게 빛냈고.

[새로운 '황'이 탄생했습니다!]

드디어 원하던 메시지가 도출된 순간, 빛살로 변하면서 우마왕에게로 다시 달려들었다.

이전보다 훨씬 빠르고 맹렬한 움직임.

『정우야, 너……!』

크로노스로서는 차정우가 이 승부를 위해 무리하게 영혼의 격을 끌어올리면서 상당한 타격을 입었다는 것을 알고 있었지만, 곧 차정우가 내뱉은 말에 할 말을 잃고 말았다.

"형한테 계속 도움만 받을 수는 없잖아요? 이제는 제가 도와야지."

『…….』

"이번엔 제가 형을 구할 겁니다."

연우가 그동안 쉬지 않고 투쟁에 투쟁을 거듭하면서 여기까지 왔듯이, 이제는 자신이 그래야 할 차례라고 말하는 것이다.

쿠쿠쿠쿠!

콰콰콰콰—

우마왕은 삽시간에 자신의 육체 곳곳에 생채기가 남자, 눈살을 가늘게 좁히면서 우보를 잇달아 밟았다.

천마군림보의 원형이 되는 그의 권능.

['우보'가 발동됩니다!]

[취소되었습니다.]

['군림보'가 발동됩니다!]

[취소되었습니다.]

……

하지만 차정우는 우보가 공간을 장악하기 전에 아슬아슬

하게 빠져나오고, 역으로 자신이 군림보를 펼치기도 했으니.

우마왕도 그것을 파훼하고 재차 우보를 밟으면서, 둘의 대결은 어느새 일종의 술래잡기처럼 변했다.

술래와 도망자가 따로 없는 둘의 싸움은 누가 먼저 상대를 잡느냐에 따라서 승패가 갈라질 수밖에 없었다.

물론, 아무리 차정우가 체급을 크게 올려놨다고 해도, 기량 면에서는 크게 달릴 수밖에 없었으니. 레아가 계속 옆에서 서포트를 해 주면서 아들이 잡히지 않도록 만들었다.

콰콰콰콰—

스테이지를 따라 돌풍이 쉴 새 없이 휘몰아쳤다.

* * *

녹턴은 감고 있던 눈을 크게 떴다.

마지막 스테이지에 들어오고 나서도, 그의 머릿속은 여전히 99층에 얽매여 있었다.

거기서 그가 봤던 것들이, 아직까지 비현실적으로 다가왔으니까.

'난…… 대체 누구지?'

녹턴은 여태 자신이 21층, 그림자 도장에서 나온 환영이라고 여기고 있었다.

실제로 페이스리스—검무신이 그렇게 말하였고, 무왕도 그 사실을 부정하지 않았다.

하지만.

'그렇다면 어째서 이전 시련에서 그렇게 많은 신화들이 나왔던 거지?'

만약 그들의 말마따나 자신이 올포원—비바스바트가 남긴 환영이었다면, 그를 구성하는 신화는 그리 많지 않아야만 했다.

끽해야 환영이었을 때의 모습이나, 무왕의 제자로 있을 때의 모습이 고작이겠지.

하지만 99층에서 녹턴을 맞이한 것은 도저히 헤아릴 수도 없을 만큼 많은 수의 자신이었다.

그리고.

그것들은 모두가 각기 다른 눈으로 자신을 바라보고 있었다.

어떤 녀석은 안타까워했고.

어떤 녀석은 슬퍼했으며.

또 어떤 녀석은 질투하기도.

다른 어떤 녀석은 선망해 하기도 했다.

문제는 분명히 정체성이 결여되었어야 할 텐데도 불구하고, 그들이 모두 그를 알아보는 눈치였다는 점이었다.

마력을 익히지 못한 듯 그저 10대 사춘기로만 보이는 신화, 두 눈에 열의가 가득 찬 청년의 신화, 염세에 찌든 신화, 분노에 젖은 신화…….

모두가 가릴 것 없이.

그렇기에 그들을 모두 물리치고 여기까지 오고 나서도, 녹턴의 질문은 계속 이어졌다.

'난, 대체 누구지?'

[천마가 당신을 가만히 응시합니다.]

'대체 뭘 놓치고 있는 거지?'

[천마가 당신을 가만히 응시합니다.]

이곳에 오고 나서도 계속 따라붙는 저 메시지는 자꾸만 그의 심기를 긁어 댔다.

어디선가 자신을 안타깝게 바라보는 시선은 이제 거북하기만 했다.

그동안 죽은 아들에 대한 연민이 자신에게로 전가되었다

고 여기며 무시하고 있었지만, 이제는 그것이 전혀 다르게 느껴졌다.

[천마가 당신을 가만히 응시합니다.]

녹턴은 여전히 자신에게 고정된 천마의 시선이 있는 쪽으로 고개를 돌렸다.

가슴이 답답했다.

보이지 않는 손으로 심장을 꽉 조르는 것처럼 숨을 쉬는 것조차 버거워졌다.

질문을 던지면, 저자는 과연 대답을 해 줄까?

"당신은 대체 누굽니까?"

[천마가 당신을 가만히 응시합니다.]

"당신은 대체 저와 무슨 관계입니까?"

* * *

소란스럽던 스테이지가 갑자기 조용해진 건 한참이 지난 뒤였다.

쩌걱!

아주 자그마한 소리에 불과했지만, 그것을 듣지 못한 사람은 아무도 없었다.

한창 격전을 치르고 있던 차정우와 우마왕은 물론, 레아와 손오공, 통천교주의 시선이 저절로 그쪽으로 향했다.

녹턴도 상념을 멈추고 위쪽을 올려다보고 말았다.

[칠흑왕의 주도권 경쟁이 모두 끝났습니다!]

"……!"

"……!"

"……!"

『……이렇게나 빨리?』

모두의 두 눈이 커지고 말았다.

아무리 짧아도 족히 며칠 혹은 몇 달은 걸릴 줄 알았던 격전이 너무 수월하게 끝난 셈이었으니까.

몇몇은 아예 무기력함이나 허탈함을 느끼기도 했다.

하지만 그들도 외부에서 감지된 시간은 극히 짧을지 몰라도, 저 구체 안에서 벌어진 싸움은 얼마나 길었을지를 짐작하지 못하고 있었다.

그만큼 시간이란 상대적일 수밖에 없었으니까.

그저 그들은 이 싸움이 자신들의 편에 유리하게 끝나기만을 바랄 뿐이었다.

특히 차정우를 비롯한 가족들의 시선은 애타는 갈증에 가까웠다.

그러다.

화아악!

구체가 완전한 칠흑색으로 변했다가, 붉은 빛깔을 띠기 시작했다.

그 색만 보고도, 차정우 등은 누가 싸움에서 이겼는지를 알 수 있었다.

['현인—이블케'의 인격이 소멸하였습니다!]

[칠흑왕의 통합이 시작됩니다.]

[통합률: 91.1, 91.2%…….]

[대상의 규모가 커서 정보 처리에 상당한 시간을 필요로 합니다.]

[려의 횃불이 조금씩 밝혀집니다.]

[100층의 스테이지 미션이 계속 진행 중입니다.]

그리고 이어지는 메시지.

그 내용은 여태껏 흔들림이 없던 우마왕의 눈가에 씁쓸함이 배어 나오게 만들었으니.

결. 국. 이. 런. 식. 이.

되. 어. 버. 렸. 군.

['우마왕'이 현신을 중단합니다!]

츠츠츠—

우마왕은 다시 노인의 모습으로 돌아와 안타깝다는 듯 지팡이로 지면을 툭 찍었다. 마치 그 소리가 혀를 끌끌 차는 것처럼 들렸다.

『뭘 하자는 거지, 우마왕?』

통천교주는 집요하게 달라붙던 손오공을 밀쳐 내고 우마왕에게 달려와 따지고 들었다.

"보고도 모르겠나? 이번 계획은 이미 틀어졌다네. 그러니 다음 기회로 미루려는 게지."

『누구 맘대로!』

"당연히 이 늙은이 마음대로지. 이 늙은이는 굳이 가능성 없는 일에 쓸데없는 희망을 걸고 싶은 마음 따윈 없다네. 그리고."

우마왕의 쓴웃음이 손오공을 잠깐 스쳤다.

"눈치 하나는 기가 막힌 막내 아이가 저렇게 기를 쓰고 반대를 했을 때부터 조금 찝찝하기도 했고."

어쩐지 이제는 한결 후련해 보이는 표정이었다.

"그러니 더 싸움을 이어 나가고 싶거든 자네 혼자서 하게. 이 늙은이는 너무 오랜만에 활기차게 움직여서 그런가, 허리가 찌뿌둥하구만. 으으."

우마왕은 주먹으로 등을 두들기면서 손오공에게 따끔하게 호통을 쳤다.

"뭘 하는 게냐? 큰형이 뼈마디가 쑤신다는데 멀뚱히 서 있기만 하고!"

"조금 전까지 스테이지를 때려 부수던 양반이, 엄살은……."

"허허! 너도 같이 맞아 볼 테냐?"

"알겠수다."

손오공은 입술을 삐죽 내민 채로 투덜거리면서 축지를 밟아 우마왕의 옆으로 다가가 그를 부축했다.

"에고고. 힘들구만."

"그러니 나이 좀 생각하지 그랬소?"

"대체 내가 왜 무리해서 이런 짓거리를 했다고 생각하는 게냐?"

"아, 예이예이. 저 때문이겠죠. 다 제가 죄인입니다요."

손오공과 우마왕은 정말 조금 전까지 서로 죽일 듯이 맞붙었던 사이가 맞나 싶을 정도로, 마치 친형제처럼 티격태격하면서 스테이지를 벗어났다.

『내가 할 일은 여기까진가 보다. 내 형은 내가 챙길 테니, 네 형은 네가 알아서 잘 챙겨라.』

차정우에게 메시지를 하나 남기면서.

['손오공'과 '우마왕'이 스테이지에서 퇴장했습니다!]

그렇게 되자 졸지에 홀로 남게 된 통천교주는 이를 바득바득 갈아야만 했다.

『이 빌어먹을 것들이……!』

하지만 그렇게 화를 낸다고 해서 달라질 게 있을 리는 만무한 일.

그러던 그녀 앞으로, 갑자기 하늘에 맺힌 구체에서부터 유리 파편 같은 것들이 우수수 쏟아졌다.

칠흑왕을 통합하는 과정에서 불필요한 '이물질'이라고 생각되어 밖으로 배출된, 이블케의 신화 조각이었다.

그런데.

—오효효효! 오케아노스, 비마질다라를 잘 살펴 보도록 하세요. 그라면 길을 내기가 편할 테니.

—교주, 제 말을 잘 들으세요. 비마질다라가 그렇게 죽어 버린 데에는…….

—모든 것이 이런 갈등에서 비롯된 것이니. 피안을 만들어 모두를 그곳으로 옮길 수만 있다면, 모든 번뇌와 불안이 사라지지 않겠습니까?

그 속에는 이블케가 어떻게 오케아노스를 부려서 비마질다라를 위험으로 빠뜨렸는지.

그리고 비마질다라의 죽음을 연우가 이끌었다며 통천교주에게 접근했던 것까지, 그간에 있었던 일련의 내용을 파노라마처럼 보여 주었다.

애당초 이번 전투에 참전하게 된 실질적인 계기가 비마질다라의 희생에 대한 복수였던 그녀로서는…… 허무하기만 한 내용이었다.

『……그렇군. 내가 멍청하게 속고 있었던 거였나.』

지금은 기억하는 이들도 거의 없는 오랜 옛날, 어린 소녀에 불과했던 통천교주가 절교의 통치권을 거머쥘 수 있었던 것은 양부나 마찬가지였던 비마질다라 덕분이었으며.

어딘가에 얽매이는 것을 지독하게도 싫어하던 비마질다라가 절교에 마지막까지 남아서 의리를 지키고자 했던 것도 전부 그녀 때문이었으니.

『예나 지금이나. 본 녀는 멍청하게 이용만 당하는구나.』

수많은 '꿈'을 전전하면서 비마질다라와 행복하게 살 수 있을 장소를 찾던 그녀로서는 씁쓸하기만 한 상황이었다.

휘리릭!

결국 통천교주도 어깨가 축 늘어진 상태로 스테이지를 빠져나가고.

['통천교주'가 스테이지에서 퇴장했습니다!]

장소에 남아 있게 된 건, 차정우 일행이 전부였다.

그리고.

그런 그들 앞으로 새로운 내용의 메시지가 떠올랐다.

['천마'가 당신들을 창공 도서관으로 초대하고자 합니다.]

[입장하시겠습니까?]

[참고로 현재 려의 횃불이 완성되기까지 예상되는 대기 시간은 ???:???:???_???입니다.]

"……!"

차정우는 딱딱하게 굳은 얼굴로 재빨리 레아 등이 있는 쪽을 돌아봤다.

천마가 부른다는 내용만으로도 메시지가 주는 무게가 엄청났다. 여태껏 방관하기만 하던 그가 나선다는 건 뭔가가 있다는 뜻이었으니까. 녹턴의 얼굴도 바짝 굳은 것이 보였다.

하지만 레아가 괜찮다며 고개를 끄덕이자, 차정우도 곧 갈등을 멈추고 메시지에다 손을 가져다 댔다.

화아악!

빛무리가 일행을 감쌌다.

* * *

[창공 도서관에 입장했습니다!]

눈을 다시 떴을 때, 차정우 등을 맞은 것은 엄청난 규모를 자랑하는 도서관이었다.

『……아카식 레코드에 이렇게 접근할 수 있을 거라고는 전혀 생각도 못 했는데.』

크로노스는 어느새 다시 인간의 형태로 돌아와 헛웃음을 흘리고 있었다.

"아카식 레코드라면, 모든 우주의 기록들이 담겨 있다는 곳이 아닙니까? 그런 곳이 정말 있었어요?"

차정우도 어렴풋하게나마 들어 본 적이 있었다.

아홉 왕들 사이에서도 존재 유무에 대한 논쟁이 수도 없이 오고 가던 환상의 세계.

닿는 것만으로도 격이 상승하며, 입장할 수 있다면 천금을 주어도 아깝지 않다고 누구나 침이 튀도록 말하며 갈구하던 지식의 보고가 갑자기 나타날 줄이야……!

그런데 그곳이 뜬금없이 왜 여기서 열린 거지?

"그야 내가 사서로 있으니까 그렇지."

차정우는 크로노스의 대답을 들으려다 말고, 갑자기 뒤에서 들린 목소리에 시선을 그쪽으로 돌렸다.

익살맞은 인상을 가진 사내가 그곳에 있었다.

낯선 인상이었지만, 차정우는 그 눈빛만큼은 아주 익숙하다는 생각이 들었다.

천마.

신과 악마들조차도 그 높이를 감히 헤아리기 어렵다는 위대한 존재가 바로 눈앞에 있었다.

『오랜만이오.』

그와는 구면인 크로노스가 먼저 나서서 고개를 숙였다.

천마가 반갑다며 가볍게 웃음을 터뜨렸다.

"애송이, 아들과 아내 앞이라고 이제는 어른 같은 말투도 쓰고. 많이 컸네? 세월이 무상하다, 야. 나 닮아 보겠다고 뒤를 쫄래쫄래 따라다니던 게 엊그제 같은데."

『……가장으로서의 위신은 좀 세워 주시구려.』

"구려?"

『……주십시오.』

"흐흐. 내가 이래서 널 좋아한다니까."

크로노스는 천마의 말에 땅이 꺼져라 한숨을 내쉬었다.

차정우에게는 그런 아버지의 모습이 낯설기만 했다. 가족들에게는 한없이 다정하신 분이라지만, 그래도 신왕 시절의 습관이 남아 있어 자신의 위신은 엄청 챙기시는 분인데. 천마 앞에서는 대들 생각도 못 하고 계시니.

"레아도 오랜만이고."

천마의 시선은 눈인사를 하는 레아에서 차정우에게로 향했다.

"우리가 이렇게 직접 대면하는 건 처음이지?"

"저희를 이리로 부르신 이유가 무엇입니까?"

"하여간. 누가 쌍둥이 아니랄까 봐 성격 급해서는."

천마는 가볍게 혀를 차다가, 한순간 진중한 얼굴이 되었다.

"하나는 차연우의 메시지를 전달하기 위해서. 그리고 다른 하나는 경고를 하기 위해서."

가족들의 인상이 딱딱하게 굳었다.

"연우가 전해 달란다. 가족들 모두 사랑한다고."

『…….』

"……."

크로노스와 레아는 입술을 꾹 다물었고.

차정우는 목 언저리까지 치고 올라온 감정을 억지로 삭이면서 겨우 입을 뗐다.

"하실 경고는 무엇입니까?"

"마음의 준비 단단히 하라고."

"……?"

"연우 녀석이 품고 있는 려의 횃불이 더 밝혀지면 밝혀질수록 기존에 칠흑왕이 품고 있던 칠흑도 점차 옅어진다. 그만큼 연우가 완전히 칠흑왕을 장악하고, 초월에도 가까워지는 거지."

"그런데 무슨 문제라도……?"

"문제는 그 밝기가 더 환해질수록 세계에서는 그만큼 멀어지게 된다는 거다."

"……!"

"……!"

『그게 무슨 소리요! 자세히 말해 보시오!』

크로노스가 다급한 어조로 소리쳤다.

천마의 목소리가 나지막하게 깔렸다.

"말한 그대로야. 존재가 완전해질수록 세계에서는 멀어지고, 인지의 대상에서도 점차 벗어나게 된다. 세계…… '꿈'과 '굴레'의 완전한 바깥에 위치하게 되는 거니까."

『쉽게 말씀해 주시오. 그럼, 그렇게 되면 어떻게 되는 거요?』

신왕이나 되었던 크로노스가 정말 천마의 말뜻을 모르는 건 아니었다. 그저 사실을 받아들이고 싶지 않았을 뿐이었다.

하지만.

천마는 그런 크로노스의 미련에다 확인 사살을 해 주었다.

"'꿈'과 '굴레'에 갇혀 있는 너희들의 인지에서도 멀어지게 된다는 뜻이지. 애당초 피조물들이 쉽게 인지할 수 있어서야 '지고하다'는 표현은 쓸 수 없을 테니까."

천마의 말은 계속 이어졌다.

"그러니 연우는 점차 너희들의 기억 속에서 사라지게 될 거다. '칠흑왕' 이라는 어렴풋한 형태로만 남게 되어서 나중엔 결국 차연우라는 존재는 아무도 기억 못 하겠지. 세계에서도 녀석이 남긴 흔적이나 업적 따위는 전부 서서히 사라질 거고."

『말도 안 되오! 아들을 잊는 아버지라니! 부모라니! 가족이라니! 그런 일이 있을 턱이 없잖……!』

"아까 전에 차연우가 너희들에게 남겨 달라고 했다던 말, 뭐였지?"

『그거야……!』

크로노스는 어떻게 그걸 잊겠냐면서 언성을 높이다가, 순간 자기도 모르게 말문이 턱 하고 막히고 말았다.

이상하게…… 기억이 나질 않았다.

분명히 무슨 말을 했다는 기억이 있었고, 그 내용까지 머릿속에 아른거리건만. 좀처럼 떠오르질 않았다.

두근, 두근!

크로노스는 불안감에 등골이 오싹해지는 것을 느껴야만 했다.

보이지 않는 손길이 턱밑을 세게 옥죄어 오는 것만 같았다.

“그런 식이다. 아주 가까운 기억부터 서서히 잊히게 될 거다. 세계도 점차 차연우에 대한 기록들을 지워 나갈 거고. 이곳 창공 도서관에서도 사라지고 있어. 봐라.”

크로노스 등은 천마가 가리킨 책장으로 시선을 홱 돌렸다. 서고에서 책이 하나둘씩 뽑혀 나오며 커버가 벗겨지고, 종이가 낱장으로 뽑히고, 글자가 사라지며, 끝내 책이 소멸하는 것이 보였다.

그 칸이 누구를 기록하던 책장인지는 굳이 말하지 않아도 알 수 있었다.

“연우는 애당초 이렇게 되리란 걸 알고 있었던 거다. 그래서 처음에 너희들에게 굳이 이 사실을 말하지 않고, 서서히 칠흑왕 속으로 침몰해서 잠을 자겠다고 말했던 거고.”

『하, 하지만 그렇다고 해서 완전히 잊히는 건 말이 안 되오! 천마, 당신 말대로라면 우리는 당신도 인지하지 못하고, 이렇게 대화를 하지 못해야 할……!』

“너, 내 본명 아냐?”

『……!』

“내 다른 별칭은?”

『…….』

“내가 어떤 격을 지니고 있는지 자세히 알고 있나?”

크로노스는 다시 입을 꾹 다물고 말았다.

"말했잖아. 천마니 칠흑왕이니 하는 개념은 어렴풋하게나마 기억할 수 있다고. 하지만 우리가 어떤 존재인지는 절대 못 볼걸? 아냐?"

『…….』

"그리고 네 막내아들은 이걸 전부 다 알고 있는 눈치인데?"

크로노스의 시선이 다급히 차정우에게로 향했다.

차정우는 여태 아무 말도 하지 않고 있었다.

—네 도움이 필요해.

차정우는 연우가 마지막 스테이지에 입장하기 전에 했던 말을 떠올렸다.

그 뒤에 이어졌던 말까지도.

—날 기억해 줘.

차정우는 단단해진 눈으로 천마와 크로노스에게 말했다.

"사랑한다. 그게 형이 남겼던 말이라고 하시지 않았습니까?"

천마는 눈을 동그랗게 떴다.

그러다 피식 웃었다.

"녀석을 잊어버릴 걱정은 하지 않아도 되겠군. 그래도 황이 되긴 됐나 보구나."

황이란 '꿈'과 '굴레'에서 완전히 벗어난 존재.

그러니 연우를 더 잘 기억할 수 있을 것이다.

"하지만 그렇다고 해도 버티는 데 한계가 있다는 건 알고 있겠지?"

차정우는 무겁게 고개를 끄덕였다.

현재 자신이 이룩한 경지는 얕아도 너무 얕았다. 스스로 개척한 것이 아니라, 고대신들의 도움이 있었기 때문이었다. 그들과의 연동이 조금만 어긋나더라도 다시 아래로 추락할 가능성이 컸다. 천마는 바로 이 점을 지적한 것이다.

"그럼 이제 제가 뭘 하면 되겠습니까?"

"이곳에 사서로 있으면서 영지(靈智)를 쌓아라."

"영지……."

"영지란 영혼에 주는 거름과도 같은 거지. 쌓고 또 쌓다 보면 어느새 영혼이 무럭무럭 자라나 있거든. 날 대신해 이곳을 지켜."

차정우의 눈이 빛났다.

확실히 세계의 모든 기록이 집합되는 이곳에서라면, 천마의 말마따나 영지를 쌓기에 제격일지 모른다.

정말로 전지와 전능에 가까워지게 되는 것이니까.

'형에 대한 기록들을 새롭게 정리할 수 있을지도 모르고.'

차정우는 연우에 대한 기억이 잊히는 만큼, 그것을 새롭게 남기는 방법에 대해서도 자연스레 떠올리고 있었다.

이 모든 게 언젠가 자신이 했던 일들과 아주 비슷했으니까.

그러다.

'이미 사서가 된 것처럼 생각하고 있구나.'

차정우는 뒤늦게 당연히 이곳에 남아 있을 거라고 결정한 자신의 모습을 볼 수 있었다.

어쩐지 천마에게 휘말린 것도 같았지만.

그것이 기분 나쁘거나 하지는 않았다.

오히려 감사했다.

자신에게 새로운 기회를 주는 것이.

"떠날 생각이십니까?"

천마가 당연하지 않으냐는 투로 콧방귀를 뀌었다.

"야, 내가 대체 여기에 얼마나 짱박혀 있었다고 생각하냐?"

"글…… 쎄요?"

"매번 골방에만 틀어박혀 있느라 집안일은 전혀 돌보지도 않는다고 마누라 잔소리가 얼마나 심한지 아니? 으!"

몸서리치는 천마를 보면서 차정우는 자기도 모르게 쓴웃음을 짓고 말았다.

"……잘 아시면서 유부남인 저는 이곳에 박아 두려 하시네요?"

"나만 아니면 되니까."

뻔뻔한 대답.

차정우는 순간 왜 연우가 그토록 천마를 만나면 낯짝을 한 대 갈기고 싶다고 했는지 알 것 같았다.

이건 고마움이나 감사함과는 전혀 다른 거였다.

"그리고 나도 이제 바깥일은 그만 돌보고, 가족들이랑 오붓한 시간 좀 보내고 싶다. 이 일이라면 이제 지긋지긋해."

그러면서 천마의 시선이 저절로 녹턴에게로 향했다.

녹턴은 자기도 모르게 뒤로 주춤 물러서고 말았고.

그 순간, 차정우는 머릿속으로 여러 생각이 스쳐 지나갔다.

녹턴은 21층에 남아 있던 올포원—비바스바트의 환영이다. 아니, 환영이라고 알고 있었다.

하지만 그건 어디까지나 그들이 알고 있는 사실일 뿐.

실제로 녹턴이 환영이라는 증거를 가진 사람은 아무도 없었다.

만약에.

정말 만약에 녹턴이 환영이 아니라면?

'반대로 우리가 알고 있는 올포원이 환영일 수도 있지 않을까……?'

아주 먼 과거. 비바스바트란 이름을 가진 플레이어가 21층 관문에 도전했고, 거기서 1위 기록을 달성하던 중에 갑자기 어떤 '오류'가 생기면서 플레이어와 환영 간의 혼선이 생긴 것이라면?

그래서 두 개체가 전혀 다른 길을 걷게 된 것이라면?

물론, 그럴 일이 벌어질 가능성은 거의 전무하다.

하지만.

차정우는 어쩐지 그런 일이 정말 벌어졌었다 해도 절대 이상하지 않을 것 같다는 생각이 들었다.

당시에도 이미 비바스바트는 천마의 아들로서 적잖은 신성을 품고 있었을 테고, 따라서 그를 모방한 데이터에도 다른 작용이 벌어져도 절대 이상하지 않았다.

물론, 이런 것들은 전부 차정우가 갑자기 떠올린 추측일 뿐이었다.

증거도 없었고, 심증도 없었다.

하지만.

그런 게 아니고서야, 천마가 아무리 절지천통을 추구한다고 해도, 올포원—비바스바트가 희생될 때 슬퍼하면서도 아무런 손도 쓰지 않았던 것에 대한 납득이 가질 않았다.

지금 차정우가 보고 있는 천마는 자신의 신념을 굳건하게 지키는 것 같아도, 가족과 자신의 사람들에게만큼은 약해지는 인간적인 면모도 적잖게 있었으니까.

그러나 차정우는 굳이 거기에 대한 질문을 던지지 않았다.

그리고.

녹턴도 어느 정도 자신의 정체성에 대해서 의문을 가지고 있는 듯했지만, 천마에게 그것을 묻지는 않았다.

그저 천마가 말없이 이쪽으로 내미는 손길을 물끄러미 바라보기만 할 뿐이었다.

"같이 돌아가지 않겠니?"

"……."

녹턴은 그 말 속에 담긴 수많은 의미들을 한참 동안 떠올리고 곱씹다가, 묵묵히 그러겠다고 고개를 끄덕였다.

스륵!

천마와 녹턴은 그렇게 도서관에서 사라졌다.

아무런 작별 인사도 없이.

[창공 도서관에서 천마와 녹턴이 퇴장하였습니다!]

[천마가 사서직을 사임하였습니다.]

[후임으로 '낮(에로스)'의 태양을 지정하였습니다.]

[사서직을 받아들이게 될 경우, 도서관에 있는 수많은 책자들이 상하지 않도록 보존하며, 매일 같이 추가되는 수많은 서적들을 관리해야 하는 의무를 지니게 됩니다.]

[그래도 받아들이시겠습니까?]

차정우는 눈앞에 떠오른 메시지를 보다가, 크로노스와 레아를 돌아봤다. 지금 이 순간에도, 연우를 기록한 책자는 꾸준히 해체되었다가 소멸하는 수순을 밟고 있었다.

부모님의 눈가에는 안타까움이 잔뜩 맺혀 있었다.

"잘할 수 있겠니?"

"그럼요. 제가 또 맡은 일은 잘하잖아요?"

"내 아들…… 한 번만 안아 보자."

레아는 막내아들에게로 다가가 그를 꼭 안아 주었다.

처음부터 마지막까지, 힘든 길만을 묵묵히 걷는 아들들이 안쓰러우면서도 안타까웠다. 그리고 부모로서 응원밖에 해 줄 수 없다는 사실이 너무 미안했다.

"몸조심하고. 밥 제때 먹고. 응? 연락도 자주 하고. 힘들다 싶으면 언제든지 돌아오렴. 네가 좋아하는 것들 많이 준비해 두고 있을 테니까."

"에이, 엄마도. 제가 아직도 어린애로 보여요?"

"내게는 언제나 풀어 두면 다칠까 무서운 어린 아들일 뿐이란다."

차정우는 레아의 따스한 온정을 느끼다가, 씁쓸하게 이쪽을 보고 있던 크로노스와 시선이 마주쳤다.

『아들들이 없는 동안, 엄마 아빠는 간만에 못다 한 신혼생활이나 즐기련다.』

"조심하세요."

『뭘?』

"저 막내 자리 뺏기기 싫어요."

『……허, 참!』

크로노스는 기도 안 찬다는 표정이 되었지만, 곧 피식 웃으면서 어깨를 다독였다.

『네 처와 세샤에게는 잘 말해 두마.』

“또 바가지 엄청 긁히겠네요.”

『그러게 평소에 잘했어야지. 나처…… 험험! 하여간 너무 무리하지는 마라.』

크로노스는 장난을 치려다가 레아가 도끼눈으로 째려보자 재빨리 헛기침을 하면서 화제를 돌렸다.

그러고는 여전히 미련이 남은 얼굴로 차정우를 바라보는 레아의 손을 잡아끌었다.

사서가 아닌 사람은 창공 도서관에 머무는 데 한계가 있었다. 그리고 차정우는 차정우 나름대로 준비해야 할 것이 있겠다 싶어서 자리를 비켜 주려는 것이다.

[창공 도서관에서 ‘크로노스’와 ‘레아’가 퇴장했습니다.]

……

차정우는 떠나는 부모님을 가만히 배웅하다가, 곧 숨을 크게 고르면서 메시지를 손끝으로 두들겼다.

[사서직을 승낙하였습니다.]

그리고 그때부터.

[창공 도서관의 새로운 사서로 '낮(에로스)'의 주인이 임명되었습니다!]

[칭호, '창공 도서관의 사서'가 생성되었습니다.]

……

세상이 미친 듯이 빠르게 돌아가기 시작했다.

[원활한 관리를 위한 튜토리얼을 제공합니다.]

……

[관리를 위한 매뉴얼이 제공됩니다.]

……

무슨 일이 그렇게도 많은 건지.

단순히 책자가 온전하게 있을 수 있도록 관리하는 것만이 전부일 줄 알았는데, 절대 그게 아니었다.

너무나도 방대한 구역의 구조를 알아야 했고, 어느 위치 어느 부근에 어떤 기록들이 모여 있는지 분류 체계도 일일이 다 파악해 둬야만 했다.

새롭게 추가되는 서적이 있으면, 제멋대로 아무 데나 꽂혀 있는 경우가 많아 일일이 체크해서 다시 제자리를 찾아 줘야 했고.

너무 오래되어 낡은 책자들이 있으면 커버를 갈아 주고, 흐릿해져서 잘 안 보이는 글자가 있으면 따로 자료를 찾아서 추가를 하는 등…… 정신이 없어도 너무 없었다.

그렇기에 어느 정도 숙달될 즈음에야, 차정우는 알 수 있었다.

천마가 그럴듯한 이유를 들어 둘러대긴 했었지만, 결국 이런 중노동이 힘들어서 내뺐다는 것을.

"젠장! 또 속았어!"

*　　*　　*

그렇게 시간은 흐르고 또 흘렀다.

육체는 창공 도서관을 벗어날 수 없었기 때문에 이따금 가족들의 안부가 궁금하면 기록을 찾아보았고, 심심하다 싶으면 메시지를 보내면서 잡담도 나누곤 했다.

여전히 도서관 일은 많았지만, 그래도 어느 정도 숙달되고 나니 시간적 여유가 생겼던 것이다.

"저것도 얼마 안 남았네."

그러다 차정우는 연우를 상징하는 서고가 어느새 많이

텅 비어 있다는 사실을 깨닫고, 깊은 고민에 잠겼다.

자신도 서서히 연우에 대한 기억들이 흐릿해지는 것을 자각하고 있었다.

그만큼 완전한 칠흑왕이 되기 위한 연우의 작업 속도가 빨라지고 있단 뜻일 테지만.

반대로 차정우는 조급함을 느끼고 있었다.

"하여간 좀 천천히 하지. 성격만 급해서는."

아직 충분히 영지를 다 쌓지도 못했는데. 저렇게 서두르기만 해서야 자신이 보조를 맞추기가 너무 어렵지 않나.

하지만 연우에게 타인을 배려하는 측은지심(?) 따위가 없다는 것을 너무나 잘 알고 있었기 때문에 결국 고생은 자신이 다 해야만 했다.

"어쩔 수 없네. 지금부터라도 시작하는 수밖에."

차정우는 결국 예상했던 것보다 훨씬 빨리 준비해 뒀던 것들을 시작해야겠다고 마음먹었다.

바로 일지 작성이었다.

아니, 정확하게는 일기장이라고 해야 할지도 몰랐다.

일반적인 일지는 그날 있었던 업무 내용을 객관적인 문체로 기술해야 하는 반면에, 자신이 쓰는 일지는 업무 내용뿐만 아니라 그날 가졌던 생각들이나 연우에 대한 추억담 따위를 서술하는 것에 가까웠으니까.

딸 세샤가 그날 했었던 일들에 대해서 기록하기도 하고, 다시 신혼부부로 되돌아간 부모님의 생활을 살짝 훔쳐보면서 요약해 두기도 했다.

아무리 봐도 동생이 생길 것 같은데 말이지…….

그런 내용이 층층이 쌓여만 갔다.

세샤가 대학을 가겠다고 자기 엄마에게 말했다. 언제는 공부 따위는 자기와 안 맞는다고 계속 연예인으로 있을 거라고 아난타와 그렇게 싸워 대더니. 그런데 가겠다고 한 전공이 철학과였다. 문과라니…… 안 된다, 딸아. 이과를 가려무나. 거긴 취업이 안 돼요.

반란에 실패하고 올림포스에서 도망쳤던 제우스가 아버지에게 잡혔다고 한다. 다른 신들도 적잖게 동요했었다던데. 나는 얼굴조차 모르는 형제들…… 그들을 만났을 때 어떻게 대해야 할지 조금 난감하긴 하다.

천마에 대한 기록은 아무리 찾아봐도 잘 보이지 않는다. 일부러 어디다 숨긴 건가? 흑역사 있으면 찾아다가 좀 놀

리고 싶은데.

대신에 형의 흑역사는 몇 개 찾아냈다. 와…… 고2 때 하라는 공부는 안 하고 여자 사귀다가 보름 만에 차였었네? 그때 유독 성깔머리가 더럽다고 생각하긴 했었는데, 이거 때문이었어? 하여간 나오기만 해 봐, 진짜.

얼마나 많은 시간이 흘렀을지, 차정우는 전혀 가늠할 수가 없었다.

이미 그의 생체 시계로도 지구의 시간은 그렇게 와닿는 시간이 아니었다.

책자가 사라진다. 이제 남은 칸은 딱 한 칸.

대체 얼마나 이렇게 있으려고 저러는 거야? 하여간 사람 걱정 끼치는 데는 도가 텄어요. 방구석 폐인 새끼.

지구 시간으로 이제…… 백 년쯤 지났나?

200? 아니, 300이었나?

형을 기억하는 사람들이 모두 사라졌다.

처음에는 가벼운 어투로 가득했던 일지가, 점차 무거워졌다.

신과 악마들 중에도 형을 기억하는 자가 거의 없어졌다. 아가레스나 아테나 정도가 고작이었다. 하지만 끝내는 그들도 전부 형을 잊어버릴 테지.

이제 남은 책자는 단 하나.

하나 있는 책자마저도 페이지는 얼마 남지 않았다. 달랑 두 페이지. 저걸로 얼마나 버틸 수 있으려나.

일지를 써 내려가는 차정우의 펜촉도 덩달아 무거워졌다.

이제 남은 페이지는 하나.

아버지와 어머니가…… 형을 완전히 잊으셨다. 전혀 기억을 하지 못하신다.

아난타도 잊었다.

삼촌이 언제 돌아오냐며 징징대던 세샤도 떠올리지 못했다.

이제 기억하는 사람은 나 하나뿐이다. 아니, 둘인가?

에도라.

불쌍하고 가녀리기만 한 우리 형수님. 형이 돌아오면 그냥 발로 뻥 걷어차 버려요. 제가 응원할 테니까.

그러다, 차정우는 마지막 남은 책자의 맨 끝 페이지가 툭 하고 바닥에 떨어지는 것을 보았다.

그 페이지에는 단 한 단어만 적혀 있을 뿐이었다.

「다다랐다」. 무슨 의미인지는 알 수 없었다. 유추할 시간도 없었다. 금세 부서져 사라졌으니까.

마지막 잎새가 떨어졌다.

이제 곧.

나도 형을 잊어버리게 될 테지.

탁!

차정우는 쓰고 있던 일기장을 덮었다.

"……."

그리고 한참 동안 눈을 감고 무언가를 곰곰이 생각하다가, 다시 눈을 떴다.

"차연우. 나와는 쌍둥이 형제…… 칠흑왕. 인성 파탄자. 군인. 독식자. 영왕. 사왕. 신왕. 거마신룡…… 그래도 다행히 내 기억은 온전해."

차정우는 그것이 자신이 그만큼 영지를 쌓았기 때문이라는 것을 알고 있었다.

그도 몇 번이고 위험할 뻔했었다.

칠흑왕의 존재는 기억나지만, 이름이 온통 먹물로 칠해져 있는 식이었다. 마치 탑에서 블라인드 처리된 이름이 ### 따위로 표기되듯이. 연우의 이름도 언젠가 그렇게 인식되었던 적이 있었다.

그 블라인드를 치우려고 얼마나 모진 고생을 했던지. 차정우는 아직도 당시의 기억이 선명하게 남아 있었다.

그리고 방금 전에도 바로 그런 위기를 맞을 뻔했다.

마지막 페이지가 떨어진 순간, 그의 머리 한편에서도 무언가가 뚝 떨어져 나간 듯한 위화감이 들었으니까.

떨어져 나간 조각이 크지 않았더라면, 절대 눈치챌 수 없었을 것이다.

그리고 다행히 차정우는 이럴 일이 있을 때를 대비해 결여를 보완할 수 있는 방법을 미리 체득해 둔 상태였고.

자신이 여태 쌓은 신화들을 모조리 헤집으면서 결여된 부분이 무엇인지 발견하고, 앞뒤에 주어진 단서들을 문맥에 맞게 유추하여 보완하면서 기억을 온전히 복구하는 데 성공할 수 있었다.

[결여가 사라졌습니다!]

[칠흑왕에 대한 인지가 강해졌습니다.]

하지만 차정우는 알고 있었다.

그것은 아주 단순한 임시방편에 불과하다는 것을.

언제 다시 그런 위기가 찾아올지 몰랐다.

연우를 상징하던 서고는 이제 텅텅 비었으니까.

아니, 서고 자체도 싹 사라지고 없었다.

창공 도서관에서 천마에 대한 기록을 거의 찾을 수 없는 것처럼, 칠흑왕에 대한 것도 이제 남아 있질 않게 된 것이다.

이제 그를 기억하고 있는 건 딱 한 사람. 자신뿐.

그러니 어떻게든 기억을 붙들고 있어야만 했다.

아래 세계까지 따지자면 에도라도 있었지만…… 필멸자인 그녀의 기억이 얼마나 더 이어질 수 있을지는 그조차도 알 수 없었다.

"이젠 정말 계속 기다리는 수밖엔 없구나."

차정우는 북받쳐 오르는 감정을 어떻게든 삭이고 또 삭였다.

*　　*　　*

마지막 잎새가 떨어지고 나서도, 여전히 시간은 계속 흘렀다.

집행자니 대적자니 하는 운명은 여전히 현재 진행형인데도 불구하고.

종말은 이뤄지지 않았다.

아니, 정확하게는 비껴 나 있었다.

거기서 차정우는 연우가 완전히 칠흑왕을 독차지했단 사실을 깨달을 수 있었다.

"유일 자아가 된 거겠지. 참 대단해, 우리 형. 어떻게 그걸 잡아먹을 생각을 다 하냐? 배 안 터지나 몰라."

아마도 완전한 칠흑왕이 되고 나서도, 거기서 그치지 않고 완전히 탈피하기 위해 준비를 하느라 시간이 오래 걸리는 건 아닐까 하고 짐작하는 게 전부였다.

초월을 통해 칠흑왕이라는 한계마저도 벗어던지겠다던 게 애당초 연우가 가졌던 생각이었으니까.

문제는 차정우가 그를 위해 할 수 있는 다른 일이 없다는 점이었다.

"초월을…… 내가 도와줄 수 있는 방법은 없을까?"

연우는 자신을 잊지 말아 달라고 말했다. 그래서 차정우는 형을 기억했다.

하지만 자신이 도와줄 수 있는 일이 그것만은 아닐 거라는 생각이 언제부턴가 계속 들었다.

그래서 그때부터 차정우는 칠흑왕에 대한 연구에 몰입했다.

천마와 칠흑왕이 숱하게 일으켰다던 '꿈'과 '굴레'에 대해서도 조사하고, 우주 창생 이전부터 있었다던 수미산에 대한 기록들도 하나하나 훑어보았다.

다행히 자신이 있는 곳이 모든 기록들을 저장해 둔다는 아카식 레코드였기 때문에 조사는 그리 어렵지 않았다.

오히려 정보량이 너무 방대한 나머지 그것을 분류하고 처리하는 게 시간을 많이 잡아먹었을 뿐.

하지만 차정우에게는 남는 게 시간이었고, 오랫동안 사서직을 맡아 오다 보니 이런 작업쯤은 이제 아주 당연하게 여겨졌다.

[지금은 잊힌 옛 사실들을 탐독하고 있습니다.]

[천지창조의 비밀을 풀었습니다. 56, 57…… 61%.]

[우주 창생의 신비를 풀었습니다. 72, 73…… 80%.]

……

['낮(에로스)'의 태양이 내뿜는 빛이 다른 어느 때보다 화려하게 빛나 모든 우주를 비춥니다!]

[새로운 신격을 획득하고 있습니다.]

……

그리고.

"알."

차정우는 그토록 찾아 헤매던 단서를 찾을 수 있었다.

"알이었구나. 칠흑왕은."

여태껏 칠흑왕을 천마와 같은 '존재'로 인식해 왔던 그로서는 뒤통수를 세게 얻어맞은 듯한 기분이었다.

왜 여태 이 생각을 하지 못했을까?

칠흑왕은 사실 개념적인 존재이니만큼 단순히 '사물' 로 분류해도 되는 것을.

칠흑왕이니 자아니 하는 단어들이. 타계의 신들이 아버지니 뭐니 하면서 떠들어 대던 것들이 그동안 인지에 오류를 일으켰던 것 같았다.

이래서 고정 관념이라는 것은 무서운 건지도 몰랐다.

하지만 그것을 일일이 헤집으면서 내린 결론은 간단했다.

칠흑왕은 아직 부화하지 못한 새라고.

아주 거대하고 단단해서 아무도 존재를 자각하지 못하지만, 우주 창생이 본격적으로 시작되기도 전부터 이미 세계를 구성하고 있었다던 그것은 어떤 일을 계기로 깨지기만을 기다리고 있었던 건지도 몰랐다.

다만, 껍데기가 너무 단단하기 때문에 알 속에 있는 새가 부수고 나오지 못하고 있었을 뿐.

'그 속에 있던 자아들은 모두 그런 새가 될 수 있었던 것들이고.'

세계를 종말로 이끌었던 집행자들이 왜 여태 마성으로 남아 있었던 걸까? 그들의 한이 긍정적인 에너지로 활발하게 작동하기를 바란 세계의 의지가 있었던 건 아닐까?

그냥 단순한 억측일지 몰라도, 차정우는 그렇게 받아들이기로 했다.

그런 식으로 이해를 한다면, 밖에서 도와줄 수 있는 일이 무엇이든 있을지도 몰랐으니까.

물론, 직접 그 껍데기를 밖에서 직접 깰 수는 없는 노릇이었다.

차정우가 그동안 아무리 많은 영지를 쌓고 격을 끌어올렸다고 해도, 같은 황이 되었어도, 천마와 칠흑왕이라는 자리는 너무나 높게 보였으니까.

'하지만 껍데기를 쉽게 깰 수 있도록 두께를 약하게 만드는 건 가능할 거야.'

그렇다면 방법은 아주 간단해졌다.

세계가 형을 인지할 수 있도록, 많은 기록과 업적들을 남기자. 지워진다면 다시 쓰고, 비틀어진다면 더 크게 키워버리자.

'꿈' 이나 '굴레' 에 가까워질수록, 칠흑왕을 둘러싸고 있는 껍데기도 점차 옅어질 수밖에 없을 테니까.

'그러다 보면 형도 알아서 껍데기에다 구멍을 낼 거고…… 그 구멍을 내가 빨리 찾을 수만 있다면.'

그러기 위해서 차정우는 더 이상 창공 도서관에 있지 않고, 밖으로 많이 돌아다녀야 한다는 사실을 잘 알고 있었다.

잊힌 연우의 기록을 복원시킨다는 건, 절대 그리 쉬운 작업이 아닐 테니까.

문제는 그런다고 해서 당장 사서직을 포기할 수 있는 건 아니란 점이었으니.

다시 돌아왔을 때 일이 많아질 것 같아 두렵기도 했지만.

"형도 같이 시키지, 뭐."

차정우는 그렇게 생각하면서 간만에 하늘 날개를 활짝 펼쳤다.

그리고 바깥 세계로 향하는 문을 활짝 열었다.

[사서가 외출을 시도합니다!]

['낮(에로스)'의 태양이 다시 떠오릅니다!]

[세계를 개변하고자 하는 의지가 강합니다.]

[절지천통이 무시됩니다.]

[인과율이 무시됩니다.]

……

[오류! 섭리에 치명적인 피해가 가해지고 있습니다.]

[오류! 진리에 노골적인 개입이 시도됩니다.]

……

[억제자인 천마가 모든 오류를 무시합니다.]

……

[세계의 섭리와 우주의 진리가 기계론적으로 맞물려 돌아가기 시작합니다.]

[새로운 신격이 추가되었습니다.]

[신명: 데우스 엑스 마키나.]

*　*　*

"아직도 하늘 보고 있냐?"

"……."

판트는 오늘도 마을에서 가장 높은 언덕 위에 서서 가만히 밤하늘을 보고 있는 에도라를 보면서 뒷머리를 벅벅 긁었다.

언제부턴가 계속 이어지던 여동생의 기행은 그의 마음을 착잡하게 만들었다.

처음에는 그저 단순한 변덕이라고만 생각했다.

세상에 있는 모든 친남매가 그러하듯, 그 역시 여동생의 속마음을 짐작하기란 너무 어려웠으니까.

하지만 언제부턴가 말수도 부쩍 줄어들고, 심안을 활짝 연 채로 하늘을 가만히 보고 있을 때가 많아져 내심 걱정이 되었다.

어련히 자기 일을 알아서 잘 챙기겠냐마는…… 그래도 오빠로서 그런 동생의 변화에 신경이 쓰이는 건 당연했다.

그리고 그럴 때마다, 에도라는 이쪽을 보면서 가만히 웃어 주었다.

하지만 그 미소가 너무 슬퍼 보여서, 판트로서는 더 마음이 무거워질 수밖에 없었다.

"대체 저기에 뭐가 있다고 그래?"

물론, 판트는 에도라가 이번에도 아무 대답을 해 주지 않으리라는 것을 잘 알고 있었다.

여태 아무리 채근해도 답해 주질 않았으니까. 이번에도 마찬가지일 거라고 생각했던 것이다.

하지만 오늘은 무슨 바람이 불었는지, 그래도 대답다운 대답을 해 주었다.

아주 짤막했지만.

"낭군."

"엥? 너 남자친구 있었냐? 모솔이었잖……!"

퍽!

판트는 깐죽대다 말고 에도라가 날린 검집에 얼굴을 세

게 후려 맞아야만 했다.

탁탁!

에도라는 가볍게 손을 털면서 대답했다.

"상상 속."

"……."

판트는 무언가 억울한 마음에 하고 싶은 말이 들끓었지만, 에도라의 심기가 적잖게 불편한 것 같아 아무 말도 할 수가 없었다.

그저 속으로 꿍얼거리기만 할 뿐.

"그래. 네 맘대로 해라. 그래도 계속 하늘만 쳐다보고 있으면 목 디스크 올 수 있으니까 조심하고."

판트는 더 따지고 들어 봤자 자신의 머리만 아플 것 같다는 생각에 그저 에도라의 어깨를 두어 번 두들겨 주었다.

'음?'

그러다 문득 이 동작이 어딘지 모르게 낯이 익다는 생각에 고개를 갸웃거렸다.

누군가가 자신에게도 똑같이 해 준 적이 있는 것 같았는데…… 도저히 기억이 나질 않았다.

'아버지는 아닌데?'

돌아가신 선대 왕은 자신을 집요하게 괴롭혔으면 괴롭혔지, 절대 이렇게 다독여 주었던 분은 아니었으니까.

이건 오히려 그보다 더 친밀하고 소중했던 사람이 해 준 기분이었다.

그럼 어머니?

하지만 어머니도 항상 일에 치인 나머지 부모로서 그렇게 살가운 분은 되지 못했었다.

그럼 대체 뭘까?

'뭐, 별거 아니겠지.'

고민은 잠깐일 뿐이었다.

애당초 생각을 깊게 하는 걸 딱 질색하는 게 판트였으니. 정말 소중한 기억이라면 나중에 알아서 떠오르겠지, 하고 대수롭지 않게 치부해 버린 것이다.

그렇게 판트는 다시 언덕을 내려갔다.

에도라는 물끄러미 판트의 뒷모습을 바라보다, 조용히 한숨을 내쉬었다.

"하여간 뇌까지 근육으로 가득 차서는. 저러니 매번 깜빡깜빡하지. 자기한테도 소중한 기억이었으면서."

물론, 이렇게 잔소리를 한다고 해서 나아질 수 있는 문제가 아니기 때문에 굳이 입에 올리지는 않았다.

최근 에도라의 말수가 급격하게 줄어든 것도 전부 이런 이유 때문이었다.

그녀라고 왜 판트의 기억을 되살리기 위해서 노력하지

않았을까. 자신들에게 큰 우산이 되어 주던 사람이 있었고, 무왕에게 셋째 제자가 있었노라고, 몇 번이나 말했었다.

하지만 판트는 그때마다 잊어버렸다. 처음에는 떠올리는 듯하다가도 금세 얼마 가지 않아 잊었다. 그라고 해서 그러고 싶지는 않았을 것이다. 그저 세계가 그것이 당연하다며 그런 식으로 작동했을 뿐.

필멸(必滅).

언젠가 어머니 영매가 연우의 운명이자 사주라면서 내어줬던 점괘가 바로 이런 게 아닐까 하고 짐작하는 게 전부였다.

존재했던 흔적이 지워지고, 소중했던 사람들에게도 잊힌다면…… 그것이야말로 필멸과 다를 바가 없을 테니까.

다만, 에도라는 세계는 잊었을지 몰라도 자신만큼은 어떻게든 그를 기억하고자 했다.

그리고 기다렸다.

[메시지: 곧 찾아가마. 미안하다.]

언젠가 연우가 보내 주었던 메시지는 아직도 망막 한쪽 구석에 소중히 놔두고 있었다.

십 년을 기다렸는데, 조금 더 기다리지 못할까?

'돌아오기만 해 봐요. 정말 그땐 실컷 바가지를 긁어 주려니까.'

그렇게 세월이 흘렀다.

밤하늘에 맺힌 별들이 계속 돌아가고…… 봄이 오고, 여름이 오며, 가을이 왔다가, 겨울이 졌다. 그리고 다시 봄이 찾아왔다.

계절이 수도 없이 바뀌었지만, 에도라는 항상 밤만 되면 똑같이 언덕에 올라 똑같은 자리에서 매번 달라지는 밤하늘을 보고 또 봤다.

언제나 철없는 오빠일 줄로만 알았던 판트가 아이를 낳고, 그 아이가 다시 아이를 낳았다. 언제나 총명하게 반짝이던 에도라의 눈동자는 이제 현명함이 담겨 깊게 착 가라앉고, 손등에는 세월의 흔적이 조금씩 묻어났다.

우두커니 서서 지켜보던 밤하늘도…… 이제 판트의 고손자가 가져다준 흔들의자에 앉아 지켜보게 되었다.

그래도 그녀는 여전히 아름다우시다. 판트와 똑같은 이름을 물려받은 어린 고손자는 그렇게 생각했다.

"할머니, 할머니!"

"그래. 내 똥강아지. 뭐가 그리 궁금한 얼굴인지 모르겠구나."

"똥강아지 아니라니까요!"

"그래. 똥강아지야. 뭐가 궁금하냐?"

"우씨!"

나도 벌써 열 살이나 되었는데! 어린 고손자는 불만 어린 투로 뺨을 크게 부풀렸지만, 곧 바람을 빼고 작은 고조할머니에게 매달리며 물었다.

"근데 할머니는 뭘 그리 보시는 거예요? 하늘에는 별 말고 아무것도 안 보이는데."

"나는 별을 보는 게 아니란다."

"그럼요?"

"옛 추억이지."

"……?"

"이 할미가 젊은 시절에 겪었던 것들, 이야기 좀 해 줄까?"

"네! 궁금해요!"

에도라의 주름진 눈가가 희미하게 곡선을 그렸다.

그리고 이야기가 계속될수록.

어린 고손자의 눈동자는 반짝반짝 빛났다.

이야기 속에서는 용이 날아다니고, 거인이 뛰어다니며 마법이 마음껏 벌어지고 있었다.

무공을 중요시하는 외뿔부족 마을에서만 살아왔던 어린 고손자로서는 하나같이 흥미진진할 수밖에 없는 내용들.

특히 외뿔부족이 오랫동안 있었다던 탑과 관련된 이야기는 이제 마을에서도 몇 안 되는 어른들만이 기억하고 있었기 때문에 더더욱 관심이 갈 수밖에 없었다.

에도라도 한번 이야기를 늘어놓기 시작하자, 자기도 모르게 반쯤 흥분하게 되었다.

마치 과거로 돌아가는 것만 같은 기분이 들었으니까.

판트와 아무 걱정 없이 마을을 뛰쳐나와 탑을 오르고, 연우를 만나며 겪게 되었던 여러 우여곡절들이 머릿속을 스쳐 지나갔다.

당시에는 너무 힘이 들기도 했지만, 지금 와서 생각해 보면 하나하나가 너무나 즐겁고 행복했던 시절이었다.

그러고 보니 탑이 무너진 이후로, 연우가 사라진 이후로 아르티야가 어떻게 되었더라?

레온하르트는 타고난 머리로 대규모 클랜을 새롭게 창설해서 빠르게 세를 확장하고 있었다. 칸은 일찍 은퇴를 해서 한적한 시골에서 대가족을 일구고 있었고, 도일은 어느 이름 모를 신전에 조용히 몸을 누이고 종적을 감췄다는 말을 얼핏 들었다.

에도라를 따르던 마희성은 이제 각자 독립을 해서 간간이 소식만 주고받고 있었고, 하이디 등은 고향 행성으로 돌아가 망가진 나라를 복구했다고 했다.

가장 많이 교류를 나누던 세샤와 아난타는 여전히 잘살고 있었고.

두 사람 다 탈각을 이룬 건 아니었지만, 그 집 가장이 이리저리 손을 써 준 덕분에 큰 걱정은 없이 산다고 들었다.

그 외에 아르티야와 밀접한 관련을 맺었던 사회들도 이제 각자 제 갈 길을 가고 있었다.

천교는 평화기가 길어진다 싶더니 얼마 전에 다시 절교와 갈등이 빚어져 전쟁이 벌어졌다나?

이랑진군과 나타태자의 활약이 아주 크다고 들었다. 이미 이전에 연우에게 한번 결딴난 적이 있었던 절교로서는 갈수록 쇠약해져 이제는 정말 천교에 의해 무너질지도 모른다는 말을 듣기도 했다.

아가레스가 이끄는 르 인페르날은 바알이 있을 때와는 성향이 완전히 달라져 제멋대로 구는 편이라고 했다.

다만, 아테나가 이끄는 올림포스의 세가 워낙에 막강하고, 그 뒤에 차정우가 있다는 것을 알기 때문에 아주 막무가내로 나오지는 못한다던가.

말라흐는 말라흐 나름대로 수장이었던 메타트론과 미카엘을 연속으로 잃으면서 생긴 공백과 내홍을 어찌어찌 수습해서 절대선의 기치를 다시 내걸기 시작했고.

그 외에 다른 사회들도 여전히 분란은 잦았지만, 예전만큼은 절대 아니었다.

전체적으로 천계는 이제 올림포스의 독주 아래, 거의 질서가 정립되는 분위기였다.

여전히 곳곳에 분란과 갈등의 조짐은 있었지만, 그럴 때마다 아테나가 압도적인 무력으로 찍어 눌러 버리니 아무도 저항할 수가 없었다.

그만큼 지난 천계 대전에서 선보였던 올림포스의 전력은 이제 다른 천계들이 힘을 모두 합쳐도 과연 능가할 수 있을까 말까 할 정도로 무시무시해져 버린 상태였다.

탑에 갇혀 있을 때처럼 따로 인과율이 작동하는 건 아니었지만.

올림포스가 스스로 인과율이 되어 천계를 제어하고, 그들로 인해 피조물과 필멸자들의 삶이 흐트러지지 않게끔 조율하게 된 것이다.

덕분에 시스템도 원활하게 작동하고 있는 중이었다.

'이따금 케르눈노스가 많이 도와주고 있다는 말도 들었고.'

오케아노스를 쓰러뜨리면서 비마질다라의 원한을 갚고 난 뒤에 홀연히 종적을 감추었다가, 요즘 다시 조금씩 모습을 비치고 있다던가.

여전히 무소속의 신으로서 다른 이들의 주목 따윈 끌지

않고 조용히 움직인다지만, 뭔가 하는 일이 바쁜 것 같기는 했다.

하지만.

바쁘게 돌아가는 그들의 삶, 어디에도 연우의 존재는 전혀 보이질 않았다.

그렇기에 옛날에는 아르티야로 묶여 있던 이들이, 지금은 구심점이 사라지면서 많이 멀어지고 말았다.

그들의 기억 속 아르티야는 그저 탑 내의 패권 경쟁에서 승리하기 위해 전략적 제휴를 맺으며 내세운 이름에 불과할 뿐이었으니까.

지난날 그들을 이끌고 마음속에 깊은 울림을 주던 목소리 따윈 이제 없었다.

그저 아가레스와 아테나 정도만이 간간이 뭔가 놓치고 있다는 걸 눈치채는 것 같았지만, 역시 제대로 떠올리는 것 같지는 않았다.

'아니구나. 한 명이 더 계시는구나.'

에도라의 주름진 눈가가 슬픈 기색을 띠었다.

'헤노바.'

늙은 드워프 대장장이는 외뿔부족의 식객으로 있다가, 판트가 손자를 낳을 때 즈음에 눈을 감았다.

—손자라……. 내게도 그런 놈들이 있었던 것 같은데 말이지.

씁쓸하게 웃으며 눈을 감던 그의 마지막을 보면서 얼마나 많이 울었던가.

아마도 영매가 눈을 감았을 때보다도 더 많이 울었던 것 같았다.

차정우는 창공 도서관의 사서로 있고, 에도라는 영매의 눈을 가지고 있기 때문에 연우를 계속 기억할 수 있었다지만.

헤노바는 그런 게 전혀 아닌 평범한 필멸자인데도 불구하고, 연우를 그리고 또 그리워하던 유일한 사람이었으니까.

연우를 그리는 사람이 줄어들었다는 사실은 당시 그녀에게 어마어마한 충격으로 남아 있었다.

이렇듯.

에도라는 연우를 그리면서도, 지워져 가던 그의 흔적들을 어떻게든 붙들고 있기 위해 노력했다.

모든 게 부질없다는 생각을 하면서도, 언젠가 연우가 돌아왔을 때 다 같이 웃으면서 맞아 주기를 바랐기 때문이었다.

'전부 덧없는 것이 되어 버렸지만.'

에도라는 그렇게 씁쓸하게 웃던 중에 문득 그런 생각이 들었다.

'내가…… 정말 생각이 많아졌구나.'

보통 이렇게 가만히 앉아 과거를 되짚기 시작하는 건, 살날이 얼마 남지 않았기 때문이라던데.

정말 그 때문에 이런 걸까?

'하긴 내가 오래 살긴…… 했지.'

외뿔부족의 수명이 아인종 중에서도 가장 길고, 그녀가 디딘 경지 역시 높기 때문에 그보다 긴 삶을 살 수 있었다지만.

그래도 마지막 선을 넘지 못한 육체가 가질 수밖에 없는 한계가 있을 수밖에 없었다.

그리고 그날이 얼마 남지 않았음을, 에도라는 직감적으로 느끼고 있었다.

요 몇 달 사이에 부쩍 몸이 많이 무거워졌으니까.

명석하기로는 둘째가라면 서러워했던 머리도 예전처럼 잘 돌아가지 않았고, 귀도 많이 어두워져서 어린 고손자가 하는 말을 한참 동안 들어야만 겨우 이해할 수가 있었다.

눈도 침침했다. 세계가 이리저리 휘어지는 게 보여서 이제 유일한 낙이었던 별자리 관찰도 힘에 부칠 정도였다.

그래도 여전히 어린 고손자의 도움을 받아서 연우와 관련된 무언가를 찾을 수 있을까, 매일 보고 또 보고 있었지만…… 이제 이럴 수 있는 날도 얼마 남지 않았다는 것을 알 수 있었다.

'아니구나.'

그러다 에도라는 직감적으로 눈치챌 수 있었다.

'오늘이…… 마지막이었구나.'

어쩐지 말수가 오늘따라 많아지더라니.

아무래도 자신이 영원한 잠 속에 빠져든 후에 그이가 찾아왔을 때, 자신이 그를 계속 기다리고 있었음을 알아주기를 바라는 마음에 추억담을 이리도 길게 늘어놓게 된 모양이다.

이 어린 고손자는 다시 자신의 고손자에게까지 이 이야기를 물려줄 테니까.

그런다면 나중에 그이는 엄청 울지 않을까? 겉보기에는 너무 차갑고 딱딱해 보여도, 속마음만큼은 세상 누구보다 투명하고 약한 사람이었으니.

—곧 찾아가마. 미안하다.

그이가 오지 않을 거란 생각 따윈 절대 하지 않았다. 얼마가 걸릴지 몰라도, 에도라는 연우가 반드시 자신을 찾아올 거라 굳게 믿고 있었다.

그이는 한번 했던 약속은 반드시 지키는 사람이었으니까. 오히려 여기서 진득하게 그를 기다려 주지 못하고, 먼저 가 버리는 것이 미안할 뿐이었다.

그런데…….

"아, 이 이야기 들어 본 적 있어요!"

에도라가 깊은 상념에 묻혀 서서히 눈꺼풀이 무거워지려고 할 무렵, 갑자기 어린 고손자가 눈을 말똥말똥하게 떴다.

이게…… 무슨 소릴까?

"들어 본 적이…… 있다니?"

"할머니가 해 주신 이야기요. 까만 가면을 쓴 어떤 인간이 우리 마을에 와서는 엄청, 어어어어엄처어엉 나게 세셨던 족장님의 셋째였나 넷째 제자가 되어서 탑을 무너뜨렸다던 이야기! 그 사람 이야기 맞죠?"

"……!"

한순간, 에도라의 눈이 커졌다.

이 이야기를 안다고?

어떻게?

"그 이야기, 어디서 들었니?"

"어? 그러고 보니 어디서 들었더라……?"

어린 고손자는 에도라의 다급한 물음에 움찔하면서도, 자신이 세상에서 가장 좋아하는 작은 고조할머니를 기쁘게 하기 위해서 있는 힘껏 머리를 쥐어짰다.

하지만 이상하게 어디서 들었는지 도통 기억이 잘 나지 않아 머리를 계속 굴려야만 했다.

그럴수록 에도라의 마음은 더욱 방망이질을 쳤다.

두근!

두근!

심장이 다시 거칠게 뛰기 시작했다.

"아."

어린 고손자는 무언가를 떠올린 듯 크게 박수를 치면서 환하게 웃었다.

"애들이 말해 줬어요."

"애들……?"

"예. 사촌들이랑 놀다가 갑자기 그런 말을 하더라구요. 나유 족장님한테 그런 제자가 있었다고. 저는 처음 들어 본 이야기여서 할아버지한테 여쭤봤는데, 잘 모르겠다고 하셔서…… 그래서 그냥 헛소문이라고 생각하고 잊었었는데, 할머니가 비슷한 이야기를 해 주시니까 깜짝 놀랐어요. 헤헤."

"……!"

에도라의 동공이 잘게 흔들렸다.

"호, 혹시 제가 실수를……?"

"아니란다. 아무것도."

어린 고손자는 한동안 에도라가 아무 말도 없자, 자신이 뭔가 잘못했나 싶어 발을 동동 굴렀다.

에도라는 고개를 가로저으면서 담담하게 웃어 보였다. 진심에서 우러나온 웃음이었다.

'이야기가…… 남아 있었구나.'

어떻게 이 이야기가 남은 건지는 모른다.

자신이 어린 고손자나 마을의 다른 아이들에게 이 이야기를 해 준 적은 여태 없었으니까.

이전에 몇 번 시도는 해 봤지만, 다들 약속이라도 한 것처럼 금세 잊어버리기에 포기를 했었다. 세계가 그이와 관련된 모든 기록들을 남기고 싶지 않아 한다는 것을 알았기에. 자신 혼자서만이라도 잊지 말고 기억하자고 다짐했었다.

그래서 어린 고손자에게 그이의 이야기를 남길 때에도 굳이 '카인' 이니 '차연우' 니 하는 이름은 거론하지 않고, 그저 두루뭉술한 형태로만 말을 했을 뿐이었는데.

그걸 어린 고손자가 어디선가 들었다?

이미 마을에 어느 정도 그이와 관련된 이야기가 퍼져 있다는 뜻일 것이다.

비록 어느 정도로 퍼졌는지, 깊이는 얼마나 되는지, 그게 얼마나 이어질지는 알 수 없었지만…… 이것만으로도 에도라는 희망을 가질 수 있다.

신화(神話)란, 피조물들의 뇌리에 선명하게 박히면서 그 존재에 대한 인지를 부르고, 차츰 신앙이 생성되게 만든다.

그러다 신성이 부여되고, 신격이 갖춰지며, 신위가 세워지고, 신좌가 만들어지는 수순을 밟게 된다.

그런 신화가 조금씩 퍼져 나가고 있다는 것은…… 잊혔던 연우의 기록들도 조금씩 되돌아오고 있다는 뜻이었으니!

'아아!'

떠났던 그이가 돌아온다.

잊었던 그이가 새겨진다.

그 사실만으로도 에도라는 기쁘고 또 기뻤다.

"그래서 그 사람이요. 용을 타고, 거인을 부렸다고 하더라구요. 와…… 멋져. 저도 그럴 수 있을까요, 할머니?"

그리고 슬프고 또 슬펐다.

그이가 조금씩 되돌아오려 하고 있는데. 이제야 겨우 준비가 시작되었는데…… 자신은 그 짧은 순간을 더 기다리지 못하고 떠나야만 했으니까.

"……할머니?"

아아, 못난 내 몸뚱이야. 어찌 그걸 좀 더 견디질 못하누. 뭐가 그리 급하다고 나더러 이리 빨리 떠나라고 소리친단 말이더냐.

"할머니!"

내가 바라는 건 거기까지도 아니건만.

그저 여태까지 기다려 준 만큼. 아니, 그 반이라도…… 그 반의반이라도 좋으니, 조금만…… 아주 조금만 더 기다려 준다면 고마울 것이건만.

그런다면 더 바라는 것도 없을 텐데, 고작 그 정도만 들어 달라고 할 뿐인데, 왜 이제 와서 이리 재촉을 하는 건지.

야속하고 또 야속했다.

밉고 또 미웠다.

"할머니! 그러지 마요! 장난치지 마요, 네? 왜 그래요!"

어린 고손자가 엉엉 우는 소리가 들렸다. 고사리같이 작은 손으로 자신의 팔을 흔들다가, 다급하게 어른들을 부르는 소리가 들렸다.

그 손을 잡아 주면서 자신은 괜찮다고, 그리 걱정할 것 없다고 달래 주고 싶은 마음이 굴뚝같았지만. 이상하게 손이 무거운 나머지 그럴 수 없어서 너무 미안했다.

"할머니이이!"

어린 고손자의 울음소리를 듣고 마을 사람들이 몰려들었다. 노인, 장정, 아이들 가릴 것 없이, 밖에 나가 있던 마을 사람들까지 전부 모여들어 눈물을 터뜨렸다.

그저 늙은 사람 하나가 떠나는 것뿐일진대, 다들 이리 모여서 뭘 하는 건지. 그 꼴이 우습기도 하고 고맙기도 해서 헛웃음이 나왔다. 자신이 잘못 살지는 않았구나 하는 생각도 들어서 한편으로 기분도 좋았다.

하지만…… 그래도 여전히 마음 한편이 허전했다.

사실 그녀가 바라던 삶은 이처럼 존경받고 명망 있는 삶 따위가 아니었다.

그저.

그저…… 자신이 사랑하는 사람과 손을 잡고 오붓하게 길을 걷고, 같이 밥을 먹고, 같이 웃으며 이야기를 나누면서, 때로는 싸우기도 하고, 화해도 하면서, 말년이 되어서 벤치에 나란히 앉아 서로를 가만히 바라볼 수 있는 삶을 바랐을 뿐이었다.

그리 어렵지도 않을 평범한 삶이었지만. 그런 평범한 삶이 그녀에게는 더 어렵기만 했던 셈이었다.

'결국 당신은 보지 못하고 떠나네요. 미안해요.'

에도라는 점차 무거워지는 눈꺼풀을 버티지 못하고 서서히 고개를 떨어뜨렸다.

흐릿해지는 잔상 속. 점차 꺼져 가는 시야 속. 슬퍼하는 마을 사람들의 모습을 조금이라도 눈에 더 담아 두고자 했다. 그 속에는 혹시나 하는 미련도 조금 섞여 있었다.

그리고 그 미련이 어쩔 수 없었다며 쓴웃음으로 변해 꺼지려던 그때.

그녀의 눈에, 처음으로 보였다.

눈물을 터뜨리는 마을 사람들 너머로…… 저 뒤에 가만히 이곳을 보면서 씁쓸하게 웃고 있는 남자의 모습이.

흐릿해서 잘 보이지는 않았지만.

그는 옅게 웃고 있으면서도 이쪽을 보는 내내 누구보다도 슬퍼하는 눈빛과 기색을 띠고 있었다.

그러다 그녀와 처음으로 눈이 마주쳤다 싶은 순간. 남자는 전혀 생각지도 못했다는 듯이 눈을 동그랗게 떴다.

까만 동공이 격한 감정으로 크게 일렁이는 게 보였다. 유리알처럼 투명한 그 동공 속에는 분명히 에도라가 폭 담겨 있었다.

그러다.

피식!

남자의 눈동자가 살며시 호선을 그렸다. 그리고 어서 오라는 듯이 가볍게 이쪽으로 손을 흔들었다.

에도라는 알겠노라면서 담담히 고개를 끄덕였다.

"오라버니는…… 줄…… 곧…… 약속을 지키고 계셨군요."

그리고.

천천히 머리가 떨어졌다.

*　*　*

"계속 제 옆에 계셨었던 거네요. 그걸 못 보고…… 원망하기만 하고. 미안해요."

"미안하긴. 늦은 내가 미안한 것을."

"그렇죠? 사실 오라버니가 다 잘못한 거죠. 저만 계속 기다리게 하고."

"미, 미안해."

"풉! 하여간 귀엽다니까. 그럼 다 봐줄 테니까, 대신에 약속 하나만 해요."

"뭘?"

"우리 더 이상 떨어져 있지 않기."

"그래."

맞잡은 두 사람의 손은 서로를 꼭 쥐고 있었다.

절대 놓치지 않겠다는 듯이.

Exit.

에필로그, 마지막 장

"빨리 와요."

"알았어. 금방 갈게."

파아아!

젊은 시절의 아름다움과 노년의 슬픔을 겸비하고 있던 에도라는 연우의 손을 잡고 있던 그대로 조용히 빛무리에 파묻혀 사라졌다.

그리고 한순간 자리에 남았던 연우는 떨리는 손길로 우두커니 제자리에 서 있어야만 했다.

앞으로는 절대 떨어지지 말자며 웃던 에도라의 미소가

아직도 눈앞에 선명하게 그려지는 것만 같았다.

그러다 왈칵 쏟아지려는 눈물을 억지로 참으면서 반대로 몸을 돌렸다.

차정우가 거기에 서 있었다.

"형이 그런 표정도 지을 줄 알고. 신기하네."

"고맙다. 날 찾아 줘서."

연우의 두 눈이 깊게 가라앉았다.

"그리고 기억해 줘서."

연우가 입술을 벙긋거릴 때마다 육성 대신에 주변으로 활자가 튀어나와 뱅그르르 돌다가 사라졌다.

과거 심연으로 들어가 처음 마성들과 마주쳤을 때 보았던 것과 똑같은 광경.

그들은 항상 정제되지 않은 사념을 풍기고 있어서, 그것을 올바르게 전달하기 위해서는 활자라는 수단을 사용해야만 했다.

아직 연우가 칠흑을 완전히 벗어나지 못했다는 증거였다.

하지만 반대로 이곳에 연우가 '있다는' 것이 누군가에게 관측되었다는 것만으로도, 이미 조금씩 그 틀에서 벗어나고 있다는 뜻이었으니……!

"그러니까 조금만 더 기다려. 이제 다 끝나 가니까."

"네 도움만 많이 받는구나."

"헛소리하네. 그동안 형이 나 도와준 건 생각도 안 하냐? 그거까지 따지면 내가 하는 건 아무것도 아니지."

"어쭈, 많이 컸다? 이제 그런 말도 할 줄 알고."

"우리가 쌍둥이이긴 해도 키는 내가 더 크거든?"

"뭐라는 거야."

연우는 팔짱을 낀 채로 가볍게 콧방귀를 뀌었다.

특별할 것 없이 형제가 티격태격하는 모습이었지만.

차정우는 지금 이 순간이 너무 소중하기만 했다.

"형수님 기다리시겠다. 빨리 가."

"이따 보자."

그 말에 차정우가 한순간 멈칫거렸다.

그러다 피식 웃었다.

"그래. 이따 봐."

연우의 잔상도 똑같이 흩어져 사라지고.

차정우는 고개를 들어 하늘을 올려다보았다.

[칠흑왕을 관측한 존재가 나타났습니다!]

[일부가 세계에 인지됩니다.]

[일부가 세계에 확정됩니다.]

……

[외뿔부족에 칠흑왕에 대한 이야기가 개시됩니다!]

차정우는 여긴 이만하면 되었다는 생각에 하늘 날개를 활짝 펼쳤다.

아직.

가야 할 곳이 많았다.

*　　*　　*

[라스트 퀘스트(칠흑 관측)가 생성되었습니다!]

[라스트 퀘스트 / 칠흑 관측]

설명: 칠흑왕의 주 자아였던 ###(이름을 표기할 수 없습니다)는 이쪽에서 도저히 측정할 수도 없을 만큼 기나긴 세월을 지나 드디어 모든 다른 자아들을 흡수하는 데 성공하였습니다.

하지만 ###는 칠흑왕 그 자체가 되는 데 성공하였음에도 불구하고, 여전히 칠흑을 완전히 벗어나지 못하고 있습니다. 초월을 이루기 위해서는 지금까지 보낸 시간보다 훨씬 많은 시간을 필요로 하기 때문입니다.

'꿈'과 '굴레'를 위협하던 종말은 정지되었다고 하나, 그 많은 시간까지 소모해 버린다면 결국 '꿈'과 '굴레'는 가지고 있던 내구도가 망가져 저물 수밖에 없을 것입니다.

그러니 지금부터 ###가 칠흑왕의 틀을 완전히 벗어날 수 있도록 도와주십시오.

당신은 '꿈'과 '굴레'를 구성하고 있는 법칙과 섭

리를 지배하는 <데우스 엑스 마키나>이니 충분히 방법이 떠오를 것입니다.

그리하여 ###의 존재를 일부나마 '꿈'과 '굴레' 안쪽으로 끌어오십시오.

제한 조건: 칠흑왕의 관측자, 데우스 엑스 마키나.
제한 시간: —

달성 조건:
1. 칠흑왕 존재 관측
2. 칠흑왕 존재 인식
3. 칠흑왕 존재 정의
4. 칠흑왕 존재 규정
……

성공 시: 칠흑왕의 현신(現身).
실패 시: 칠흑왕의 망각(忘却).

불확정성으로 가득한 미시의 세계에서 존재의 궤적이라는 것은 무의미한 것이다. 어디에나 존재하지 않고, 어디에나 존재하기 때문이었다.

그것을 관측하고 인지하기 전까지 존재는 어떤 형태로든 있을 수 있기에 추측하는 것만이 전부일 뿐.

하지만 관찰자가 그것을 관측한 순간, 존재는 비로소 숨겨진 형태를 갖추면서 의의를 지니게 된다.

칠흑왕이라는 존재가 그러했다.

칠흑왕은 '꿈'과 '굴레' 어디에나 존재하고, 어디에나 존재하지 않는다. 미시의 세계 곳곳에 숨어 있으면서도, 거시의 세계를 둘러싸고 있는 틀이라고도 할 수 있다.

그렇기 때문에 사람들은 공기처럼 칠흑왕을 아주 쉽게 접하면서도 절대 그의 존재를 자각하지 못한다.

그 범위가 너무 방대하고, 아직까지 발견된 법칙 정도로는 설명이 불가능하기 때문이었다.

사람들이 연우에 대한 기억을 잃는 것도 전부 그런 이유 때문이었다.

연우가 점차 칠흑왕에 동화될수록 사람들의 인지 영역에서도 저절로 벗어날 수밖에 없으니, 계속 그들로부터 멀어지는 것이다.

'천마는 자신을 빛이라고 했었지. 빛은 피조물들에게 있어서 지식이라 할 수 있다. 반대로 칠흑왕은 미지와 불확실의 영역이니…… 그것을 관측하기 위해서는 결국 강제로 사람들이 관측하고 인지하게만 해야 한다.'

하지만 신들조차도 깊게 인식할 수 없는 칠흑왕을 어떻게 피조물들에게 가르칠 수 있을까.

그래서 차정우는 편법을 쓰기로 마음먹었다.

연우를 관측하고 인지할 수 있는 도구로 신화를 사용하기로 마음먹은 것이다.

그래서 그때부터 차정우는 '꿈'과 '굴레'를 구성하고 있는 수많은 우주를 바쁘게 누비기 시작했다.

연우에 대한 기록들을 재발굴하고자 했고, 그와 관련된 신화들을 마구 퍼뜨렸다.

[칠흑왕에 대한 신화가 퍼져 나갑니다!]

[일부 신화가 삭제됩니다.]

[일부 신화가 전승됩니다.]

단순한 소문, 무용담, 구전 설화, 소설, 서사시 등등…… 다양한 형태의 이야기들이 퍼져 나갔다.

이야기들은 저마다 변용을 일으키면서 연우와는 전혀 무관한 존재의 이야기를 만들어 내기도 하고, 때로는 그와 사뭇 비슷하지만 다른 이야기를 빚어내기도 했다.

때로는 종말을 집행하는 마왕 같은 이미지이면서도, 또 때로는 도탄에 빠진 세계를 구원하기 위해 희생을 하는 희생자로 그려지기도 했다.

[각색이 이뤄집니다.]

[편집이 이뤄집니다.]

[변용이 이뤄집니다.]

……

[주석이 달립니다.]

[판본이 생깁니다.]

[일부 신화가 칠흑왕과 전혀 무관한 신화로 변질되었습니다.]

[일부 신화가 칠흑왕에 대한 논지를 흩뜨려 놓습니다.]

[경고! 신화가 망가짐에 따라 칠흑왕이라 할 수 없는 전혀 다른 칠흑왕의 이야기가 곳곳에서 퍼지고 있습니다.]

[경고! 신화는 존재를 규정하는 이야기입니다. 규정이 달라질 시, 칠흑왕이 갖고 있던 설정에 어떤 변화가 가해질지 알 수 없습니다.]

……

[현재 파생되는 칠흑왕의 신화가 진짜 칠흑왕과는 전혀 무관하다고 판단되어 삭제 작업이 중단됩니다.]

그리고 연우와 관련된 이야기라면 곧장 삭제를 진행하던 세계도 언제부턴가 기능을 정지시켰다.

애당초 차정우가 퍼뜨리고자 했던 것은 연우에 대한 이야기가 아닌, 정확하게는 칠흑왕과 관련된 것이었으니까.

그동안 몇몇만이 알고 있었을 뿐, 베일에 가려진 존재였던 칠흑왕이라는 존재에 대해 신화라는 매개체를 활용하여 친숙하게 느껴지게 만드는 게 주목적이었다.

그런다면 수많은 피조물들이 칠흑왕에 대해 궁금증과 호기심을 갖게 될 테고, 그들이 자라나면서 저절로 관념적으로만 존재하던 그를 어떻게든 규정하고자 노력할 테니까.

'의미 부여' 인 셈이었다.

세상에 존재하는 모든 만물은 관측자가 어떻게 규정하느냐에 따라 가치가 정해지는 법이니!

[칠흑왕에 의미를 부여하려는 움직임이 보입니다.]

[칠흑왕의 새로운 정의(定義)가 활발히 논의되는 중입니다.]

[칠흑왕의 새로운 규정(規定)이 활발히 제정되는 중입니다.]

거기 어디에서도 누구보다 인간적이었고 감정적이었던 연우를 찾아볼 수는 없었지만.

오히려 신적인 존재들보다도 훨씬 더 관념적이고 개념적인 형이상학으로 받아들여졌지만.

차정우는 그렇게 해서라도 사람들이 어떤 식으로든 연우를 가깝게 접할 수 있기를 바랐다.

철학이 생겨나고, 사조가 파생되며, 예술이 탄생했다.

이 모든 것은 차정우가 전 우주를 다스리는 법칙의 화신이기 때문에 가능한 일이기도 했다.

['데우스 엑스 마키나'의 움직임이 활발하게 이뤄지고 있습니다!]

……

[심연 속에 묻혀 있던 칠흑왕이 조금씩 노출되기

시작합니다.]

[칠흑왕과 '꿈' 혹은 '굴레'의 동화 작업이 이뤄지고 있습니다.]

[의념이 꿈틀거립니다.]

[의식이 작동합니다.]

[칠흑왕을 둘러싸고 있던 심연이 열어집니다.]

[칠흑왕을 둘러싸고 있던 심연에 구멍이 조금씩 생겨납니다.]

[의념의 일부가 세계에 투영되기 시작합니다!]

그때부터 차정우는 연우를 조금씩 감지할 수 있었다. 그동안 심연이라는 껍질에 갇혀 있던 그가 드디어 밖으로 의념을 내비치기 시작한 것이다!

물론, 그것은 어디까지나 연우의 일방적인 움직임밖에 되지 않기 때문에, 의념과 접촉하기 위해서는 상대방도 똑같이 그것을 인지할 수 있어야 한다는 한계점이 있었지만.

그래도 에도라가 마지막으로 연우를 인지한 순간, 차정우는 확실하게 느낄 수 있었다.

연우는 곧 돌아오리라는 것을.

['꿈'이 현실로 변화합니다!]

['굴레'에서 축이 제거됩니다!]

* * *

"아버님!"

"대체 어디로 여행을 가신다는 것입니까, 할아버지!"

"이유를 제대로 설명해 주십시오!"

"본 가를 노리는 적들이 너무 많습니다! 위험하실지도 모릅니다!"

철사자가(鐵獅子家).

혹은 혈검가(血劍家)라고도 불리는 가문이 있다.

이제는 '검신'이라 불리는 혈검 칸이 일군 가문으로, 그가 아르티야에서 쟁쟁한 라이벌이었던 판트에게 뒤지지 않겠다는 일념 하나만으로 일구었던 세력이 시초가 되었다.

또한, 탑에서 유명 랭커였던 선친 철사자가 완전히 눈을 감기 직전에 그와 극적으로 화해하면서 철사자의 잔존 세력들이 휘하에 들어오게 되었고, 이후 무서운 속도로 세를 확장하기 시작했으니.

오늘날 아무도 무시할 수 없는 거대 세력으로 변모하게 된 것도 지극히 당연한 일이었다.

그런데 언제나 사자처럼 무겁게 앉아 있다던 그들이 돌연 소란스러워졌다.

그동안 은퇴하여 검신전에서 조용히 말년을 보내고 있던 태상가주 칸이 갑자기 외출을 하겠다고 나섰기 때문이었다.

당연히 가문은 발칵 뒤집힐 수밖에 없었다.

목적지가 어디인지 말도 해 주지 않았으니.

그래서 당대 가주를 비롯한 원로들이며 장로들, 간부들과 방계의 제자들까지 모두 몰려들어 그의 결정을 뜯어말리고자 했다.

몇몇은 안전을 핑계 대고자 했지만.

"내가 위험해질지도 모른다? 누가 있어서?"

"……."

"……."

"……."

그가 콧방귀를 뀌면서 내뱉은 말에 가솔들은 일제히 입술을 꾹 다물어야만 했다.

사실 그들이 생각해도 도저히 말이 안 되는 핑계였기 때문이었다.

세상에 대체 누가 있어 태상가주를 위협할 수 있단 말인가?

지금도 보라.

분명히 300년도 넘는 세월을 살아왔음에도 불구하고, 그는 여전히 20대에서 시간이 정지한 것처럼 젊은 모습을 하고 있었다.

사자의 눈처럼 흉폭함이 느껴지는 눈을 가지고 있지 않았다면, 누구도 그를 그 나이대라고 생각할 수 없을 터였다.

더구나 실제로 그는 탈각을 넘어 초월을 이룬 지도 오래되었으니.

칭호만 검신인 게 아니라, 진짜 신격을 획득하여 이따금 재해를 일으키는 마수들을 아무렇지 않게 베어 넘기기도 했다.

그래도 그를 떠나보내기 싫은 것은 철사자가가 태상가주요, 태상가주가 곧 철사자가라고 여기는 신념 때문일 것이다.

하지만 가주를 비롯한 가솔들은 이미 오래전부터 어렴풋하게나마 느끼고 있었다.

칸이 이미 가문에서 마음이 반쯤 떠나 있다는 것을.

거기다 최근에는 아무 말 없이 허공을 가만히 응시하고 있을 때가 많았다. 마치 무언가를 기억해 내려는 것처럼. 혹은 숨겨진 무언가를 찾으려는 것처럼.

그러던 끝에 이제는 아예 길을 떠나겠다고 선언해 버렸으니.

칸의 증손자이기도 한 가주는 그가 결정을 바꾸지 않으리라는 것을 깨달았기에 깊은 한숨을 내쉬어야만 했다.

"알겠습니다. 대신에 어디로 가시려는 건지만 말씀해 주십시오."

"친구를 만나러 간다."

"친구…… 말씀이십니까?"

가주는 의아한 마음에 고개를 갸웃거렸다.

태상가주께 친구라 할 만한 사람이 있었던가? 무리를 이끌면서도 언제나 홀로 고고하게 서 있던 수사자 같았던 태상가주에게 어깨를 나란히 할 만한 존재는 거의 없었다.

가장 먼저 떠오른 얼굴인 외뿔부족의 판트는 오래전에 자취를 감추었다는 말을 들었던바. 아무래도 그는 아닌 것 같았다.

의형제인 도일을 말하는 건가 싶어도, 그를 가리켜 '친구'라고 하지는 않았기 때문에 궁금증은 더 커질 수밖에 없었다.

그래서 가주는 말꼬리를 늘이면서 의아해했지만.

칸은 서슴없이 고개를 끄덕이고 있었다.

"그래. 친구. 그동안 멍청하게 잊고 있었던 소중한 친구. 그에게 사과하러 갈 생각이다."

*　　*　　*

한적한 시골.

나무가 잔뜩 우거져 사람도 잘 찾지 않을 것 같은 장소에 칸이 발을 내디뎠다.

"여기도 오랜만이군."

칸은 자신 앞에 있는 수도원을 보면서 감회에 찬 표정을 지었다.

처음 의제가 이곳을 지어 달라는 말을 했을 때까지만 해도 얘가 갑자기 왜 이러나 싶었는데.

막상 이렇게 보니 한적하게 지내기에는 딱 알맞은 장소였다.

사계절 내내 날씨도 선선하고, 강우량도 적절하다. 세월아 네월아 하기에는 안성맞춤이지 않은가.

이럴 줄 알았으면 따분한 뒷방에만 있을 게 아니라 자신도 여기에 와 있을 것을.

칸은 그런 후회를 하면서 활짝 열린 수도원의 정문을 통과했다.

때마침 빨랫감을 들고 이동하던 수녀와 눈이 마주쳤다. 수녀는 대야를 바닥에 내려놓고 칸에게로 다가와 예를 갖췄다.

"오랜만에 손님이 오셨군요. 무슨 일로 찾아오셨습니까?"

손님이라. 칸은 자기도 모르게 헛웃음을 흘리고 말았다. 이 수도원을 만든 게 자신의 사재(私財)라는 것을 알면 과연 어떤 표정을 지을는지.

하지만 그 사실을 알고 있는 사람은 대부분 이들이 모시는 신의 품으로 귀의한 지 오래였고, 자신 역시 젊은 모습을 계속 유지하고 있으니 그럴 수 있겠다 싶었다.

"원주에게 가서 전해라."

그래서 칸은 오랜만에 근엄한 모습이 아닌, 장난기 많았던 젊은 시절로 되돌아갈 수 있었다.

"오랜만에 형이 놀러 왔으니 머리 박을 준비하라고."

* * *

이름 없는 신의 수도원.

이곳은 신을 모시지만, 딱히 모시는 신이 없는 독특한 특징을 자랑했다. 신념 역시 무신론(無神論)은 아니지만, 그렇다고 해서 기존의 유신론(有神論)이라 보기에는 거리가 있었다.

이곳에 몸을 담은 신관들은 항상 범신론(汎神論,

Pantheism)을 이야기했다.

모든 만물에 신이 내재되어 있지만, 공기처럼 늘 옆에 항상 함께하기 때문에 사람들은 그것을 관측할 수도 없고 규정지을 수도 없다는 교리.

그래서 신관들은 만물과 섭리에 항상 감사함을 느낄 뿐, 따로 신에게 치성을 드리거나 기도를 올리지는 않았다.

그들이 모시는 신에게 따로 신명을 붙이지도 않았다. 그래서야 존재를 규정하는 것밖에 되지 않을 텐데, 오히려 교리에 어긋나는 일일 뿐이었다.

그러니 당연히 많은 신들은 자신들의 존재를 부정하는 이 수도원을 그리 탐탁지 않게 여기는 편이었다.

저들의 교리가 널리 퍼져서야 신도들이 흩어질 테고, 신앙은 더 이상 수확할 수 없게 되어 버릴 테니까.

실제로 몇몇은 아예 제거를 하고자 하기도 했지만, 그 시도는 번번이 실패로 돌아갔다.

이곳의 수도원장이 웬만한 신격들도 좀처럼 함부로 할 수 없는 존재이기 때문이었다.

도일.

한때, 탑을 무너뜨렸던 최대 세력의 수장.

그가 있는 영역을 감히 누가 함부로 건드릴 수 있단 말인가?

다행히 그가 일찍이 이름 없는 신에게 귀의한답시고 현역에서 은퇴했기에 망정이지, 그러지 않았더라면 아르티야가 아직까지 존속해서 수많은 천계의 사회를 위협했을지도 모르는 일이었다.

"나이를 그만큼이나 먹고 대체 뭐 하는 짓이야?"

하지만 도일은 자신이 그만한 무게를 가지고 있다는 사실을 잘 알고 있으면서도, 오늘만큼은 버럭 화를 낼 수밖에 없었다.

오랜만에 찾아온 의형이라는 인간이 조용히 와도 모자랄 망정, 수도원을 아예 발칵 뒤집어 놨으니까.

덜그럭!

찻잔을 내려놓는 손길에는 짜증이 다분히 섞여 있었다.

그럴수록 칸의 웃음은 더 커질 뿐이었지만.

"형이 동생도 못 만나러 오나?"

"이딴 식으로 굴 거면 그냥 가지?"

"너무하는군."

"아님 그냥 쫓겨날래?"

칸은 미소가 더 익살맞게 변했다.

"내가 만든 수도원에서 내가 쫓겨나게 생겼군."

"기증하면 끝이지, 무슨. 하여간 왜 온 거야?"

"간만에 동생 보러?"

도일은 더 이상 대답할 가치도 없다는 듯, 내려놨던 찻잔 세트를 다시 들어 올렸다.

"아, 아, 알았어! 장난 그만 칠 테니까 앉아 봐, 좀."

도일은 그런 칸을 영 미심쩍다는 표정으로 바라봤지만, 곧 땅이 꺼져라 한숨을 내쉬면서 맞은편 의자에 털썩 주저앉았다.

남들에겐 철혈검신(鐵血劍神)이니, 사자왕(獅子王)이니 하면서 그럴듯한 신명으로 불릴 정도로 위엄 있게 군다던데. 왜 이 망할 형은 자신 앞에서만 이딴 식으로 구는 걸까.

"차연우."

"뭐가?"

"네가 모시는 신 이름."

"……!"

도일은 최대한 표정을 관리하려 했지만, 칸의 눈빛은 집요했다.

"맞지?"

"……하아! 어떻게 알았어?"

"내가 언제까지 기억 못 할 거라고 생각했냐?"

도일은 씁쓸하게 웃었다.

"바보라서 끝까지 모를 줄 알았지."

"뭐질래?"

"언제부터 알았는데?"

"얼마 안 됐다. 녀석에 대한 신화가 요즘 많이 퍼지고 있는 거 아냐? 그거 들었을 때, 딱 떠오르더라. 갑자기."

도일의 표정이 묘하게 변했다.

"신화?"

"몰랐냐?"

"바깥 일은 그다지 신경 안 쓰니까."

"칠흑왕에 대한 이름이 좀 많이 퍼지고 있어. 행성이나 문명마다 전승되는 형태는 다 다르지만."

"신의 이름은 함부로 정하는 게 아니라고 그렇게 말하고 다녔는데. 하여간."

도일은 자신들의 교리와 정반대로 움직이는 변화에 툴툴대면서도 어딘지 모르게 안도에 찬 모습이었다.

거기에서 칸은 자신의 기억이 확실하다는 확신을 가질 수 있었다.

"너는 언제부터 알고 있었어?"

"형처럼 나도 얼마 안 됐어. 계시를 받은 것처럼 갑자기 떠올랐으니까."

아르티야가 해체된 이후. 도일은 자신에게서 커다란 무언가가 떠났다는 것을 느낄 수 있었다.

자신은 분명히 신관이자, 사도였다. 그런데 자신이 모시는 그 신이 말없이 훌쩍 떠나 버렸던 것이다. 그리고 그 신에 대한 기억은 아무것도 남아 있지 않았다. 이름도, 신화도, 목소리도.

유일하게 남아 있는 것이라면, 신과 자신을 이어 주던 채널링뿐. 하지만 그마저도 부재중이라 항상 노이즈만 잡힐 뿐이었다.

그래서 도일은 허망함을 안고, 칸에게 부탁해서 조용히 은거를 시도했다.

자신이 잃어버린 신을 어떻게든 찾기 위해서. 그리고 그 과정에서 어떤 깨달음을 얻었다. 자신의 신은 부재중인 게 아니라, 만물에 모두 녹아 있다고. 그렇게 그의 신이 세계와 융화되어 있다는 것을 깨닫고, 교리를 뜯어고쳤다. '이름 없는 신' 을 좇는 범신론의 교리는 그래서 탄생했다.

그래도 한편으로는 따로 신을 계속 쫓고 있었다. 왠지 그래야만 할 것 같았기 때문이었다. 섭리와 법칙을 연구하고, 그 너머에 있는 것까지 낱낱이 해체했다. 그러다 보니 보였다. 가려졌던 이름 세 글자가.

"그래서? 그 말 하러 여기까지 온 거야?"

하지만 도일은 굳이 자신이 알아낸 것에 대해서 칸이나 다른 사람들에게 말하지 않았다.

그 역시 나름대로 연우를 어떻게 해야 지각(知覺)할 수 있을까 고민했지만, 좀처럼 쉽지가 않았다. 범신론. 공기처럼 항상 익숙하게 있는 존재를 깨닫는 건 그리 쉬운 게 아니었다.

"그럴 리가. 그놈, 같이 찾으러 가자고 온 거지."

"……방법이 있어?"

사도인 나도 모르는 방법을 찾았다고?

그에 칸은 당당하게 말했다.

"아니. 모르지. 가장 가까운 너도 모르는 걸 내가 어떻게 아냐?"

"장난……!"

"하지만 해 볼 만한 일은 있지."

"뭔…… 데?"

"그놈이 가장 신경 쓸 만한 곳부터 거슬러서 올라가는 거야."

순간, 도일은 그의 말뜻을 알아채고 눈을 크게 떴다.

칸이 무겁게 고개를 끄덕였다.

"맞아. 난 지구로 갈 거다."

* * *

"……죽겠군."

레온하르트는 쓰고 있던 안경을 조용히 탁자에 내려놓으면서 눈두덩이를 가볍게 문질렀다.

그러면서 슬쩍 둘러본 탁상에는 여전히 헤아릴 수도 없을 만큼 많은 서류의 탑이 잔뜩 놓여 있었다.

이것을 전부 체크하려면 시간이 얼마나 필요할까. 레온하르트는 자기도 모르게 쓴웃음을 지었다.

자신의 기력이 날이 갈수록 쇠락해 간다는 건 그 스스로가 가장 잘 느끼고 있었다.

이전엔 잠시 탈각이니 초월이니 하는 것을 이룰까 하는 생각도 있었다. 격이 조금 모자라긴 한다지만, 그것이야 마음만 먹는다면 얼마든지 보충할 방법이 있었다. 하지만 그는 굳이 그렇게까지 오래 살고 싶지는 않았다.

그냥 흐르는 대로, 주어진 대로 살아간다. 늙음이란 고귀한 것이며 죽음이란 고고한 것이다. 끝이 있기 때문에 지금의 삶이 더더욱 아름답고 값진 것이지 않은가. 그것이 평상시 그가 지니고 있는 지론이었고, 그것을 무시하고 싶은 생각은 없었다.

젊은 시절에 왜 그렇게 아등바등 살았는지 아직도 이해가 가지 않을 정도였으니까.

그래도 마지막 남은 미련이 있다면, 그동안 자신이 멍청하게 잊고 있었던 친구이자 은인을 찾고 싶다는 것뿐이었다.

하지만 이처럼 많은 정보들을 검토해 봐도, 도무지 쉽게 결론이 나오질 않았다.

인지에서 완전히 벗어난 그를 지각하려면 대체 어떻게 해야 하는가. 혹은 그를 이곳으로 강제로 끌어오려면 어떤 수를 써야 하나. 당장 자신이 쓸 수 있는 방법은 없었다.

"……그렇다고 가만히 있을 수는 없지."

레온하르트는 결국 자신이 움직이는 것 말고는 답이 없다는 것을 깨달았다. 한평생 똑똑한 머리로 세상을 좌지우지했다고 여겼지만, 사실 따지고 보면 일이 더 잘 안 풀릴 때가 많았다. 그리고 그것을 해결하는 방법은 아주 간단했다.

될 때까지 한다.

따랑.

탁상 위에 놓인 종을 가볍게 흔들자, 밖에서 대기 중이던 시종이 조용히 안으로 들어왔다.

당대에 최초로 4개의 은하와 142개의 문명을 통합하여 만들어진 우주 제국, '라이온 하트(Lion Heart)'의 초대 황제. 그 앞에서 시종은 공손히 고개를 숙였다.

"'문'을 열 준비를 하라."

"어디로 가려 하십니까?"

"지구."

친구의 고향을 입에 담담히 올리는 동안.

레온하르트는 직감적으로 알 수 있었다. 이번이 그의 생에서 마지막 나들이가 되리라는 것을.

*　*　*

"아, 진짜! 이렇게 개판으로 만들어 놓고 또 어디로 가신단 말입니까!"

"지구!"

"그러니까 거기는 또 왜 가냔 말입니다아!"

르 인페르날의 재상, 단탈리온은 정말이지 울고 싶은 심정이었다.

남들은 손꼽히는 초월자 사회의 이인자로 있고, 개인적으로는 무려 36개나 되는 군단을 이끄는 마왕인 그가 무슨 불만이 있겠냐고 따질지도 모르겠지만.

단탈리온은 그런 그들 앞에서도 당당히 말할 수 있었다. 자신만큼 불우한 마왕도 없을 거라고.

우선 그는 무늬만 그럴듯한 이인자로 있을 뿐이지, 위계상 위로 70명이나 되는 마왕을 두고 있었다.

하나같이 말이라고는 귓등으로도 듣지 않고, 툭하면 그를 무시해 대기 바쁜 작자들. 사실 단탈리온이 재상직을 맡게 된 것도, 저들이 전부 귀찮다며 그에게 떠맡기면서 생긴 결과였다.

덕분에 단탈리온은 영지로 가지도 못하고, 300년째 서류 더미에만 파묻힌 채로 살아야 했다.

이래서는 정말 조만간 서류에 압사당해 변사체로 발견되고 말 거다. 단탈리온은 그런 생각이 계속 들고 있었다.

하지만 그를 가장 골치 아프게 만드는 건, 수장으로 있는 이 빌어먹을 작자였으니!

"놓아라. 놓지 않는다면 네놈을 씹어먹을 것이다!"

아가레스. 한 사회의 수장으로 앉아 있으면서도 허구한 날 사고를 치기 바쁜 이 양아치가 있는 한 절대 쉬는 날은 없을 터였다.

"씹어 먹으십쇼! 저도 이렇게는 더 이상 못 사니까!"

"지금 항명을 하는 것이냐?"

"아, 몰라요! 배 째! 수장이라는 사람이 매번 일 내팽개치고 싸돌아다니면 대체 어쩌자는 겁니까! 죽이든 말든 마음대로 하십쇼!"

평소 마왕답지 않게 소심한 단탈리온이었다면, 아가레스가 눈꼬리를 치켜들기만 해도 알아서 꼬리를 말았을 것이다.

하지만 지난 300년 동안 70명도 넘는 상관들 사이에서 이리저리 치여 살며 쌓인 화는 도저히 감당할 수가 없는 수준이었으니.

이제는 정말 아무래도 좋다는 생각밖에는 들지 않았다. 쉬고 싶다. 그런 갈망은 절대 거짓이 아니었다.

"결국 내가 수장이면서도 이렇게 무책임하게 구는 게 문제라는 거군."

아가레스도 결국 단탈리온이 진심이라는 것을 알고 소동을 멈췄다. 광기가 가득하던 두 눈이 갑자기 평온한 바다처럼 잔잔하고 깊어졌다.

순간, 단탈리온의 얼굴에 화색이 돌았다. 이 제멋대로이기 일쑤인 폭군이 드디어 자신의 말을 들어 주려 하고 있었다!

역시 진심은 통하는 걸까. 감격에 찬 나머지 눈가에 눈물마저 그렁그렁 맺히려는데, 아가레스가 엄숙하고 근엄한 말투로 말했다.

"그럼 네가 해라."

"예? 무슨……?"

"여기 수장."

[아가레스가 악마의 사회, '르 인페르날'에서 탈퇴했습니다!]

[후임으로 단탈리온을 임명하였습니다!]

"……!"

단탈리온은 전혀 생각지도 못한 상황에 패닉 상태에 빠지고 말았고.

아가레스는 바로 그 틈을 타 후다닥 궁정을 빠져나가고 말았다.

가자, 댕댕아!

멍!

멀리서 그런 소리도 들린 것 같았다.

"아아아악!"

결국 단탈리온은 제정신을 차렸을 때, 관자놀이를 쥐어뜯으면서 비명을 질러야만 했다.

*　　*　　*

올림포스의 궁정.

"이봐, 누이."

"왜 그래? 또 아레스랑 헤라클레스가 무슨 사고라도 쳤어?"

헤르메스는 서류 더미에 파묻혀 있다 말고, 신경질적인 얼굴로 고개를 드는 아테나를 보면서 자기도 모르게 헛웃음을 흘리고 말았다.

하여간 자신의 누이는 까칠함의 대명사란 말이지. 저러니 헤라는 물론, 포세이돈과도 툭하면 싸워 댔던 것이겠지만.

'저러고 막내 숙부들한테는 어떻게 그렇게 평온했는지 모르겠단 말이지?'

물론, 이 말을 입 밖으로 꺼냈다가는 맞아 죽을 게 분명했기에 굳이 언급하지 않았다.

'그나저나…… 막내 숙부 '들' 이라. 익숙하면서도 어색하군.'

자신이 말을 걸었던 것도 전부 이것과 관련 있는 것이었기 때문에, 헤르메스는 곧장 본론으로 들어갔다.

"비슷해."

"비슷하다니?"

"두 놈, 방금 지구로 넘어갔거든."

"뭐? 거긴 왜?"

아테나의 눈빛이 살짝 날카로워졌다.

지구는 올림포스에 있어 여러모로 애증의 대상이었다. 크로노스와 레아가 그곳에 살고 있기 때문이었다. 우주의 법칙을 관장한다는 데우스 엑스 마키나도 지구 출신이기도 했고.

"두 놈만 그런 게 아니야. 요즘 아르티야의 녀석들이 전부 그곳으로 몰리고 있어. 얼마 전에는 아가레스와 펜리르도 넘어갔고."

"……전쟁이라도 치르려는 건가?"

아르티야의 옛 멤버들을 생각해 본다면 당장 떠올릴 수 있는 생각이었다.

헤르메스는 어깨를 으쓱거렸다.

"그럴 리가 있나. 확인을 하러 가고 싶은 거겠지."

확인.

그 단어가 아테나의 가슴을 무겁게 짓눌렀다.

사실 그녀도 조만간에 지구로 넘어갈 생각이긴 했었으니까.

아테나는 가볍게 한숨을 내쉬었다.

"할아버님께서 상당히 화가 많이 나시겠는데."

크로노스가 지구에 정착한 뒤로 성격이 많이 차분해졌다는 소문이 올림포스 내에 무성하다지만, 그래도 한때 우주를 떠들썩하게 만들었던 그 성정이 어디로 가는 건 절대 아니었다.

더군다나 요즘 그들 가족이 겪고 있는 상황을 고려해 본다면, 무슨 사달이 벌어져도 절대 이상하지 않았다.

"그러니 우리가 어떻게든 풀어 드려야지."

아테나는 결국 쥐고 있던 펜의 뚜껑을 닫고 조용히 자리에서 일어났다.

*　　*　　*

'역시……. 화, 단단히 나신 거 맞네.'

아테나가 지구로 건너온 순간, 가장 먼저 든 생각이었다.

평상시라면 손녀와 손자가 왔다고 기뻐하면서 아테나와 헤르메스를 맞아 줬을 크로노스였지만.

지금은 전혀 그럴 겨를이 없어 보였다.

시뻘겋게 달아오른 얼굴에서 억지로 분노를 삭이고 있다는 것이 훤히 보일 정도였으니까.

그도 그럴 것이…….

치이익!

"야! 고기 타잖아! 그거 하나 제대로 못 뒤집냐?"

"무슨 소리야! 원래 이거 네가 하던 거잖아!"

"나 지금 고기 손질하는 거 안 보여? 손이 열 개라도 부족하겠구만! 좀 제대로 해!"

"이거 네메르산, 육질 좋은 고기. 얻다 두면 돼?"

"여기, 여기!"

시끌벅적.

웅성웅성.

크로노스가 레아와의 새로운 신혼 생활을 위해서 만든 3

층짜리 양옥의 마당은…… 온통 많은 사람들로 북적대면서 도저히 조용해질 기미를 보이지 않았다.

대체 어디서 조달한 건지, 번개탄이며 숯까지 가져와서 불을 피워 대고, 고기 굽고, 뒷마당에 있는 텃밭에서 허락 없이 상추와 깻잎을 뽑아 대고.

그동안 고생고생해서 가꿨던 정원은 그야말로 순식간에 개판이 되고 말았다.

물론, 단순히 문제가 손님들이 쳐들어와서 집안을 아작 내는 정도라면 아무래도 상관없었다.

그런 거야 그냥 칼 몇 번 휘둘러서(?) 내쫓아 버리면 그만이었으니까.

말을 안 들으면 들을 때까지 패 버리면 그만이었고.

하지만 문제는.

응애! 응애!

한 시간 넘게 씨름해서 겨우 잠재웠던 막내가 잠에서 깨버렸다는 점이었다.

"이 새끼들아, 놀 거면 좀 딴 데 가서 처놀아! 우리 애기 깨잖아!"

이제 신위가 거의 다 회복되면서 진언(眞言)이 아닌 육성으로 목소리를 낼 수 있게 된 크로노스는 이 반갑지 않은 손님들에게 제발 꺼져 달라고 소리쳤다.

순간, 고기를 굽고 있던 칸과 도일의 시선이 그쪽으로 돌아가고, 레온하르트는 계면쩍은 얼굴로 볼을 긁적였다.

아가레스와 펜리르는 귓등으로도 듣지 않는 눈치였다. 그저 아레스와 헤라클레스만 멀뚱히 서서 눈동자를 데구루루 굴릴 뿐.

그러나 결국 그 자리에 있던 이들 누구도 크로노스의 말을 듣지 않았다.

어떻게든 눈치 보고 뭉그적대면서 여기에 눌러앉으려는 낌새가 너무 잘 보였다.

응애애애!

"아, 좀!"

아테나는 그런 크로노스를 보면서 쓴웃음을 지을 수밖에 없었다.

아무리 자식을 많이 낳고 키웠어도, 막상 다시 육아를 시작하면 사람이 저렇게 피폐해지는구나 싶었으니까.

사실 그녀도 처음 '고모'라고 불러야 하는 존재가 하나 더 생겼다는 말을 들었을 때는 얼마나 까무러치게 놀랐는지 모른다.

크로노스와 레아가 열심히 깨를 볶아 대는 거야 이제 모르는 사람이 없다지만, 그래도 참 대단하시다 싶었으니까.

'능력도 참 좋으시지…….'

가뜩이나 데우스 엑스 마키나만 하더라도 어떻게 받아들여야 하나 올림포스 내에서 아직도 의견이 분분한데, 여기에 새로운 상관(?)이 하나 더 추가되었단 소식에 모두가 하나같이 비명을 질렀었다.

아직 크로노스와 완전히 화해는 하지 못했던 포세이돈 등은 너무 나이 차가 많이 나는 막냇동생이 생겼단 소식에 묘한 느낌(?)을 받아야만 했고.

하지만 그들이 어떤 생각을 하든.

크로노스와 레아는 '부활'을 이룬 뒤에도 딱히 올림포스에 관여를 한 적이 없었고, 마찬가지로 올림포스에서도 자신들에게 개입하지 않도록 철저하게 선을 지켜 왔기에 큰 문제는 없었다.

그래도 사적으로 크로노스 부부와 친분을 유지하고 있는 아테나로서는 아직 첫돌도 지나지 않은 막내 고모가 참 신기하게만 여겨질 따름이었으니.

크로노스가 저렇게 예민하게 구는 것도 이미 몇 번씩이나 봤기 때문에 아주 익숙했다. 하지만 익숙함과는 별개로 볼 때마다 내심 놀라웠다.

명성보다 악명이 더 높은 신왕이 정말 맞나 싶을 정도였으니까.

"그래. 내 말은 콧구멍으로도 안 듣는다, 이거지? 오냐.

들을 때까지 한번 칼부림해 보자."

크로노스는 결국 최후의 수단으로 신력을 잔뜩 끌어 올렸다. 쿠쿠쿠, 미약하게나마 다시 땅이 흔들렸다.

마당에 있던 아르티야의 멤버들도 하나같이 크로노스가 진심으로 살의를 드러내려 한다는 사실에 잔뜩 긴장하는데.

응애애!

다시 아기 울음소리가 터졌다.

"애들처럼 굴지 말고 어서 안 들어와? 기저귀 가져와! 얼른!"

"……넵!"

뒤이어 레아의 잔소리까지 날아오자, 크로노스는 재빨리 신력을 거두면서 후다닥 집으로 들어갔다.

영락없이 육아에 쫓기는 아빠의 뒷모습이었다.

아르티야의 멤버들을 비롯해 모든 사람들이 그 광경을 보면서 가볍게 웃음을 터뜨리는 가운데.

'……어?'

아테나도 똑같이 웃다 말고 갑자기 고개를 위로 번쩍 들었다.

아르티야 멤버들 사이로…… 흐릿하게나마 다른 사람이 섞여 있었으니까.

그 사람은 검은 동공에 검은 눈동자를 하고 있었다.

데우스 엑스 마키나와 똑같은 생김새였지만, 그와 달리 검은 코트를 입고 있어 분위기가 전혀 달랐다.

"숙…… 부님?"

아테나가 그를 가만히 불렀고.

다른 사람들 틈에서 웃고 있던 그도 살짝 놀라 이쪽으로 고개를 돌렸다.

그러다.

피식!

그는 아테나를 보면서 가볍게 한 번 웃어 주고는 바람이 되어 사라졌다.

환영이라고 여겨도 전혀 이상하지 않을 광경이었지만.

아테나는 한참 동안 제자리에 못 박힌 듯이 서 있어야만 했다.

그가 사라지기 전에 입술을 달싹이며 했던 말이 아직도 그녀의 눈앞에 아른거렸으니까.

기억해 줬구나.

고맙다.

그 순간, 아테나는 깨달았다.

그동안 잊고 있었지만, 이제는 하나둘씩 기억하기 시작한 그가 돌아올 날이 얼마 남지 않았다고.

그래서 한동안은 여기서 머물러야겠다고 생각했다.

아마 다른 멤버들도 같은 생각일 것이다.

그들이 오랜만에 모여 이렇게 바비큐 파티를 하고 있는 건, 전부 그가 돌아왔을 때 가장 먼저 이곳을 찾으리라고 여기기 때문이었으니까.

* * *

[인지가 시작됩니다!]

[의미가 부여됩니다.]

[규정이 확립됩니다.]

……

['꿈'이 현실과 동화되기 시작합니다. '꿈'과 현실의 경계가 열어집니다.]

['글레'에서 축이 완전히 사라집니다.]

……

[여러 관측에 따라 미시 세계가 각 관측에 맞는 다양한 형태로 변화합니다.]

[여러 정의에 따라 거시 세계가 각 정의에 맞는 다양한 형태로 변화됩니다.]

[시간 좌표가 분화합니다.]

[공간 좌표가 굴절됩니다.]

[세계점(世界點)이 증가합니다!]

……

[일직선상에 놓인 세계점이 하나의 궤적으로 연결됩니다.]

[세계선(世界線)이 생성되었습니다.]

……

[인지와 규정의 정도에 따라 세계선에 변화가 벌어집니다.]

[일부 세계선이 분화합니다.]

[일부 세계선이 역전합니다.]

[일부 세계선이 삭제됩니다.]

[일부 세계선이 합쳐집니다.]

……

[곳곳에서 칠흑왕이 관찰되기 시작합니다!]

[데우스 엑스 마키나가 세계선을 자신의 법칙과 연결하기 시작합니다.]

[칠흑의 '꿈'과 데우스 엑스 마키나의 법칙이 맞물립니다!]

찰칵—

어디선가 그런 소리가 들리는 것 같았다.

* * *

[심연에 접속했습니다.]

차정우는 눈을 떴다.

'이런 곳에 계속 있었나, 형은?'

발아래에는 푸른 빛깔을 내는 거대한 강이 마치 은하수처럼 칠흑을 가르면서 굽이치고 있었다.

차정우는 저것이 바로 '영혼의 강'이라는 것을 알 수 있었다.

윤환전생의 시스템을 관장한다는 세계수는 바로 여기에 뿌리를 두고 있다. 환생하고자 하는 영혼이 있으면 여기서 빨아들여 열매로 맺히게 하고, 열매가 수명이 다하게 되면 저절로 강에 떨어져 다시 다른 영혼들처럼 강을 이루게 된다.

지성체라면 누구나 간직하고 있다는 집단적 무의식의 원형이라 할 수 있는 곳이기도 했으니.

또한 이제는 '꿈' 이니 '굴레' 니 하는 개념이 사라져 버린 현 우주의 뿌리, 그 자체라고도 할 수 있었다.

차정우는 하늘 날개를 활짝 펼쳐 그 강을 따라 이동했다.

도도한 강줄기는 여느 강이 그러하듯이 도중에 수없이 많이 갈라지고, 또 어디선가 흘러온 다른 강줄기와 합쳐지는 등, 거미줄처럼 복잡한 형태를 띠고 있었다.

그리고 강줄기 사이사이에는 호수 같은 웅덩이가 곳곳에 맺혀 있었으니. 강줄기가 도중에 방향을 바꾸면서 만들어진 호수.

차정우는 이것을 '세계점' 이라고 불렀다.

그 자체만으로도 이미 새롭게 가능성을 품고, 독자적으로 굴러가기 시작한 우주이기도 했다.

"이 새끼들아, 놀 거면 좀 딴 데 가서 처놀아! 우리 애기 깨잖아!"

"우리 아버지, 나이를 계속 드셔도 참 걸걸하시단 말이지."

차정우는 그 세계점에서 보이는 사건을 힐끗 엿보고 피식 웃고 말았다.

이 나이에 동생이라니. 아버지와 어머니가 알콩달콩하게 지내시는 모습을 보고 혹시나 했던 우려가 진짜 현실이 되어 버렸다. 세샤는 어떤 표정을 짓고 있을지 궁금하기도 했다.

그리고 한편으로, 이제는 하나둘씩 연우를 기억하기 시작하는 사람들이 생긴다는 사실이 그를 두근거리게 만들었다.

우주를 건너고, 세계를 뛰어넘으면서 차정우는 그동안 더 많은 사람들이 칠흑왕에 대해 '인식' 하기를 바랐다.

그가 퍼뜨린 신화가 세월에 따라 다양한 해석을 갖추고, 정의하며, 규정하는 동안 칠흑왕의 모양도 다양하게 변할 거라고 여겼기 때문이었다.

그리고 그의 바람대로.

사람들이 칠흑왕에 대해 다양하게 받아들이고 해석하면서…… 세계는 분화하기 시작했다.

그 규정에 따라 칠흑왕이 수많은 형상을 갖추게 되니, 그 형상에 맞춰서 세계도 저마다 다양한 형태를 띠기 시작한 것이다.

그것이 바로 세계점의 탄생이었다.

어떤 세계점에선 칠흑왕이 옛 영웅이었다. 어떤 세계점에서 칠흑왕은 철학적 개념이었고, 또 어떤 세계점에서 칠흑왕은 논의조차 되지 않는 허상이었다.

그런 세계점들은 저마다 비슷한 특징을 지닌 것들끼리 '평행 우주' 라는 개념으로 묶여서 동일한 선상에 놓이고, 하나의 궤적으로 연결되어 세계선이 되었다.

그렇게 탄생하게 된 세계선이 다시 분리되고, 삭제되고, 합쳐지기를 반복하면서 무한대로 퍼져 나갔으니……!

차정우는 헤아릴 수도 없이 많은 세계선을, 그리고 그 세계선을 구성하는 세계점들을 일일이 방문했다.

그 모든 곳에 칠흑왕이 있었으니. 거기서 칠흑왕이 어떤 형상을 띠고 있느냐에 따라서 그의 거류 여부도 결정되었다.

거기서 차정우가 찾고자 하는 것은 딱 하나였다.

차연우라는 형상을 갖추고 있는 칠흑왕이 있는 세계.

너무나 천문학적인 확률이었고, 과연 존재할 수나 있을까 싶은 세계였지만.

차정우는 이 많은 세계선 중에 그런 '우연' 에 '우연' 이 수도 없이 겹쳐진 세계가 있을 거라고 믿어 의심치 않았다.

그리고 실제로 목적지에 점차 가까워지고 있었으니.

차정우는 저 멀리까지 이어지는 강들을 따라 더더욱 날갯짓에 속도를 더했다.

*　*　*

'얼마나 여기에 있었던 거지?'

연우는 자신의 그런 의문 따위는 아무 의미가 없을지도 모르겠다고 생각했다.

바깥세상과 이쪽 세상의 시간 흐름은 너무나 달랐으니까. 아니, 여기에는 시간이라는 것이 아예 없었으니까.

'천마는 이런 걸 계속 겪고 있었단 건가? 정말이지, 못할 짓이군.'

연우는 내심 천마에 대해서 다르게 평가할 수밖에 없었다. 이런 지루함을 어떻게 견뎌 낼 수 있었던 건지.

칠흑왕의 자아가 왜 하나로 고정되어 있지 못하고 항상 분열되고, 다른 마성을 외부로부터 받아들이는지를 알 것 같았다. 맨정신으로는 버틸 수 없으니까.

그리고 '꿈'에서 계속 깨어나려는 이유도 알 것 같았다. 자신이 바로 그런 '꿈'을 꾸고 있는 상황이 아닌가.

계속 잠들고 또 들어도, 결코 끝나지 않는 잠이라면.

아무리 거대한 존재라 할지라도 미쳐 버릴 수밖에 없을 테니까.

결국 여기까지 다다랐구나. 키키킥! 정말이지, 그 애송이

가 이렇게까지 클 줄이야. 대단해.

언제였더라.

연우가 한창 마성들을 지우고 다녔을 때, 한 녀석이 죽어 가면서 그런 말을 던졌었다.

연우의 눈에는 그놈이 다 그놈으로 보일 뿐이었지만.

그 말을 던진 녀석만큼은 누군지 쉽게 알아볼 수 있었다.

칠흑의 늪에서 발견되어 아버지 크로노스부터 자신에 이르기까지, 그들 부자(父子)를 수도 없이 괴롭혀 댔던 그놈.

크로노스가 깨어나면서 베어 버리긴 했다지만, 심연에서는 찾을 수가 없어서 사라졌겠거니 하고 여기고 있었는데.

사실은 그를 피해 수많은 마성이 군집해 있는 곳에 숨어 있었던 모양이었다.

아무래도 강해진 연우가 보복할 것이 두려웠겠지. 당시 연우는 녀석에게 단단히 이를 갈고 있었으니까.

하지만 문제가 있다면 연우가 현인—이블케를 제거한 것을 시작으로 마성들을 통합하기 시작했다는 점이었고.

그렇게 마성들이 하나하나씩 소거되다 보니, 놈은 결국 연우를 마주칠 수밖에 없었다.

연우는 저항하려던 녀석을 아주 쉽게 제압했다. 이미 녀석과 자신 사이엔 비교를 하려 해도 도저히 그럴 수가 없는 격차가 있었다.

나도 그럴 때가 있었지. 네놈처럼. 모든 걸 다 이뤄 낼 수 있을 거란 착각을 하던 때가!

지금은 기억도 잘 나지 않지만, 나에게도 부모가 있었고, 아내가 있었고, 자식이 있었다.

돌아가고 싶었다.

그런데 아무것도 못 했지.

왜냐고?

이 빌어먹을 저주의 굴레는 도저히 끝날 기미도 보이지 않았으니까!

결국 녀석도 저항은 무의미하다고 생각했던지, 죽어 가면서 고래고래 소리를 질러 댔다.

분명히 눈은 없었지만, 어쩐지 두 눈이 붉게 충혈된 것 같다는 느낌을 받았었다.

그래서 결국 나도 마모되어 다른 나처럼 되고 말았다!

그리고 그건 나뿐만이 아니다! 다른 나도 마찬가지!

그런데 '너'는 이제 다른 나들도 전부 해치우고, '너' 혼자가 되려 하는구나.

너.

연우는 심연 속에서 그 단어가 참 낯설게 느껴졌다.

영원과 억겁을 살아가는 마성들은 심연 속에서 절대 자타(自他)를 구분하지 않았다.

심지어 그 범주에는 '언젠가' 칠흑으로 귀속될 예정인 미래의 집행자도 같이 포함되었다.

현인—이블케조차도 언젠가 연우가 마성들과 뒤섞일 것을 알고, 레아와 싸움을 치르면서 연우를 가리켜 '나'라고 칭하지 않았던가.

그런데 녀석은 연우를 '나'라고 표현하지 않고, '너'라고 말했다.

그만큼 스스로는 자신을 죽이려 드는 연우를 구분 짓고 싶은 마음이 컸겠지만.

한편으로는 칠흑이라는 제약에 결국 종속되고 말았던 자신들과 다르게, 아무리 마모되어도 끝까지 저항하고자 발버둥 치는 연우의 모습이 전혀 낯설게 느껴졌기 때문이었다.

이런 저주에서, 속박에서, 굴레에서…… 이제 너는 혼자 남게 될 것이다.

시간도 흐르지 않고, 몸을 누일 공간도 없으며, 이야기를 나눌 대상도 없는 이런 더럽게 넓고 아무것도 없는 곳에 너 혼자만이 남게 되는 것이다!

여기서는 죽을 수조차도 없지. 네가 죽음, 그 자체니까. 미칠 수도 없다. 그것도 한낱 미몽으로 끝나 원래대로 되돌아와 버릴 테니까.

천마는 뻗어 나가는 빛이기에 자신의 존재를 세계에다 강제로 새기고, 자신의 껍질이나마 저 밑에다 심어 겨우 외로움이라도 달랠 수 있었다지만.

너는 그러지도 못하는 한낱 어둠이 아니냐? 가라앉고, 또 가라앉지. 너의 가족들은 빛을 볼 수 있을지언정, 어둠은 보지 못할 것이다. 아무도 알아보지 못하는 칠흑이기에 결국 세계 밖에서 손가락만 빨고 너의 가족들을 지켜봐야만 할 것이다.

그토록 많은 타계의 신들이 어째서 세계와 우주의 외곽을 떠돌아다니기만 해야 했던가.

왜 창조의 은혜에서 벗어나 그네들끼리만 뭉치고, 존재는 계속 마모되기만 했던가.

전부 '밖'에 놓여 있었기 때문이었다.

그리고 너 역시 '밖'에 놓이게 될 테니. 아니, 그보다 더 먼 '밖'에 놓여 아무도 너를 보지도, 듣지도, 기억하지도 못할 테니. 외롭고 또 외롭겠구나.

마성은 계속 죽어 가면서도, 활자를 쉴 새 없이 쏟아부으며 그렇게 마지막까지 연우를 저주했다.

너는 외로울 것이다. 마지막까지.

그렇게 녀석은 사라졌다.

하지만 연우는 그런 저주를 듣고도 콧방귀만 뀔 뿐이었다.

아니, 오히려 거기서 희망을 발견할 수 있었다.

녀석은 모를 것이다. 그 자신은 별생각 없이 뱉었던 '너'와 '나'의 구분이, 연우에게는 또 다른 의미가 되었다는 것을.

"그래. 나는 너희들이 말하는 '나'가 아니지. 완전히 달라질 거니까."

시간의 구애라는 것이 없는 녀석이 내뱉은 구분법은 애당초 연우가 그들과는 전혀 별개의 존재가 될 거란 의미였으니.

그때부터 연우는 더더욱 마성들을 흡수하는 데 박차를 가했고, 드디어 마지막까지 다다를 수 있었다.

[모든 마성을 흡수하는 데 성공했습니다!]

[완전한 칠흑왕이 되었습니다.]

[현재 상태: 칠흑왕]

연우는 순간 자신을 둘러싼 모든 칠흑과 심연의 공간이 자신에게로 완전히 귀속되는 것을 느낄 수 있었다.

그리고 시간과 공간, 흔히 프네우마와 퀴리날레로 구분되던 제약에서 완전히 벗어나는 것까지도.

비록 자아를 유지하기 위해 여전히 차연우의 형상을 아바타(Avatar)로 유지하고 있지만, 실상 이런 형체의 구분 따위는 이제 그에게 전혀 필요 없는 것이었다.

하지만.

반대로 연우는 의식이 이곳에 완전히 갇혔다는 사실도 깨달을 수 있었다.

마치 단단한 껍데기에 가로막힌 것처럼.

예전에는 우회로를 확보해서 밖으로 의념을 내보낼 수 있었던 것과 달리, 이제는 그럴 수 없었다.

칠흑왕, 그 자체가 되었기 때문에 그런 편법이 불가능했던 것이다.

물론, 완전히 의식을 깬다는 게 불가능한 건 아니었다.

무리한다면 심연에서 벗어나 의식을 외부로 팽창시킬 수 있겠지.

그리고 실제로 마성들은 이 지루함과 답답함을 이기지 못하고 매번 일어나려 애썼을 것이다.

하지만 그 뒤에는?

'완전히 깨 버리겠지. '꿈' 에서.'

잠에서 일어난다는 건, 결국 '꿈' 을 버린다는 뜻이니. 그때는 세계와 우주도 같이 무너져 내릴 것이다.

그리고 그 뒤에는.

[천마가 밖에서 당신을 살피고 있습니다.]

아마도 천마와 다시 한바탕 붙겠지.

연우는 이전의 칠흑왕이 그러했던 것처럼 그리 호락호락하게 잠들지는 않을 거란 생각은 갖고 있었다.

비효율적이던 옛 칠흑왕과 달리, 자신은 힘을 쓰는 법을 알고 있었으니까.

하지만 그럼 무엇할까?

그곳에는 자신이 원하는 사람들이 없을 텐데.

[태초 이전부터 현재에 이르기까지, 아무도 해낼 수 없었던 위대한 업적을 달성하였습니다.]

[지금부터 당신은 여러 가지 선택을 할 수 있습니다.]

[칠흑왕으로서의 입장을 선택하는 것입니다.]

[기존의 칠흑왕이 하던 대로 '꿈'을 계속 꿀 수도 있고, 반대로 '꿈'에서 빠져나오려 노력할 수도 있습니다.]

[단, 이때 후자를 선택한다면 천마가 당신을 다시 잠재우려 들 것입니다.]

[하지만 전자를 선택할 경우, 당신의 존재는 점차 세계의 인식에서 벗어나 논외의 존재가 될 것입니다.]

[혹은 제3의 길을 개척할 수도 있습니다.]

[무엇을 선택하시겠습니까?]

연우는 이 메시지들이 전부 천마가 보내는 것이라고 생각했다.

아마도 선택을 하라는 뜻일 테지.

여기서 어떤 입장을 취할 것인지를.

그리고 빌어먹게도, 천마는 연우가 어떤 선택을 내릴 것인지를 이미 알고 있었다.

애당초 연우가 바라던 것이기도 했고.

[제3의 길을 선택하였습니다!]

[당신은 다시 한번 더 새로운 길을 개척하기로 결정하였습니다.]

[그 길은 험난할 것이며, 고난으로 가득할 것입니다.]

[그 길에 축복이 함께하기를.]

천마답지 않게 참 어울리지도 않는 짓을 한다고 생각하면서.

연우는 크게 숨을 고른 뒤, 새로운 변화를 시도했다.

초월(超越)을!

['하데스의 식령검'이 칠흑과 심연을 모두 흡수하기 시작합니다!]

[존재를 삼킵니다. 1, 2%…… 5%……]

[소화가 시작됩니다.]

[융화가 이뤄집니다.]

[변이가 개시됩니다.]

……

[초월이 시작됩니다!]

찰칵—

찰칵—

연우는 이제 더 이상 마성이 아닌 칠흑왕이라는 존재를 전부 잡아먹고자 했다.

탈각은 존재의 틀을 깨는 것이고, 초월은 그것을 한 번 더 뛰어넘는 것이니.

연우는 칠흑왕이라는 존재를 구성하던 요소들을 낱낱이 해체하고, 그것을 완전히 체화(體化)하고 조립하여, 완전히 자신이 원하는 입맛대로 바꿔 놓을 생각이었다.

헤아릴 수도 없을 만큼 까마득한 세월 동안, 세계의 밑바닥에 고정되어 가만히 정지되어만 있던 칠흑이 처음으로 변화하려는 순간이었다.

[칠흑이 움직입니다.]

[칠흑이 움직입니다.]

……

다만, 여기에는 심각한 문제가 있었다.

칠흑왕을 이루는 크기가 워낙에 방대하기 때문에 초월…… 즉, 변이를 이루는 속도가 너무나 치명적일 정도로 느리다는 것.

어쩌면 마성들을 상대하고 흡수하던 것보다 훨씬 긴 시간을 필요로 할지도 모르는 일이었다.

아니, 오히려 싸울 때가 더 나을지도 몰랐다. 그때는 싸움에 지칠지언정 지루할 틈은 없었으니까.

하지만 이곳에는 철저하게 그 혼자였다. 홀로 마음을 다잡아 가면서 꿋꿋이 이 작업을 수행해야만 했다.

여기서 의지가 조금이라도 흐트러진다면, 모든 게 허사로 돌아갈 수 있었다.

쉬지 않고, 계속 달려야만 하는 것이다.

천마도 과거에 이런 순간들을 겪어 왔기에 연우를 응원

했던 것이겠지.

'그래도…… 한다.'

가족들에게 되돌아가기 위해서라도.

콰득, 콰득!

하데스의 식령검이 칠흑을 뜯어먹는 소리만이 구슬프게 울렸다.

*　　*　　*

[변이의 속도가 느려집니다. 22, 23, 24%……]

진행 속도는 시간이 갈수록 빨라지기는커녕 오히려 더 더뎌져만 갔다.

그래도 연우는 참고 또 참았다.

기다림 따윈, 원래 자신의 주특기가 아니던가?

*　　*　　*

[변이의 속도가 더 느려집니다. 35, 36, 37%……]

더뎌지고.

[변이의 속도가 더욱더 느려집니다. 47, 48, 49%…….]

더 더뎌졌다.

*　*　*

[변이의 속도를 측정할 수 없습니다. 51%.]

절반이 조금 넘었을 때, 변이는 더 이상 속도가 나지 않았다. 느릿하게나마 진행은 되고 있었지만, 거의 정지된 것이나 다름없는 수준이었다.

연우는 마음이 조급해졌다. 여태껏 속도가 계속 느려지긴 했지만, 그래도 변이는 꾸준히 이뤄지고 있어서 별다른 걱정을 하지 않았는데. 이제는 그조차도 이뤄지질 않았으니.

그래서 연우는 어떻게든 원인을 찾고자 했다. 잘못된 부분을 찾아야 수정하거나 보완해서 다시 진행을 이어 나갈 수 있을 테니까.

문제는 이 거대한 칠흑에서 그 사소한 결함을 어떻게 찾느냐는 것이었지만…… 그에게는 이것 외에 다른 방법이 없었다.

너는 외로울 것이다. 마지막까지.

언뜻 마성이 했던 말이 마음을 무겁게 짓눌렀지만, 이를 악물고 버텨 냈다.

*　　*　　*

원인을 찾았다.

그런데 그 원인이라는 게…… 너무 허망할 정도로 보잘것없었다.

51%의 변이를 이뤘던 것만큼이나 긴 시간을 소요해서야 겨우 찾을 수 있었을 만큼 아주 사소한 것이었으니까.

차연우라는 존재의 인격.

그것이 칠흑왕의 변이를 막는 유일한 걸림돌이었다.

하지만 그렇다고 해서 나라는 존재를 죽여서야 본말전도가 되는 셈이 아닌가.

연우가 변이를 시도한 것은 어디까지나 살고 싶어서였지, 그렇게 덧없이 사라지고 싶어서가 아니었다. 만약 그랬다면 진즉에 이대로 칠흑 속에 깔려 눈을 영영 감았을 것이다.

그러던 그때였다.

철커덩!

기기긱—

분명히 아무것도 닿지 않아야 할 칠흑의 바깥에서. 다른 거대한 무언가와 강제로 끼워지는 듯한 소리가 난 것이.

[데우스 엑스 마키나의 톱니바퀴가 칠흑에 맞물리는 데 성공했습니다.]

톱니바퀴?

연우는 자기도 모르게 고개를 위로 들었다. 위아래의 구분이 없는 공간이었지만, 자기도 모르게 반사적으로 나온 버릇이었다.

메시지가 떠오르고 있었다.

[데우스 엑스 마키나의 톱니바퀴가 돌아가면서 정지했던 칠흑이 당시 강제로 돌아가기 시작합니다.]

[멈췄던 변이가 재시작됩니다.]

연우는 기함을 터뜨리고 말았다.

자신의 인격이라는 걸림돌이 있는데 다시 변이가 시작된다고?

그것도 단순히 밖에서 돌리고 있다는 이유만으로?

그게 가능한가 싶었지만, 어찌어찌 가능하긴 한 모양이었다. 덩치 차이가 있어서 너무 느릿하긴 했지만, 그래도 다시 칠흑이 움직이기 시작했다는 게 중요했다.

대체 데우스 엑스 마키나가 뭐기에……?

'정우!'

연우는 뒤늦게 의념을 바깥으로 투사했다가, 그것이 동생이라는 것을 깨닫고 입술을 꾹 다물고 말았다.

자신을 기억해 달라던 말을 잊지 않고 기어코 여기까지 찾아와 준 모양이었다.

그것이…… 너무 고마웠다.

[변이에 다시 속도가 붙습니다. 51.1%.]

*　　*　　*

데우스 엑스 마키나와 맞물리기 시작한 이후부터는 일사천리였다.

[칠흑을 둘러싸고 있던 껍데기가 점차 약해지기 시작합니다.]

[의념을 집중합니다.]

[의념을 집중합니다.]

……

[데우스 엑스 마키나와 연결된 우회로가 형성되었습니다.]

[의념을 조금씩 바깥으로 흘려보낼 수 있습니다.]

연우의 의식은 기나긴 잠 때문에 칠흑왕이라는 존재 안에 아직 단단히 갇혀 있어, 조금이라도 바깥에다 자신의 의사를 보내기 위해서는 새로운 통로가 필요했다.

다행히 칠흑과 맞물린 데우스 엑스 마키나가 그런 역할을 해 주었다.

그리고 그곳을 통해서. 연우는 자신이 칠흑이 있는 동안 바깥이 얼마나 변했는지를 알 수 있었다.

'‘꿈’ 이 계속 분화하고 있구나.'

연우도 어느 정도 방식만 생각해 뒀을 뿐, 도저히 엄두가 나질 않았던 기현상(奇現象)이 벌어지고 있었다.

세계의 분화(分化).

천마와 칠흑왕이니 '꿈'이니 '굴레'니 하는 개념은 이제 완전히 끝나 있었다.

대신에 그런 '꿈'과 '굴레'가 계속 증가하고 있었다. 서로 닮은 듯하지만, 어딘지 모르게 다 다른 모습을 한 세계들.

칠흑왕이라는 존재를 규정하는 것에 따라 세계가 저마다 다른 모습을 띠고 있었던 것이다.

칠흑왕이 구원의 영웅으로 받아들여진 세계에서는 강한 힘이 숭상을 받아 약육강식의 세계가 열려 있었다.

칠흑왕을 단순한 개념으로 받아들인 세계는 마법이 발달해서 용종이 다른 어느 때보다 번성하고 있었고.

칠흑왕이 잊힌 세계에서는 그냥 평범하고 조촐한 문명이 번성하고 있었다.

동일한 시작점을 가지고 있었지만, 각각 다른 역사적 사건들이 전개되어 개변(改變)이 이뤄진 세계들. 그런 선택이 누적되면서 저마다 다른 모양을 하게 된 세계들이었다.

어떤 세계와 어떤 세계는 모습이 거의 비슷한 평행 우주라 할 만했고, 또 어떤 세계와 어떤 세계는 정말 같은 시작점에서 출발한 게 맞나 싶을 정도로 이질적인 형태를 띠고 있어서 다중 우주에 가까웠다.

그런 우주와 세계들이 많아도 너무 많아서, 연우로서도 헛웃음이 나올 수밖에 없었다.

'이전에는 그냥 '굴레' 만 신경 쓰면 됐을 텐데……. 저것들 일일이 다 관리하려면 천마도 꽤나 머리 아프겠군.'

그리고 연우는 그것이 차정우의 의도라는 것을 알 수 있었다.

저렇게 무수히 많은 우주와 세계를 확보해 놓는다면, 그중 어디 하나에는 칠흑왕이 '평범한 인간' 으로 받아들여져 '차연우' 라는 이름으로 살아가는 세계도 있을 수 있지 않을까?

0.000001%도 안 되는 확률이라 할지라도…… 무한대로 존재하는 세계에서 입맛에 맞는 곳은 하나쯤 있을 테니.

도저히 말도 안 되는 짓이었고, 말도 안 되는 스케일인 듯했지만.

공간을 다루는 것이야 녀석이 잘하는 짓이니, 어련히 알아서 잘하지 않겠냐는 생각이 들었다.

아니, 오히려 그렇기에 더더욱 동생답다는 생각도 들었다.

원래 이딴 말도 안 되는 미친 짓을 동생은 줄곧 잘도 해오지 않았던가.

그러면서도 연우는 동생이 너무 고마웠기에 가슴이 미어졌다.

그리고.

그렇기에 더더욱 다짐했다.

아무리 자신의 존재가 칠흑의 초월에 있어서 걸림돌이 된다고 할지라도.

지금까지 그러했던 것처럼 기다리고 또 기다려서 어떻게든 돌파구를 마련할 것이라고.

*　　*　　*

[변이가 다시 활발하게 이뤄지는 중입니다. 52%.]

연우는 문득 자신을 둘러싸고, 자신을 포용하는 이토록 많은 세계가 어떤 형태를 띠고 있는지, 그 안에선 또 어떤 사건이 벌어지고 있는지 궁금했다.

한편으로는…… 각 세계에서 저마다 다른 기억과 정체성을 갖고서 살고 있을 동료들이 어떤 모습을 하고 있는지도 궁금했다.

각 세계에 어떻게 간섭하지는 못하더라도, 칠흑왕에 대한 신화가 조금이라도 퍼진 세계라면 의념의 일부를 투영해서 구경하는 것쯤은 가능했다.

신화가 곧 연우가 있을 수 있는 기반이자, 매개체가 되었으니까.

……

……

그리고 연우는 한참 동안 헤어나오질 못했다.

"판트 녀석. 결국, 시작하는구나."

어떤 세계에서, 판트는 외뿔부족이 어느 정도 새로운 정착지에 잘 적응한다 싶자, 곧장 부족장의 자리를 자식에게 물려주고 길을 떠났다.

겉으로는 배움에 끝이 없다느니, 더 많은 무(武)를 익히고 돌아오겠다느니 하는 명분을 내세웠다지만.

사실은 아버지인 무왕이 남긴 그림자를 넘을 수 있는 자신만의 업적을 쌓기 위해서였다.

한평생 판트의 목표는 부족의 전성기를 이끌어 낸 아버지를 능가하는 것에 있었으니까.

그리고.

기억 속에 또렷하게 남아 있지는 않지만, 이따금 잔상처럼 스쳐 지나가는 '누군가'를 이기기 위해서.

"세샤는 잘 지내고 있고. 아버지와 어머니는 여전하시고."

조카는 세상 어느 누구보다 어여쁨을 받으면서 행복하게 잘 자라고 있었다.

워낙 어린 시절에 우여곡절을 많이 겪었던 아이였으니, 이제는 그런 일을 더 이상 겪지 않길 바랐는데. 더는 그런 걱정을 할 필요가 없는 모양이었다.

크로노스와 레아는 그들 나름대로 알콩달콩하게 지냈다. 그 덕분에 많은 자식들과 손자들이 우려하는데도 불구하고, 또 자식을 낳고 말았지만.

"파하하! 이 나이에 나이 차 엄청 나는 동생이라니. 거기다 세샤보다도 어리잖아요. 좀 너무하신 거 아닙니까?"

연우는 세샤가 즐겁게 친구들과 어울리고, 그녀가 조심스레 막내 고모를 안는 모습까지 바로 옆에서 생생하게 보고 있었다.

그리고 그들이 못 듣고 못 본다는 것을 알면서도 그들과 어울리고, 그들과 함께 웃으면서 말을 걸었다.

나이 차가 한참 나는 막둥이는 귀여워도 참 너무 귀여웠다.

저 앙증맞은 손발하며 옹알대는 입술까지.

저렇게 조막만 한 아이가 어떻게 나중에 어른이 된다는 건지, 이미 황이 된 그조차도 쉽게 납득이 가지 않을 정도였다.

꺄아!

그러다 늦둥이 동생이 자신을 알아보기라도 한 것처럼, 이따금 이쪽을 보면서 방실방실 웃을 때는 자기도 모르게 입가에 미소가 걸렸다.

그동안 끊임없이 기다리고 기다렸던 노고가 모두 싹 풀리는 것 같은 느낌.

아무래도 세샤에게 그러했던 것처럼, 늦둥이 동생에게도 자신은 한평생 팔불출로 있을 수밖에 없겠다는 생각이 들었다.

이 아이가 걸을 길에 언제나 행복과 축복이 함께하기를.

언젠가 천마가 자신에게 했던 기도를 똑같이 그 아이에게도 남겼다.

꺄아아!

그걸 알기라도 하는 건지.

마침 동생이 기분 좋게 이쪽을 보며 웃음을 터뜨리는 것이 보였다.

연우는 그런 늦둥이 동생의 머리를 쓰다듬어 주었다. 귀엽고, 사랑스러웠다. 너무나.

마침 옆에 있던 크로노스는 자신에게 웃는다고 생각했던지 장난감을 실컷 흔들어 주었지만, 정작 늦둥이의 시선이 그가 아닌 옆쪽을 향해 있자 고개를 갸웃거릴 수밖에 없었다.

누군가가 있는 것 같은데……. 왠지 가슴도 저절로 먹먹해졌다. 하지만 크로노스는 자신이 왜 이러는지 이해하지 못해 고개를 갸웃거리다가, 다시 늦둥이에게 시선을 돌리면서 장난감을 흔들어 주었다.

"오구구. 우리 예으니 맘마 먹고 싶어져쩌요? 그럼 엄마한테 같이 가 보까? 오우, 예쁘다."

"……."

연우는 혀가 짧아지는 아버지의 모습을 차마 더 지켜보지 못하고 슬쩍 고개를 옆으로 돌렸다.

아무래도 팔불출 역할은 아버지한테 맡겨야 할 모양이었다.

*　　*　　*

[변이가 진행되고 있습니다. 53%]

연우는 자신이 가고 싶은 곳은 어디든 갈 수 있었다. 아니, 사실 따지자면 그는 어디에나 존재하고 있었다.

세계의 밑바닥에는 칠흑이 흘렀고, 윤환전생을 거친 모든 영혼이 칠흑에서 비롯되었으니까. 애당초 세계가 칠흑왕의 '꿈'이라는 것을 감안한다면, 만물에 곧 그가 내재되어 있고, 그가 곧 만물이라고도 할 수 있었다.

그렇기에 연우는 가족들과 동료들의 삶을 돌아가며 구경하면서도.

항시 의념의 일부는 한 사람의 곁에다 두었다.

에도라.

그가 지독하게도 사랑하는 연인이며, 못난 자신을 하염없이 기다려 주는 고맙고 미안한 사람.

다른 사람들은 그를 잊었어도, 심지어 크로노스와 레아까지 잊었을 때도. 에도라만큼은 항상 자신을 기억해 주었다.

그녀가 항상 밤만 되면 밤하늘을 가만히 관찰한다는 것도 알았다. 그게 자신이 언제 돌아오는지를 확인하기 위해서라는 것도 알았다.

그래서 몇 번이나 옆에서 소리쳐 보기도, 이제 자신을 그만 기다리고 다른 사람을 찾아가도 좋다고 말해 보기도 했지만, 에도라는 그가 옆에 있다는 것을 전혀 모른 채로 기다리고 또 기다렸다.

그렇게 세월이 속절없이 계속 흐르고.

에도라의 얼굴에도 점차 그만한 세월이 묻어났을 때.

연우는 아무것도 도와주지 못한 채로 발만 동동 구르면서 그녀의 고개가 무겁게 떨어지는 것을 지켜봐야만 했다. 그녀와 함께하지 못한다는 사실이 이토록 고통스럽게 다가왔던 것은 처음이었다.

그러다 기적이 찾아왔다.

"빨리 와요."

"알았어. 금방 갈게."

에도라가 처음으로 자신을 봐 주었던 것이다.

너무나 감사했다.

고마웠다.

그리고…….

그것이 시작이었다.

연우를 둘러싼 모든 것이 바뀌기 시작한 것은.

[누군가가 칠흑왕을 완전히 관측하는 데 성공했습니다!]

[관측된 형상: 차연우.]

['차연우'의 존재가 해당 세계에 각인되기 시작합니다.]

[데우스 엑스 마키나의 톱니바퀴가 탄력을 받아 더 빠르게 굴러가기 시작합니다.]

[칠흑의 변이가 더 원활하게 이뤄집니다. 55%.]

연우는 사람들이 점차 자신을 알아차리고 있다는 것을 눈치챌 수 있었다.

그동안 그를 잊었던 사람들이 하나둘씩 기억을 되찾았다.

크로노스와 레아가 잊어버렸던 아들을 떠올리며 하루 종일 부둥켜안고 울었다. 칸이 잃어버린 친구를 찾고자 길을 나섰고, 도일이 흩어진 신앙을 다시 모으고자 일어섰다. 레온하르트가 은인을 찾고자 지구를 찾았으며, 아가레스와 펜리르 등이 속속 모여들었다.

그러다 아테나가 이쪽을 완전히 봤을 때.

"기억해 줬구나. 고맙다."

연우는 더 이상 단순한 칠흑왕이 빚어낸 형상이 아닌, 차연우 그 자체로 있을 수 있었다.

쩌거걱— 쩌걱!

와장창창!

와르르, 쿠르르—

연우를 온통 둘러싸고 있던 칠흑 세계의 한쪽 벽면이 유리창처럼 무너져 내렸다.

[데우스 엑스 마키나가 드디어 목적지, 심연의 중심부에 다다르는 데 성공했습니다.]

그곳에 차정우가 우뚝 서 있었다.

헉.

헉.

먼 길을 한참 동안 다급하게 달려오기라도 했던 건지 입술에서는 단내가 풀풀 날렸다.

하지만 그는 개구쟁이처럼 웃고 있었다.

마치 숨바꼭질에서 술래가 꼭꼭 숨어 있던 아이를 발견하기라도 한 것 같은 모습.

[데우스 엑스 마키나가 칠흑왕을 응시합니다!]

치직, 치지직!

치이이익—

순간, 메시지 위로 노이즈가 잔뜩 끼더니, 다른 내용의 메시지로 바뀌었다.

[차정우가 차연우를 응시합니다!]

차정우가 연우를 향해 손을 뻗었다.

마치 오래전에 회중시계 속에 갇혀 있던 그를 형이 구해 주었던 것처럼.

—다시는 아무 말 없이 집 나가지 마라. 그때는 정말 내가 널 죽여 버릴 테니까.

—응. 나 돌아왔어, 형.

이번에는 그가 형을 구해 줄 차례였다.

"데리러 왔어, 형."

연우는 차정우가 뻗은 손을 흔들리는 눈으로 바라봤다.

"하지만……."

연우는 잠시 망막의 아래쪽을 차지하고 있는 메시지를 내려다봤다.

[칠흑의 변이가 이뤄지는 중입니다. 56%.]

[초월이 이뤄지고 있습니다!]

초월은 아직 미완성이었다.

즉, 연우는 여전히 칠흑왕의 속박에서 완전히 벗어나지 못했다는 뜻.

그가 바라던 대로 세계를 입맛대로 고치기 위해서는 초월을 완성해야만 했지만.

차정우는 어처구니없다는 듯이 헛웃음을 흘렸다.

"갑자기 왜 이래? 그런 거 원래 신경도 안 썼던 사람이?"

그 말에 연우도 쓰게 웃고 말았다.

"……하긴 그 말도 맞긴 맞군."

원하는 결말을 아직 이룰 수는 없어도, 그와 비슷한 결말을 갖춘 세계에서 시간을 보내는 게 뭐가 나쁠까.

그 세계가 자신이 태어나고, 자랐으며, 가족들이 함께 생활하던 곳이라면…….

"아! 뭐 해, 진짜? 안 갈 거야? 내가 여기까지 오느라고 얼마나 개고생했는지 알아? 계획에도 없는 제자를 만들질 않나, 뭔 이상한 괴물들이랑 쌈박질하질 않나. 이럴 거면 진짜 그냥 두고 갈……!"

"간다, 가. 하여간 성깔머리하고는."

"그쪽한테 그런 말 듣고 싶지 않거든요?"

두 사람은 여느 형제들과 마찬가지로 티격태격하면서 손을 맞잡았다.

연우는 동생의 도움을 받아 자리에서 일어났다. 칠흑왕은 이 자리에 남는다. 하지만 차연우라는 이름을, 형상을 가진 칠흑왕은 원래 있어야 할 자리로 되돌아갈 뿐이었다.

[차정우가 차연우를 인도합니다.]

[차연우가 차정우의 뒤를 따라갑니다.]

[데우스 엑스 마키나와 칠흑왕이 계속 맞물려 돌아갑니다!]

[세계가 계속 분화합니다.]

[우주가 계속 확장됩니다.]

……

[천마가 흐뭇하게 모든 세계를 내려다봅니다.]

*　　*　　*

"으, 빌어먹을 것들."

크로노스는 밤이 되도록 여전히 시끄럽기만 한 마당 쪽을 힐끗 노려보다가 소파에 털썩 주저앉아 맥주 캔을 땄다.

하루 종일 씨름한 늦둥이가 겨우 잠드는 이 시간에 캔맥주를 한 잔 마시는 것. 이게 최근 들어 생긴 유일한 그만의 낙이었다.

"또 자작하시는 거예요? 빈속에 그렇게 드시면 안 좋다니까. 이거라도 하나 드세요."

그때, 세샤가 크로노스 앞에 접시를 하나 내려다 놓았다. 버터 오징어 구이가 향긋한 냄새를 솔솔 풍기고 있었다.

"안 그래도 입이 심심하던 차였는데. 고맙다. 너도 한잔 할래?"

"제가 아니면 누가 할아버지랑 같이 마시겠어요?"

"흐흐. 맞는 말이야. 우리 손녀밖에 없지."

크로노스와 세샤는 이제 겉보기엔 나이 차가 크게 나지 않는 것처럼 보였다. 그만큼 세샤도 많이 자랐다는 뜻. 크로노스는 그런 손녀를 볼 때마다 자기도 모르게 흐뭇해졌다.

한편으로는 조금 씁쓸한 마음이 들기도 했다. 그 자그마한 아이가 이제는 이렇게 어엿한 아가씨가 되어 버렸을 정도로 시간이 많이 흘렀는데, 연우는 그런 모습을 계속 지켜보지 못했던 것이니까.

사실 연우라는 이름은 그들 가족에게 있어 떠올릴 때마다 미안한 마음이 잔뜩 들 수밖에 없는 것이었다.

기억을 잃을 수 있으니 조심하라고 천마가 경고했을 때, 그는 사실 귓등으로도 듣지 않았다.

자식을 잊어버리는 아버지라니. 그 얼마나 끔찍한 소리란 말인가. 절대 그런 일은 죽어도 없을 것이다. 그는 그렇게 생각했다. 기억의 한 단면을 잃기는 했어도, 이제부터 정신을 똑바로 차린다면 괜찮으리라고 여겼다.

하지만 그것이 얼마나 안일한 생각이었는지, 무책임한 태도였는지를 뒤늦게 깨닫고 말았다.

차정우가 자주 자리를 비우고 연우를 찾으러 다니는 것도, 그냥 워낙에 공사다망한 자리에 앉아 있으니 그런가 보다 하고 여겼을 뿐. 깊이 생각해 본 적은 없었던 것이다.

그러다 얼마 전부터 기억이 돌아오고, 지난 시간 동안 그 소중한 것을 얼마나 까맣게 잊고 있었는지 깨달았을 때. 크로노스는 레아를 끌어안고 하루 종일 눈물만 쏟아 냈다.

못난 아버지를 용서하지 말라며, 네가 실망한 나머지 우리의 곁을 떠나더라도 부디 얼굴은 한 번이라도 더 보고 싶다는 말만 되뇌었을 뿐이었다.

그리고 아마 그때부터였을 것이다.

그동안 자신들의 곁에 연우가 항상 있었다는 것을 깨달은 것이.

이따금 우는 늦둥이를 달래고 젖병을 물릴 때면 어디선가 익숙한 시선이 느껴지곤 했었다.

혹시 알 수 없는 적에게 감시라도 당하는 건가 싶어 감각을 날카롭게 세워 보기도 했지만, 그럴 때마다 주변에는 아무것도 없다는 결론밖에 내리지 못했다. 그리고 그는 늦둥이를 달래느라 심신이 많이 피로해져서 헛것을 느꼈겠거니 하고 대수롭지 않게 넘겼다.

그런데 지금 와서 돌이켜 생각해 보면, 그런 게 절대 아니었던 것 같았다.

보이지 않던 그 시선은 이따금 복잡미묘한 감정을 담아 자신과 레아를 물끄러미 쳐다보다가도, 늦둥이를 볼 때면 항상 사랑스럽다거나 귀여워 죽겠다는 기색으로 바뀌었으니까.

그리고 늦둥이도 그런 시선을 느끼기라도 하는 것처럼, 그가 비슷한 느낌을 받을 때마다 방긋방긋 웃어 보였다.

꺄르르. 꺄르. 그런 웃음소리는 분명 다른 사람이 아닌 그 시선에게만 향했었다.

아마도 그게 바로 연우가 아니었을까. 아니, 연우였을 것이라고 이제는 확신했다.

그가 아니라면 가족의 주변을 계속 서성이고, 집 주변만 뱅글뱅글 돌아다니지는 않았을 테니까.

'하지만 최근 들어 그 시선이 뚝 끊어졌어. 무슨 일이라도 있는 건가?'

아무 일도 없어야 할 텐데. 크로노스는 그렇게 혼잣말을 중얼거렸다. 하루에도 열댓 번은 더 늦둥이를 보러 왔던 시선이 요즘은 통 느껴지질 않으니 불안할 수밖에.

혹시 여전히 근방을 서성이고 있는데도 느끼지 못했던 건 아닐까. 또 이대로 잊어버릴 거란 징조는 아닐까 가슴이 조마조마했다.

이번에 아들이 찾아온다면 해 주고 싶은 말이 너무 많은데. 기회가 영영 사라진 건 아닌지 크로노스는 늘 좌불안석이었다.

그래도 가족들에게는 그런 조급한 심정을 들키고 싶지 않아서 최대한 내색하지 않고 있다지만…… 캔 맥주를 든 손은 잘게 떨려 왔다.

그러고 보니 요즘 들어 정우 녀석도 집에 들를 때가 너무 적은데. 이것과 관련이 있는 건 아닐까, 그런 생각이 들던 그때.

"응?"

세샤는 크로노스의 맞은편 소파에 앉아 오징어 다리를 하나 뜯다 말고 눈을 동그랗게 떴다.

크로노스도 무슨 일인가 싶어 똑같이 현관 쪽으로 고개를 돌리는데, 마침 문이 열리면서 차정우가 안으로 들어왔다.

"아빠!"

세샤는 오징어 다리를 던져두고, 차정우에게 달려가 와락 안겼다.

차정우는 그런 딸의 머리를 가만히 쓰다듬어 주었다.

"우리 딸, 이렇게 다 컸는데도 아빠 껌딱지면 남자친구가 싫어할 텐데. 이래도 되는지 몰라?"

"흥. 계속 그런 식으로 떠보실 거예요?"

"들켰냐?"

"아빠는 아빠가 생각하는 것보다 더 단순하거든요?"

"그래서 있고?"

"말 안 해 주지, 메롱."

차정우는 딸의 애교에 가볍게 웃음을 터뜨리면서 다시 머리를 마구 헝클어뜨렸다. 세샤가 어제 비싼 돈 주고 한 머리라고 크게 항의했지만, 그는 오히려 더 딸의 머리를 망가뜨렸다.

그렇게 부녀가 아웅다웅하는 사이, 크로노스가 조용히 다가왔다.

"이번에는 좀 많이 늦었구나."

"뭘 좀 확인하느라구요."

"……뭘?"

크로노스로서는 뭔가 싱숭생숭해질 수밖에 없는 말이라 인상이 딱딱하게 굳었다.

하지만 그런 아버지의 속을 아는지 모르는지, 차정우는 태평하게 마당에서 바비큐 놀이에 여념이 없는 아르티야 멤버들을 슬쩍 보고 헛웃음을 흘렸다.

"왠지 소란스럽다 싶어서 빨리 왔더니. 손님들이 이렇게나 모였네. 잘됐네요. 안 그래도 다 같이 모였을 때 보여 줄 게 있었는데."

"……?"

크로노스가 그게 뭐냐고 물으려다가 도중에 말을 뚝 멈추고 말았다.

차정우가 들어오면서 활짝 열어 두었던 현관문 바깥에서, 한 사람이 선불리 들어오지 못하고 어색한 듯 서성이고 있었기 때문이었다.

차정우와 똑같은 얼굴을 하고 있으면서도, 개구쟁이 같은 그와 다르게 조금 딱딱해 보이는 인상. 그러면서도 두 동공은 어디에 둬야 할지 몰라 자꾸만 혼란스럽게 왔다 갔다 했다.

그러다 사내는 무언가를 다짐한 듯, 입술을 꾹 다물면서 현관문 안으로 한 발을 내디뎠고.

뚜벅—

천천히 고개를 들었다가, 크로노스와 시선이 마주쳤다.

크로노스는 한순간 아무 말도 하지 못하고 입술을 벙긋거렸다. 그의 머릿속은 온통 새하얗게 탈색되고 말았다. 불과 방금 전까지만 해도 아들이 찾아온다면 해 줘야겠다고 생각해 뒀던 많은 말들이 머릿속에서 모두 싹 사라져 있었다.

상대방도 마찬가지인 듯, 잠시 뭐라고 말하기를 머뭇거렸고.

"삼…… 촌?"

그 어색한 분위기는 세샤가 내지른 소리에 와장창 깨졌다.

"삼촌!"

세샤는 아버지에게서 벗어나 삼촌에게로 와락 안겼다. 엉엉엉. 보고 싶었어요. 가슴에 얼굴을 묻은 채로 그 말만 되뇌는 조카의 머리를 가만히 쓰다듬으면서 연우는 그제야 자신이 어디에 있는지, 무엇을 하고 있는지 실감이 났다. 드디어 돌아왔구나. 내 집에. 아니…… 우리 집에.

그래서 연우는 크로노스에게 이렇게 말할 수 있었다.

"다녀왔습니다."

먼 여행을 갔다가, 이제야 돌아왔노라고.

크로노스의 입가에 그제야 살짝, 희미하게 미소가 맺혔다.

"그래. 어서 오려무나. 먼 길 오느라 피곤할 텐데. 맥주 한잔할 테냐?"

크로노스가 들고 있던 맥주 캔을 가볍게 흔들어 보이자, 연우도 고개를 끄덕였다.

"예. 마침 시원한 게 마시고 싶어졌어요."

대답하는 그의 입가에도 희미한 미소가 걸려 있었다.

First Ending.

"이봐, 헤르메스."

"왜 그래, 누이? 새삼 진지한 표정을 다 짓고. 원하던 대로 전부 다 잘 풀리고, 잘 끝났잖아."

"아직 안 풀린 의문이 있어서."

"의문?"

"어. 내가 예전에 했던 말 기억나?"

"무슨 기억?"

"예지몽."

"아, 그…… 사진?"

"어. 그거."

헤르메스는 아테나가 오래전부터 진지하게 말했던 예지를 떠올렸다. 사라진 브라함도 언젠가 비슷한 투로 말한 적이 있었다.

마치 한 장의 가족사진처럼 찍힌 그곳에는 갈리어드도, 세샤도, 아난타도, 그리고 브라함도 있다고 했었다. 연우인지 정우인지 모를 인물도 같이 행복하게 웃으면서.

문제는 그 사진 속에 있어야 할 브라함은 아직 돌아오지 못했고, 아니, 돌아올 수가 없었고. 연우인지 정우인지 모를 인물의 정체도 아직 알 수 없다는 점이었다.

단순히 예지가 잘못되었다고 판단하기에는 둘이나 되는 대신격이 공통적으로 내다보았던 것이기 때문에 찝찝한 면이 많았다.

"그거야……."

하지만 헤르메스는 그거야 당연하지 않으냐는 듯, 별것 아니라는 투로 말했다.

"우리가 아직 못 본 뒷이야기가 있어서 그런 게 아닐까?"

* * *

"거, 앞에 뻔히 '낚시 금지'라는 푯말이 붙어 있는데도 대놓고 낚시를 하고 있는 건 대체 무슨 배짱인가?"

한강 고수부지에 낚싯대를 드리운 채, 의자에 반쯤 걸터앉아 밀짚모자를 푹 눌러쓰고 있던 사내가 슬쩍 고개를 위로 들었다.

그곳에 브라함이 서 있었다.

사내, 연우의 입가에 미소가 살짝 맺혔다.

"오셨습니까?"

"그래. 오긴 왔는데. 대체 무슨 마술을 부렸나?"

브라함이 눈을 떴을 때, 그는 소스라치게 놀라고 말았다. 분명히 자신은 죽음, 아니, 소멸을 맞았을 텐데…… 당시의 기억까지 전부 갖추고 온전한 모습으로 다시 나타나 있었으니까.

"저도 나중에 알았는데, 제게 '만능 복원' 이라는 권능이 있었던 거 기억하십니까?"

"자네 아버지가 남겼던 유해를 수습하면서 생성되었던 권능…… 설마?"

"예. 이데아에 기록되는 건 제 데이터만이 아니더군요."

브라함은 그제야 이유를 깨닫고 헛웃음을 흘리고 말았다.

만능 복원에는 '상태 회귀' 라는 옵션이 있었다. 시전자의 육체와 영혼에 대한 데이터를 이데아에다 백업해 두었다가, 데이터 손실이 클 경우에 복원을 위해 사용되는 옵션이었다.

그런데 백업된 데이터에 연우의 것만이 아니라, 권속들에 대한 것도 같이 있었던 모양이었다.

사실 따지고 보면, 연우의 권속들은 그의 일부라고도 할 수 있는 그림자였으니. 당연하다면 당연한 결과였다.

연우는 거기서 브라함의 데이터를 발견하고, 복원을 이룬 모양이었다.

"그래도 이만큼 복원하는 작업이 쉽지는 않았을 텐데? 영혼도 불안정했을 테고."

"저 명색이 칠흑왕입니다."

"명백한 권력 남용이로군."

"권력은 쓰라고 있는 거죠."

브라함은 헛웃음을 흘렸다. 그리고 한편으로는 그런 모습이 연우답다는 생각도 들었다.

시간이 얼마나 흘렀는지 정확하게는 알 수 없어도, 좀처럼 짐작하기 힘들 만큼 까마득한 시간이 흘렀을 것 같았는데. 연우의 여전한 모습을 보고 있노라니 마음 한편이 편안해졌다.

딸과 외손녀도 보고 싶었다. 두 사람이 어떤 모습으로 있을지 궁금했다.

"그런데 여기서 왜 낚시를 하고 있나?"

"누굴 기다리고 있습니다."

"음? 누구를?"

쿵!

그때, 브라함은 지축을 울리는 소리에 고개를 황급히 옆으로 돌렸다.

산적처럼 수염을 자글자글하게 기른 떡대가 서 있었다. 관자놀이에서 난 뿔이 다른 어느 때보다 꼿꼿해 보였다.

판트는 이제 헤어졌을 때보다 훨씬 대단한 기세를 자랑했다. 이따금 아이 같던 눈매도 이제 일가(一家)를 이룬 제왕의 것처럼 단단해 보였으니. 브라함은 그런 녀석을 보면서 짧게 '오' 하고 감탄을 터뜨렸다.

판트는 브라함에게 반갑다는 듯 눈인사만 간단하게 하고, 연우를 보면서 부리부리하게 눈을 떴다.

"오랜만이우, 형님. 그동안 잘 지내셨수?"

"그래 보이나?"

"고생 적잖게 한 얼굴이시구만. 얼굴도 많이 썩으신 것 같고."

"너도 그렇게 만들어 줄까?"

"……뭔 말을 해도 예나 지금이나 그리 무섭게 하시우?"

판트는 그동안 강자를 찾아 숱하게 무사 수행을 다니고, 업적을 쌓으러 다녔어도 연우에게 덤빌 엄두는 내지 못하고 있었다.

대신에 그는 기대하고 있는 게 따로 있었다.

"그보다 그 말, 사실이우?"

"어떤 거?"

"돌아가신 우리 아버지와 한판 붙게 해 준다던 그 말."

판트는 잔뜩 들떠 보였다. 그도 그럴 것이, 한평생 뛰어넘고자 애썼던 대상이 아버지이니, 연우가 약속을 지킬 수 있다면 그 소망을 어떻게든 풀 수 있겠다 싶어서였다.

물론, 연우가 봤을 때는 어이가 없었지만.

"네가 져."

"안 보고 어떻게 아우?"

"안 봐도 비디오니까."

"흥! 그 말이 틀렸다는 걸 증명해 주지."

판트는 콧방귀를 뀌면서 자신만만하게 웃었다. 된장인지 아닌지 꼭 찍어 먹어 봐야 아는 건 아니었지만, 판트는 반드시 그래야 하는 모양이었다.

연우는 굳이 그 점에 대해서 지적하지 않았다. 두들겨 맞게 될 건 녀석이지, 자신은 아니었으니까.

자신은 그저…… 연인을 만나러 가고 싶은 생각뿐이었다.

사자 소환을 할 수도 있겠지만, 굳이 그 방법은 선택하지 않았다. 자신이 원하는 건 온전한 기억과 체온을 가진 연인이었지, 다른 사람이 아니었으니까. 그리고 그녀와 같이 사랑을 나누고, 가족을 이루고, 평범하지만 행복한 삶을 살아 보고 싶었다.

예전에 가졌던 소망대로 스승님의 모습도 다시 보고 싶었고.

[칠흑의 변이가 이뤄지는 중입니다. 57%.]

'천마처럼 완전하지는 않겠지만…….'

연우는 세계를 이루는 시간의 축에다 손을 가져다 댔다. 예전에 천마가 그를 위해 '큰 굴레'를 되감아 주었던 것처럼 완전하게 잘 이뤄질지는 알 수 없었다. 한창 진행 중인 초월에 어떤 영향을 끼칠지도 몰랐고.

애당초 시간과 공간의 제약을 받지 않는 것이 칠흑이니 별다른 영향은 없겠지만, 그래도 혹여나 무슨 변수가 발생할 수는 있었다.

어쩌면 여러 갈래로 분화한 다른 세계선이나 세계점에도 큰 파급이 미칠지도 몰랐다. 굴레를 돌린 순간 새로운 분기점이 생성되어 또 다른 세계선이 만들어질 수도 있었고, 되감기를 한 세계에서 알 수 없는 이유로 지금보다 더 머리 아픈 사건들을 겪어야 할 수도 있었다.

하지만 확실한 것은 현재 이 세계에서 빚어진 사건들과는 전혀 다른 사건들이 벌어질 거라는 것.

그러나 그것이 무엇이 되었건 간에.

판트는 이대로 고향을 떠나도 무방하다고 대답했고, 브라함은 그렇게 떠나려는 두 사람을 잘 다녀오라며 배웅했다.

연우는 그렇게 지체하지 않고 허공에다 손을 뻗었다.

철커덩!

시스템이 작동하면서 손끝에 무언가가 걸렸다.

[권능, '프네우마의 하늘'이 발동하였습니다.]

['큰 굴레'를 붙잡았습니다.]

[되감으시겠습니까?]

Second Ending.

Fin.

DREAMBOOKS★

DREAMBOOKS

DREAMBOOKS★